*

박상률 완역 삼국지 10

*

10
완역
三國志
삼국지
천하는 다시 하나로
나관중 지음
박상률 옮김
백남원 그림
북플레저

제갈첨

자는 사원. 제갈량의 아들로, 어려서부터 학문과 인품을 갖춰 촉의 기대를 한 몸에 받았다. 제갈량 사후 조정의 중책을 맡았으며, 위군이 쳐들어왔을 때 면죽에서 끝까지 맞선다.

종회

자는 사계. 영천 장사 사람으로, 종요의 아들이다. 총명하고 야망이 커 등애와 함께 촉을 치지만, 공을 나누지 못할까 의심이 깊어지고 마침내 반란을 꾀한다.

등애

자는 사재. 위나라의 장수로, 종회와 함께 촉을 정벌하며 험한 길을 뚫고 성도에 이른다. 과묵하고 날렵한 성격으로 전장을 누비며 이름을 알린다.

사마사

자는 자원. 사마의의 맏아들로, 조
정의 실권을 이어받아 정국을 쥔
다. 장집과 하후현 등이 자신을 제
거하려 하자 조방을 폐하고 어린
조모를 새 황제로 세운다.

손호

자는 원종. 손권의 손자로, 오나라
의 마지막 황제다. 손휴 사후 복양
흥과 장포의 추대로 즉위하지만,
정사를 어지럽히고 백성의 신망
을 잃는다.

하후패

자는 중건. 하후연의 둘째 아들로,
조위 정권을 떠나 촉으로 귀순한다.
강유의 곁에서 촉의 장수로 활약하
며 여러 싸움에 나선다.

사마염

자는 안세. 사마소의 아들로, 사마의의 뜻을 이
어 위나라의 권력을 손에 넣는다. 조씨 일가를
몰아내고 진나라를 세우며 삼국 시대의 막을
내린다.

촉의 멸망 (263년)

사마소는 등애와 종회를 보내 촉을 공략했다. 등애는 험준한 길을 넘어 성도에 도달했고, 종회는 정면에서 압박하여 촉을 무너뜨렸다. 결국 263년, 촉한은 역사의 막을 내렸다.

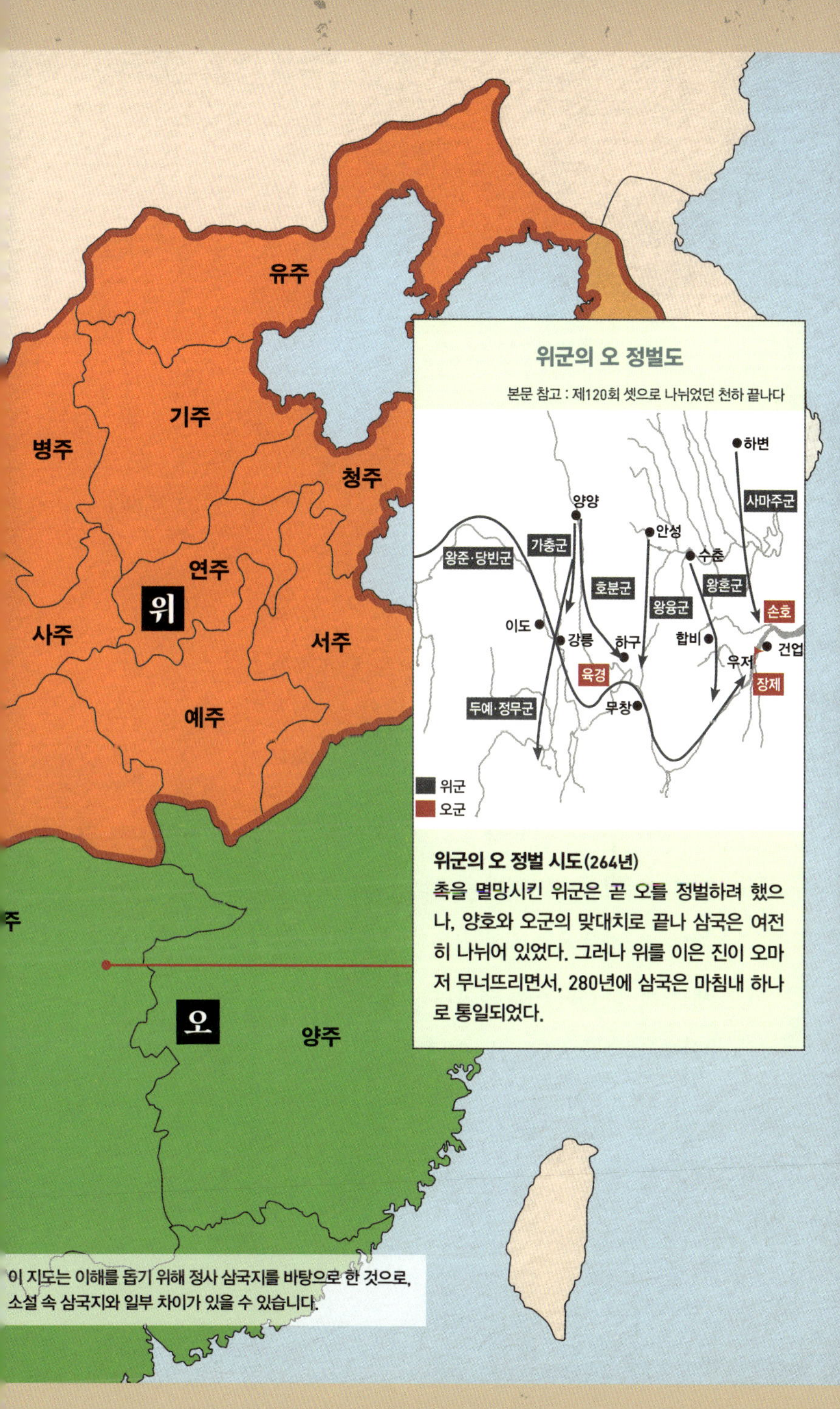

위군의 오 정벌도

본문 참고 : 제120회 셋으로 나뉘었던 천하 끝나다

위군의 오 정벌 시도(264년)

촉을 멸망시킨 위군은 곧 오를 정벌하려 했으나, 양호와 오군의 맞대치로 끝나 삼국은 여전히 나뉘어 있었다. 그러나 위를 이은 진이 오마저 무너뜨리면서, 280년에 삼국은 마침내 하나로 통일되었다.

이 지도는 이해를 돕기 위해 정사 삼국지를 바탕으로 한 것으로, 소설 속 삼국지와 일부 차이가 있을 수 있습니다.

차례

일러두기

1. 옮길 때 바탕으로 삼은 책은 중국의 강소고적출판사江蘇古籍出版社에서
   1999년에 펴낸 《수상삼국연의繡像三國演義》이다.

2. 각 권 및 각 회의 제목은 원문에 없어 옮긴이가 달았다.

3. 본문에 나오는 열두 달의 월은 원문 그대로 따랐다.

4. 황제·왕·임금 따위의 부르거나 가리키는 말은 될 수 있으면 객관적으로 썼다.
   특별히 유비를 선주, 유선을 후주 하는 식으로 따로 대우하지 않았다.

5. 짐朕/고孤·신臣·경卿 등은 나·저·그대 등 우리 시대에 맞는 말투로 바꾸었다.
   굳이 봉건시대에 쓰던 그대로 할 까닭이 없어서였다.

6. 사람 이름은 대화문에서는 자, 호, 벼슬 이름, 고향 이름 등 부르는 사람의
   처지에서 쓰는 대로 했으나, 지문에서는 본디 이름으로 통일하여 썼다.

7. 숫자는 대화문 속에서는 우리말로 소리 나는 그대로 적고, 지문에서는
   아라비아숫자로 적는 것을 기준으로 했다.

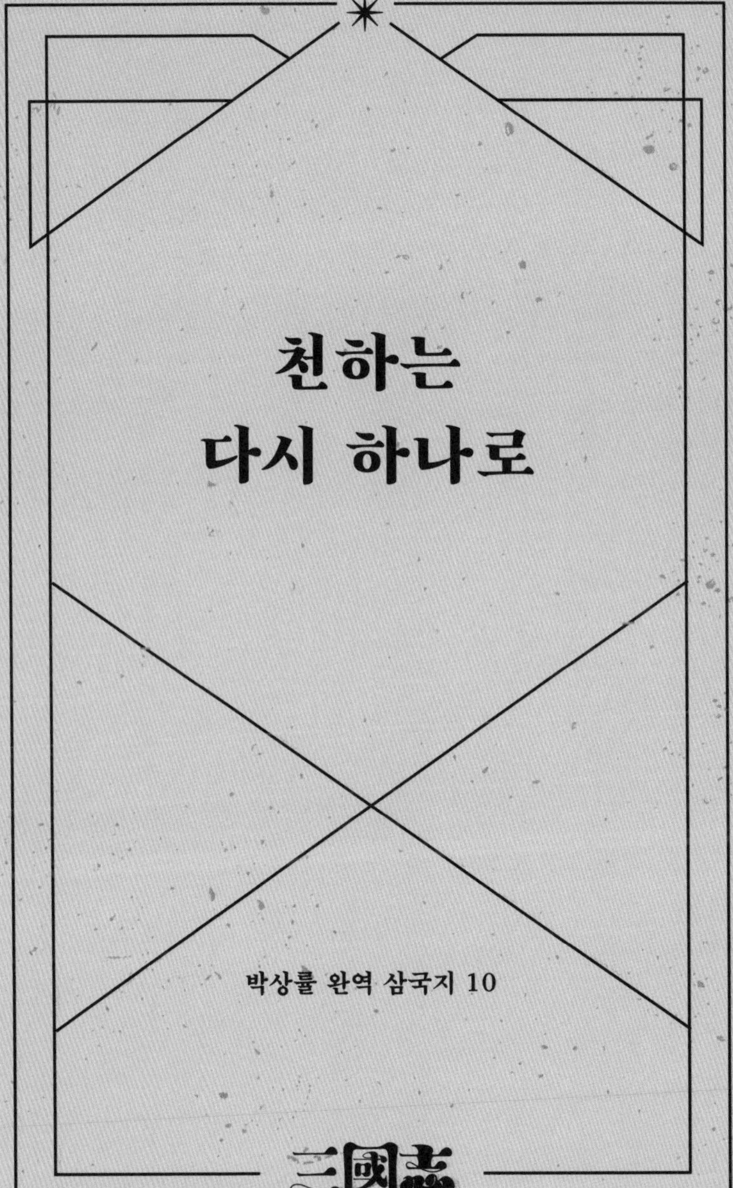

천하는
다시 하나로

박상률 완역 삼국지 10

三國志

뿌린 대로 갚음 받는
조씨 집안

촉한의 장수는 기막힌 꾀로 사마소를 어려움에 빠뜨리고
위나라 집안은 뿌린 대로 갚음을 받아 조방이 쫓겨나다

촉한 연희 16년 가을, 장군 강유는 20만 대군을 일으켜 위를 치기 위해 양평관을 나섰다. 요화와 장익은 왼쪽과 오른쪽에서 앞장서고, 하후패는 참모 일을, 장의는 식량 운반하는 일을 맡았다.

강유는 하후패와 더불어 의논했다.

"지난번에 옹주를 빼앗으려다 이기지 못하고 돌아왔소. 지금 다시 나아가면 저쪽에선 또 모든 준비를 하고 있을 게 틀림없소. 공은 뭐 좋은 생각이 없소?"

하후패가 대답했다.

"농상의 여러 고을 가운데에 물자와 먹을거리가 가장 넘치는 곳은 남안입니다. 거기를 먼저 빼앗으면 발판으로 삼을 수 있습니다. 지난번에 이기지 못하고 돌아왔는데, 그건 강족군이 오지 않았기 때문입니다. 이번엔 먼저 사람을 보내 강족군과 농우에서 만나기로 하십시오. 그런 다음 군사를 이끌고 석영으로 나아간 뒤 동정을 지나 곧장 남안을 빼앗도록 하십시오."

강유가 흐뭇해했다.

"공의 말씀이 참으로 기가 막히오!"

강유는 극정을 시켜 황금 구슬과 서촉 비단 따위를 가지고 강족 땅으로 가 강족왕과 좋은 사이를 맺도록 했다. 강족왕 미당은 예물을 받자 바로 군사 5만 명을 일으켰다. 장수 아하소과가 앞장서서 군사를 이끌고 남안으로 떠났다.

위나라 좌장군 곽회는 이러한 보고를 받자 낙양에 급히 알렸다.

사마사가 뭇 장수들을 둘러보며 물었다.

"누가 어려움을 무릅쓰고 가서 촉군과 싸워보겠소?"

보국장군 서질이 나섰다.

"부디 저를 보내주십시오."

사마사는 서질이 똑똑한데다 씩씩하기까지 한 줄 알기에 속으로 무척 기뻐했다. 바로 서질을 앞장서게 하고, 사마소를 대도독으로 삼아 군사를 이끌고 농서로 떠나게 했다.

위군이 동정에 이르렀을 때 강유와 딱 마주쳤다. 양쪽 군사는 진을 펼쳤다. 서질은 산이라도 쪼갤 듯한 큰 도끼를 들고 말을 달려나와 싸움을 걸었다. 촉군 쪽에서는 요화가 나가 맞았다. 그러나 요화는 몇 합 싸우지 못하고 져서 칼을 거두어 돌아갔다. 이어 장익이 창을 꼬나들고 말을 달려나와 덤벼들었다. 그러나 장익도 몇 합 싸우지 못하고 져서 진으로 돌아갔다. 서질이 군사를 휘몰아 덮쳤다. 촉군은 크게 져서 30리 넘게 뒤로 물러나 영채를 세웠다. 사마소도 군사를 거두어 돌아가서 영채를 세웠다.

강유는 하후패와 함께 다시 의논했다.

"서질이 저렇듯 뛰어나게 씩씩하니 어떻게 해야 사로잡을 수 있겠소?"

하후패가 대답했다.

"내일 미리 군사를 숨겨둔 다음 거짓으로 진 척하고 달아나는 방법을 쓰면 이길 수 있습니다."

"사마소는 바로 중달의 아들인데 어찌 싸우는 법을 모르겠소? 땅 생김새를 살펴보아 막다른 쪽으로 이어지면 틀림없이 뒤쫓지 않을 거요. 위군은 지금까지 여러 차례에 걸쳐 우리의 식량 운반길을 끊었소. 그러니 이번엔 거꾸로 우리가 그 방법을 써서 적을 꾀어내면 서질을 죽일 수 있겠소."

강유는 바로 요화를 불러 이러저러하라고 일렀다. 이어 장익도 불러 해야 할 일을 일렀다. 두 사람은 군사를 이끌고 떠났다.

강유는 또 군사들을 시켜 길바닥에 끝이 날카롭고 서너 갈래가 진 쇳덩이를 깔아놓게 하고, 영채 바깥에는 사슴뿔 모양 울타리를 둘러치게 하여 오래 버틸 계획인 듯이 보이게 했다.

서질이 날마다 군사를 이끌고 와서 싸움을 걸었으나 촉군은 나가지 않았다.

염탐꾼이 사마소에게 보고했다.

"촉군은 철롱산 뒤쪽에 있으면서 나무로 만든 소와 말로 식량과 말먹이를 날라 오래 버틸 계획을 세워놓고 강족군이 와서 도와주기를 기다리고 있습니다."

사마소가 서질을 불러 말했다.

"지난날에 우리가 촉군을 이긴 건 식량길을 끊었기 때문이오. 지금 촉군들이 철롱산 뒤쪽에서 식량을 나르고 있다 하오. 그대는 오늘 밤에 군사 오천 명을 이끌고 가 식량길을 끊어버리시오. 그러면 촉군은 스스로 물러갈 거요."

서질은 명령을 받고 물러나와 초저녁에 군사를 이끌고 철롱산 쪽으로 갔다. 들은 대로 2백 명이 넘는 촉군이 1백 마리가 넘는 나무로 만든 소와 말로 식량과 말먹이를 실어

나르고 있었다. 위군들이 한꺼번에 소리를 내지르며 몰려가고 서질이 앞장서서 길을 막자 촉군들은 모두 식량이며 말먹이를 버리고 달아났다.

서질은 군사를 반으로 나누어 한 무리는 식량과 말먹이를 영채로 나르게 하고, 다른 한 무리는 직접 이끌고 촉군의 뒤를 쫓았다. 채 10리를 못 갔을 때 앞쪽을 보니 수레들이 가로놓여 길이 막혀 있었다. 서질은 군사들더러 말에서 내려 수레들을 길가로 치우게 하였다. 그때 난데없이 양쪽에서 불길이 치솟아올랐다. 서질은 급히 고삐를 잡아당겨 말을 돌려세운 뒤 달아났다. 산 뒤쪽 외진 데에 이르자 거기에도 수레들이 길을 막고 있었고, 난데없이 불길이 하늘을 찔렀다.

서질 무리는 연기를 무릅쓰고 말을 달려 불길을 뚫고 나이갔다. 그때였나. 꽝 소리 한 방이 크게 나더니 양쪽에서 군사들이 뛰쳐나왔다. 왼쪽에서는 요화가, 오른쪽에서는 장익이 한바탕 크게 몰아치자 위군은 크게 지지 않을 수 없었다. 서질은 죽기 살기로 길을 뚫고 달아났다. 사람이고 말이고 다 지칠 대로 지쳤지만 그대로 주저앉을 수도 없어 헐떡거리며 달아나고 있는데 앞쪽에서 군사 한 무리가 나타나막아섰다. 강유였다. 서질은 소스라치게 놀라 어찌해야 좋을지 몰라 허둥대는데 강유가 창을 내질러 서질의 말을 찔렸다. 그 바람에 말이 쓰러지고 서질도 굴러떨어졌다. 그러자 뭇 군사들이 달려들어 서질을 칼로 마구 찔러 죽이고 말았다.

서질이 식량과 말먹이를 나르라며 나누어 보냈던 군사들도 모두 하후패에게 잡혀 항복하고 말았다. 하후패는 위군들의 옷과 갑옷을 촉군에게 입혔다. 그런 뒤 위군의 말을 타고 위군의 깃발을 휘날리며 샛길로 해서 위군 영채로 달려갔다. 위군은 본부 군사가 돌아온 줄 알고 문을 열어 들어오게 했다. 촉군은 위군 영채로 들어가자마자 마구 짓밟기 시작했다.

사마소는 깜짝 놀라 부리나케 말에 올라 달아났으나 앞쪽에서 요화가 쳐들어오고 있었다. 사마소는 앞으로 나아가지 못하고 급히 뒤로 물러났다. 그러나 강유가 군사를 이끌고 샛길로 해서 쳐들어오고 있었다. 사마소는 사방을 둘러보아도 달아날 길이 없자 철롱산 위로 군사를 끌고 올라가 버텼다. 철롱산은 길이 하나밖에 없는데다 사방이 모두 험하기 짝이 없어 올라가기가 쉽지 않았다. 게다가 산 위에는 샘이 하나뿐이어서, 그 샘물로는 겨우 1백 사람이나 마실 수 있을까 말까 했다. 이때 사마소가 거느린 군사는 6천 명이나 되었다. 강유는 위군이 빠져나갈 수 없게 길목을 틀어막았다. 그러니 산 위에서는 무엇보다도 물이 달려 사람이고 말이고 모두 목이 타들어가 견디기가 힘들었다.

사마소는 하늘을 우러러보며 긴 한숨을 내뱉었다.

"내가 여기서 죽어야 하는구나!"

나중에 어떤 사람이 지은 시가 있다.

강유의 기막힌 꾀 허투루 보면 안 되네

철롱산에 갇혀 괴로움 겪는 위군의 꼴이라니

방연이 마릉도에 들어간 성싶고

항우가 구리산에서 둘러싸인 듯하네

주부 왕도가 말했다.

"옛날에 경공은 적에게 갇혔을 때 우물에 절을 히여 좋은 물을 얻었다 합니다. 장군께서도 그렇게 해보지 않으시겠습니까?"

사마소는 그 말에 따라 산꼭대기에 있는 우물가에서 절을 두 번 하며 빌었다.

"저는 조서를 받들어 촉군을 물리치러 왔습니다. 만약에 제가 죽어 마땅하다면 샘물이 마르게 하십시오. 그러면 저는 스스로 목을 찔러 죽고 군사들은 모두 항복하도록 하겠습니다. 만약에 제 목숨줄이 다하지 않았다면 하늘은 부디 좋은 물을 내리시어 여러 목숨을 살려주십시오!"

다 빌고 나자 샘물이 솟아나기 시작하더니 퍼내고 퍼내도 마르지 않았다. 이에 사람과 말 모두 죽지 않고 견딜 수 있었다.

산 아래에서 위군을 에워싸고 있는 강유가 뭇 장수들을 둘러보았다.

"지난날 승상께서 상방곡에서 사마의를 잡으려다 놓치신 일이 나로서는 가슴 깊이 한으로 남아 있었소. 이제 사마소는 반드시 내 손으로 잡고 말겠소."

한편 사마소가 철롱산 위에서 어려움에 빠져 있다는 걸 안 곽회는 군사를 이끌고 떠나려 했다.

진태가 말했다.

"강유가 강족군과 합쳐 남안을 빼앗으려 하고 있습니다. 강족군이 이미 이르러 있는데 장군께서 군사를 거두어 떠나시면 강족군이 우리의 빈틈을 노려 틀림없이 뒤를 덮칩니다. 먼저 사람을 보내 강족군에게 거짓으로 항복한 뒤 그 사이에 좋은 방법을 찾아보지요. 강족군만 물러가게 하면 철롱산을 에워싸고 있는 것도 풀 수 있습니다."

곽회가 그렇게 하기로 했다. 바로 진태에게 군사 5천 명을 이끌고 강족왕의 영채로 가서 갑옷을 벗고 들어가 항복하도록 했다.

진태가 울며 강족왕에게 절을 했다.

"곽회는 제멋대로 잘난 척이나 하며 늘 저를 죽일 마음을 품고 있어 항복하러 왔습니다. 곽회 군중의 요모조모는 제가 잘 압니다. 오늘 밤 군사 한 무리를 이끌고 가서 영채를 덮치면 틀림없이 공을 이룰 수 있습니다. 또 군사가 위군 영채에 다다르면 안에서도 도울 준비가 되어 있습니다."

강족왕 미당은 아주 좋아라 하며 아하소과더러 진태와 함께 가서 위군 영채를 덮치도록 했다. 아하소과는 항복한 진태의 군사를 뒤에 있게 하고, 진태는 강족군을 이끌고 앞장서도록 했다.

그날 밤이 이슥해질 무렵 위군 영채에 이르러 보니 영채 문이 활짝 열려 있었다. 진태는 혼자서 먼저 말을 달려 안으로 들어갔다. 아하소과두 창을 꼬나들고 말을 몰아 영채 안으로 들어갔다. 그러나 바로 "악!" 하는 외마디 소리와 함께 사람과 말 모두 구덩이 속으로 빠지고 말았다. 진태는 뒤쪽에서 군사를 몰아 들이치고, 곽회는 왼쪽에서 들이쳤다. 이에 강족군은 크게 어지러워져 자기네들끼리 밟고 밟혀 죽는 이가 셀 수 없이 많고, 살아남은 이는 모두 항복했다. 아하소과는 스스로 목을 찔러 죽고 말았다.

곽회와 진태는 군사를 이끌고 강족군 영채 안으로 쳐들어갔다. 강족왕 미당은 급히 막사 안에서 나와 말에 올랐으나 바로 위군에게 사로잡혀 곽회 앞으로 끌려갔다. 곽회는 말에서 내려 직접 묶인 걸 풀어준 뒤 좋은 말로 달래며 어루만졌다.

"조정에서는 지금까지 공이 충성스럽고 의롭다고 여겨왔는데 어찌하여 지금 촉군을 돕고 있소?"

미당은 부끄러워 어쩔 줄 몰라 하며 엎드려 죄를 빌었다.

곽회가 부드럽게 말했다.

"공이 앞장서 가서 철롱산이 둘러싸인 걸 풀고 촉군을 물리치면 천자께 아뢰어 상을 두터이 내리시도록 하겠소."

미당은 그 말을 좇아 강족군을 이끌고 앞장섰다. 위군은 뒤를 따라 철롱산으로 바삐 갔다. 철롱산에 이르렀을 때는 한밤중이었다. 미당은 먼저 강유에게 사람을 보내 알렸다. 강유는 아주 흐뭇해하며 안으로 들어와 보자고 했다. 위군들은 강족군 속에 많이 섞여 촉군 영채 앞까지 갔다. 강유는 대군은 모두 영채 밖에 머물러 있으라고 했다. 미당은 1백 명 남짓한 군사만 데리고 중군 막사 앞까지 갔다. 강유와 하후패가 나와 그를 맞았다. 이때였다. 미당이 채 입을 열기도 전에 위의 장수가 뒤에서 들이쳤다. 강유는 소스라치게 놀라 급히 말에 뛰어오른 뒤 달아났다. 강족군과 위군이 한꺼번에 들이닥쳤다. 촉군은 사방으로 뿔뿔이 흩어져 저마다 살려고 달아나기에 바빴다.

강유 손엔 아무런 무기도 없었다. 허리에 활과 화살을 차고 있었지만, 정신없이 달아나다 보니 화살은 어느새 다 빠져나가고 빈 화살통만 매달려 있었다. 강유는 산속을 바라고 달렸다. 뒤에서는 곽회가 군사를 거느리고 쫓아왔다. 곽회는 강유 손에 아무런 무기가 없는 것을 보고 창을 꼬나들고 더욱 빨리 말을 내달렸다. 거리는 점점 좁혀졌다. 강유는 빈 활시위를 잡아당겨 활시위 소리가 연거푸 여남은 번이나 나게 했다. 곽회는 그때마다 몸을 피했으나 화살은 날아오지 않았다. 곽회는 강유가 화살조차 가지고 있지 않다는 것을 깨닫고 창을 말안장에 걸어놓은 뒤 활을 들어 화살을 쏘았다. 강유는 급히 몸을 틀어 피하면서 손을 뻗어 잽싸게 날아오는 화살을 잡아 바로 활시위에 먹였다. 강유는 곽회가 좀 더 가까이 다가오기를 기다렸다가 얼굴을 겨누며 힘껏 쏘아 날렸다. 활시위 소리가 아직 다 가시기도 전에 곽회가 말에서 굴러떨어졌다. 강유는 곽회를 죽이기 위해 말을 돌려 쫓아갔다. 그러나 위군들이 바로 몰려드는 바람에 손을 쓸 수 없어 곽회의 창만 빼앗아 든 뒤 달아났다. 위군들은 두려워 그 뒤를 쫓지 못하고 곽회를 급히 구해 영채로 돌아갔다. 화살촉을 뽑았으나 피가 그치지 않고 흘러나왔다. 마침내 곽회는 죽고 말았다.

사마소는 군사를 이끌고 산을 내려와 뒤를 쫓다가 중간에 돌아가버렸다.

하후패는 뒤따라 도망쳐 강유와 함께 달아났다. 군사와 말을 수도 없이 잃은 강유는 가는 길에 만나는 군사를 거두어 머무를 새도 없이 한중으로 돌아갔다. 비록 싸움에 지긴 했지만, 활을 쏘아 곽회와 서질을 죽여 위나라의 기운을 한 풀 꺾은 공으로 죄는 때웠다.

한편 사마소는 강족군들을 걸게 먹여 자기네 나라로 돌려보낸 뒤 군사를 거두어 낙양으로 돌아갔다. 그때부터 형인 사마사와 함께 조정의 모든 힘을 틀어쥐고 나랏일을 마음대로 쥐락펴락했다. 신하들은 모두 힘에 눌려 아무 소리 못 한 채 사마 형제가 하는 대로 따르지 않을 수 없었다.

위 임금 조방은 사마사가 조정에 들어올 때마다 무서움에 몸을 떨었다. 마치 바늘이 등을 찌르는 듯했다.

어느 날 조방이 조회를 열고 있는데 사마사가 칼을 찬 채 임금이 있는 데까지 뚜벅뚜벅 올라왔다. 조방은 쩔쩔매며 내려가 그를 맞았다.

사마사가 웃으며 거들먹거렸다.

"임금께서 신하를 어찌 이렇게 맞이하십니까? 폐하께서는 부디 편안하게 계십시오."

조금 있자 뭇 신하들이 저마다 의논할 일을 내놓았다. 사마사는 모조리 제 맘대로 결정해버리고 임금한테는 물어보지도 않았다. 얼마 뒤 조회가 끝나자 사마사는 고개를 잔뜩 빳빳이 세우고 조정에서 나가 수레에 올랐다. 수레 앞뒤에서 보호하며 따르는 군사가 수천 명이었었다.

조방은 물러나와 뒷궁으로 들어갔다. 양옆을 둘러보니 겨우 세 사람만이 따르고 있었다. 태상 하후현과 중서령 이풍과 광록대부 장집이 그들이었다. 장집은 황후의 아버지로, 조방의 장인이었다. 조방은 가까이 모시는 이들을 물리치고 세 사람과 함께 안쪽 깊이 있는 방으로 들어가 의논했다.

조방이 장집의 손을 잡고 울며 말했다.

"사마사가 나를 어린아이 다루듯 하고 벼슬아치는 모두 지푸라기처럼 여기니, 머지않아 나라가 틀림없이 그 사람한테 넘어가겠소!"

말을 마치자 조방은 목을 놓아 울었다.

이풍이 나서서 달래었다.

"폐하께서는 너무 걱정 마십시오. 제가 비록 재주는 없으나 폐하의 밝으신 뜻이 담긴 조서를 받들어 큰일을 이룰 만한 뛰어난 사람들을 여기저기서 모아 역적을 없애버리겠습니다."

하후현이 말했다.

"저의 작은아버지뻘 되는 하후패가 촉에 항복한 건 사마 형제가 죽이려 들었기 때문입니다. 이제 이 역적을 없애기만 하면 그분도 반드시 돌아올 겁니다. 저는 황실의 친척인데 어찌 간사스런 역적들이 나라를 어지럽히는 걸 앉아서 보고만 있겠습니까? 함께 조서를 받들어 치도록 하겠습니다.”

조방이 힘없이 고개를 끄덕였다.

“그렇게 하지 못할까봐 걱정이오.”

세 사람이 울면서 말했다.

“저희들이 굳게 다짐컨대, 마음을 한데 모아 역적을 쳐 폐하의 은혜를 갚겠습니다!”

조방은 용과 봉이 수놓인 속적삼을 벗은 다음 손가락 끝을 깨물어 나오는 피로 조서를 써서 장집에게 주며 부탁했다.

“내 할아버지인 무황제께서 동승을 죽이실 수 있었던 건 동승 쪽에서 일을 비밀스럽게 하지 못했던 까닭이오. 그대들은 모름지기 삼가고 조심하여 일이 밖으로 새나가지 않도록 하시오.”

이풍이 말했다.

“폐하께서는 어찌하여 그런 좋지 않은 말씀을 하십니까? 저희들은 동승의 무리와 다릅니다. 더더구나 사마사를 어찌 무황제와 견줄 수 있겠습니까? 폐하께서는 조금도 꺼림칙해하지 마십시오.”

세 사람은 인사를 하고 나왔다. 동화문 왼쪽을 막 지나는데 사마사가 칼을 차고 오고 있었다. 거느리고 오는 수백 사람 모두 무기를 들고 있었다. 세 사람은 길 한쪽으로 비켜섰다.

사마사가 다그치듯 물었다.

"그대들 셋은 어찌하여 이토록 늦게 나가시오?"

이풍이 둘러댔다.

"폐하께서 안에서 책을 보셔서 우리 셋이 책 읽는 일을 도와드리느라 늦었소."

사마사가 물러서지 않고 다시 물었다.

"무슨 책을 보셨단 말이오?"

이풍이 대답했다.

"하·상·주 삼 대의 책이었소."

"폐하께서 그 책을 보시고 어떤 옛일을 물으셨소?"

"폐하께서는 이윤이 상나라를 붙들어세운 일과 주공이 임금 대신 다스린 일을 물으셨소. 그래서 우리들은 모두 지금 사마대장군이 바로 이윤이나 주공 같다고 대답하였소."

사마사가 싸늘하게 웃었다.

"그대들이 어찌 나를 이윤이나 주공에 견주었겠소! 속으로는 나를 왕망이나 동탁 같다고 했겠지!"

세 사람 모두 입을 모았다.

"우리는 모두 장군 아래에 있는 사람들인데 어찌 그런 말을 하겠소?"

사마사가 이풍과 하후현, 장집을 다그치다.

사마사가 발끈 성을 냈다.

"너희들은 입으로만 알랑거리고 있구나! 아까 황제와 함께 깊은 방에서 무슨 일로 울었느냐?"

세 사람은 쩔쩔맸다.

"그런 일 없습니다."

사마사가 사납게 꾸짖었다.

"너희 세 사람 모두 울어 눈구멍이 새빨간데 어째서 둘러대느냐!"

하후현은 이미 일이 들통났다고 생각했다. 그래서 목소리를 가다듬어 마구 꾸짖었다.

"우리가 운 건 네놈이 임금을 업신여기며 역적질을 하려 들기 때문이다!"

사마사는 화를 있는 대로 내며 무사들에게 하후현을 잡으라 하였다. 하후현은 소매를 걷어붙이고 주먹을 휘두르며 사마사를 치려고 덤벼들었으나 이내 곧 무사들에게 붙들리고 말았다. 사마사가 세 사람의 몸을 뒤지라고 했다. 장집의 품속에서 피로 글을 쓴 임금의 속적삼이 나왔다. 곁에 있는 이가 그걸 사마사에게 바쳤다. 사마사가 받아서 보니 비밀 조서였다.

사마사 형제가 모든 힘을 거머쥐고 앞으로 나라를 뒤집으려 하

고 있소. 지금까지 내려진 조서나 명령 따위는 모두 내 뜻이 아니오. 여러 부의 벼슬아치와 장수와 군사는 모두 충성스러움과 의로움을 다하여 역적을 쳐 없애고 나라를 붙들어세우시오. 일이 이루어지는 날엔 벼슬을 높이고 상을 두터이 내리겠소.

조서를 읽고 난 사마사는 발끈하며 몹시 성을 냈다.

"본디 너희들은 우리 형제를 죽이려 했구나! 이대로 봐줄 수 없다!"

사마사는 세 사람을 동쪽 저잣거리에 끌어내 허리를 잘라 죽이고, 일가붙이까지 모조리 죽이도록 했다. 세 사람은 끌려가는 동안 내내 욕설을 그치지 않았다. 가는 동안 몽둥이찜도 그치지 않아 동쪽 저잣거리에 이르렀을 때는 이가 죄다 부러져 빠지고 없었다. 그럼에도 세 사람은 잘 알아들을 수 없는 말로 계속 욕을 퍼부으며 죽어갔다.

사마사는 곧장 뒷궁으로 들어갔다.

그때 위 임금 조방은 장황후와 함께 이 일을 의논하고 있었다.

장황후가 걱정스레 말했다.

"궁 안에 귀와 눈이 많으니, 만약에 일이 새나가면 저도 틀림없이 같이 엮여 벗어나기 힘들 겁니다."

그렇게 말하고 있는데 사마사가 불쑥 들어왔다. 장황후

는 까무러치게 놀랐다.

사마사가 칼을 쥐고서 조방을 노려보았다.

"우리 아버님이 폐하를 세워 임금으로 삼았으니, 그 공과 덕스러움이 주공보다 못하지 않습니다. 또 제가 폐하를 섬기는 게 이윤과 다를 게 뭐 있습니까? 그런데 지금 도리어 은혜를 원수로 갚으려 하면서 공을 허물로 삼아 보잘것없는 신하 두세 사람과 짜고 저희 형제를 죽이려 하셨습니다. 어찌 된 일입니까?"

조방이 쩔쩔매며 손을 내저었다.

"나는 그럴 마음이 없소."

사마사는 소매 속에서 임금의 속적삼을 꺼내 바닥에 내팽개치며 소리 질렀다.

"그럼 이건 누가 쓴 겁니까?"

조방은 몸에서 넋이 빠져나가 저 하늘 멀리 달아나는 것만 같았다. 눈앞이 아찔해지며 몸이 부들부들 떨렸다.

"이건 모두 그 사람들이 나를 몰아붙여서 억지로 한 일이오. 내 어찌 당치도 않게 그런 마음을 먹겠소?"

"그럼 대신이 뒤집어엎으려 한다며 함부로 찢고 까분 놈들에겐 무슨 죄를 물어야 합니까?"

조방이 사마사 앞에 무릎을 꿇으며 빌었다.

"내가 잘못했소. 대장군은 부디 노여움을 푸시오!"

"폐하께서는 일어나십시오. 나라의 법을 어길 수는 없쭙니다."

사마사는 장황후를 손가락으로 가리키며 쏘아붙였다.

"저 여자는 장집의 딸이니 마땅히 없애버려야 합니다!"

조방은 목을 놓아 울며 용서를 빌었으나 사마사는 눈도 깜짝하지 않고 무사들에게 장황후를 끌고 나가도록 하였다. 장황후는 동화문 안으로 끌려가 흰 비단으로 목이 졸려 죽었다.

나중에 어떤 사람이 이 일을 시로 읊었다.

그 옛날 복황후가 궁 문 밖으로 끌려갈 적에

맨발로 슬피 울며 임금과 헤어졌다네

오늘에 이르러 사마사가 그때 일을 따라서 하니

하늘은 자손에게 그때 일을 앙갚음하네

다음 날 사마사는 벼슬아치들을 잔뜩 모아놓고 물었다.

"임금이 술과 계집에 빠져 사람으로서 마땅히 해야 할 일을 돌보지 않고, 여자 광대들이나 가까이하면서 힐뜯는 말이나 믿으며 어진 사람이 나아갈 길을 막고 있소. 그 죄를 따지자면 한나라 때 창읍왕보다 더하니 천하의 주인이 될 수 없소. 내 삼가 상나라를 붙들어세운 이윤과 창읍왕을 쫓</p>

아내고 새 임금을 세운 곽광을 본받아 따로 새 임금을 세워 나라를 지키고 천하를 편안하게 하고 싶소. 여러분들의 생각은 어떻소?"

모두들 입을 맞춘 듯이 대답했다.

"대장군께서 이윤과 곽광처럼 하시는 건 하늘의 뜻과 백성들 마음에 따르는 일입니다. 그러니 누구도 함부로 명령을 어기지 않을 겁니다."

사마사는 곧바로 여러 벼슬아치들과 함께 영녕궁으로 들어가 태후에게 이런 사실을 알렸다. 이에 태후가 물었다.

"그럼 대장군은 누구를 임금으로 삼을 생각이오?"

사마사가 대답했다.

"제가 보기엔 팽성왕 조거가 똑똑하고 어질며 효성스러우니 천하의 주인이 될 만하다고 여겨집니다."

태후가 말했다.

"팽성왕은 이 늙은이의 시숙뻘이라 임금이 되면 내가 껄끄럽지 않겠소? 고귀향공 조모는 문황제의 손자이면서 마음씨가 따스하고 자기를 낮추는 사람이라 임금으로 세울 만하다고 생각하오. 여러 대신들이 잘 의논해보시지요."

한 사람이 앞으로 나섰다.

"태후께서 하신 말씀이 옳습니다. 바로 그분을 세우도록 합시다."

모두들 그를 바라보았다. 사마사의 아버지와 사촌 형제인 사마부였다. 사마사는 곧장 원성으로 사람을 보내 고귀향공을 불러오게 하는 한편, 태후를 태극전에 오르게 한 뒤 조방을 불러다 꾸짖도록 했다.

"너는 술과 계집에 빠져 사람으로서 마땅히 해야 할 일을 돌보지 않고, 여자 광대들이나 가까이하며 지내는 터라 천하를 다스릴 만한 사람이 못 된다. 옥새를 바치고 다시 제왕의 자리로 돌아가도록 하라. 지금 바로 떠나되, 부름이 없으면 조정으로 들어오지 말라."

조방은 울며 태후에게 절을 한 뒤 옥새를 내놓았다. 이어 황제가 타는 수레가 아니라 왕이 타는 수레를 타고 목을 놓아 울며 떠나갔다. 오로지 충성스럽고 의로운 몇몇 신하만이 눈물을 머금고 그를 배웅할 뿐이었다.

나중에 어떤 사람이 남긴 시가 있다.

옛적에 조조가 한나라 승상일 때
황실의 과부와 고아를 업신여기며 윽박질렀지
뉘 알았으랴, 40년 남짓 세월 흐른 뒤에
과부와 고아가 다시 그때처럼 될 줄을

고귀향공 조모의 자는 언사인데, 문황제의 손자이자 동

　　　　　　　　　　　

해정왕 조림의 아들이었다. 이날 사마사는 태후의 명령을 받들어 문무 벼슬아치들이 황제가 타는 수레를 갖추고 서액문 밖에 나가 절을 하며 조모를 맞도록 하였다. 이에 조모가 쩔쩔매며 같이 예의를 갖추어 인사를 했다.

태위 왕숙이 말했다.

"임금께서는 똑같이 인사를 하는 게 아닙니다."

조모가 말했다.

"나 역시 신하인데 어찌 예의를 갖추어 인사하지 않을 수 있겠소?"

문무 벼슬아치들이 조모를 부축하여 수레에 태워 궁으로 들어가려 하자 조모가 애써 마다했다.

"태후께서 왜 부르시는지 알지 못하는데 내 어찌 섣불리 황제의 수레를 타고 들어갈 수 있겠소?"

조모는 걸어서 태극전 동낭에 이르렀다. 사마사가 나와 맞이하자 조모가 먼저 절을 했다. 사마사는 조모를 급히 붙들어 일으켜세웠다. 서로 인사를 마치고 나자 사마사는 조모를 태후에게 데려갔다.

태후가 조모를 보고 말했다.

"나는 네가 어렸을 때 보고 임금이 될 인물이라 여겼는데, 이제 네가 천하의 주인이 되는구나. 모름지기 자신을 낮추고 예의 바르고 사치하지 않으며, 덕스러움을 펼치고 어짊을 베풀어 먼젓번 황제들을 욕되지 않게 하라.”

조모는 두 번 세 번 거듭 뺐다. 그러나 사마사는 문무 벼슬아치들을 시켜 조모를 태극전으로 나아가게 하고, 바로 그날 새 임금으로 세웠다. 이리하여 가평 6년은 정원 첫해로 바뀌었으며, 죄수들의 죄를 덜어주게 하는 명령이 내려졌다. 대장군 사마사에게는 황제의 믿음이 실린 황금 도끼를 주어 조정에 들어올 때 빨리 걷지 않아도 되고, 이름을 대지 않아도 되게 하였으며, 칼을 차고 임금이 있는 데에 오를 수 있게 하였다. 문무 벼슬아치들도 저마다 자리가 높아지거나 상을 받았다.

정원 2년 봄 정월, 염탐꾼이 나는 듯이 달려와 보고했다. 진동장군 관구검과 양주 자사 문흠이 임금을 쫓아낸 것을 핑계 삼아 군사를 일으켜 쳐들어온다고 했다. 사마사는 소스라치게 놀랐다.

먼저 한나라 신하들이 왕을 지키려는 뜻을 품더니
지금 위나라 장수들은 역적을 칠 군사를 일으키는구나

과연 사마사는 어떻게 맞아 싸울는지……

 박상률 완역 삼국지 10

사마사의 죽음

문앙은 홀로 말을 타고 나가 거센 군사를 물리치고
강유는 강물을 등지고서 적을 크게 물리치다

위나라 정원 2년 정월이었다.

관구검은 양주 도독 진동장군으로 회남의 군사를 맡아
다스리고 있었는데, 자는 중공이고 하동 문회 사람이었다.
그는 사마사가 자기 마음대로 임금을 쫓아내고 새 임금을
세웠다는 소식을 듣자 속이 부글부글 끓어올랐다.

맏아들인 관구전이 말했다.

"아버님께서는 나라 한쪽의 군사 일을 도맡아보고 계십
니다. 지금 사마사가 모든 힘을 거머쥐고 임금도 내쫓아 나
라가 알을 포개놓은 듯이 아슬아슬합니다. 그런데도 어찌

하여 가만히 앉아 지키기만 하십니까?”

관구검이 고개를 끄덕였다.

“네 말이 맞다.”

관구검은 곧바로 자사 문흠을 불러 의논하기로 했다. 문흠은 본디 조상을 따르던 사람으로, 그날 관구검이 부르자 바로 찾아왔다. 관구검은 그를 뒤채로 맞아들였다. 인사를 마치고 이야기를 나누는데 관구검의 눈에서 눈물이 그치지 않고 흘러내렸다. 문흠이 까닭을 묻자 관구검이 대답했다.

“사마사가 나라 힘을 거머쥐고 임금을 쫓아내 하늘과 땅이 뒤집혔으니 어찌 마음이 아프지 않을 수 있겠소!”

문흠이 말했다.

“도독께서는 나라 한쪽을 도맡아 지키고 계십니다. 의로움에 기대어 역적을 치신다면 저도 기꺼이 목숨을 내놓고 돕겠습니다. 어릴 때 아앙이라고 불렀던 제 둘째 아들 문숙은 지금은 문앙이라고 부르는데, 혼자서 만 사람을 해볼 수 있을 만큼 씩씩합니다. 늘 사마사 형제를 죽여 조상의 원수를 갚겠다고 별러왔으므로 앞장세울 만합니다.”

관구검이 아주 기뻐했다. 바로 술을 땅에 부으며 마음을 다졌다.

두 사람은 태후의 비밀 조서를 받았다고 거짓으로 둘러대며 회남의 크고 작은 벼슬아치들과 군사와 장수들을 모두 수춘성 안으로 불러들였다. 그런 다음 성 서쪽에 단 하나를 쌓고 흰말을 잡아 피를 나누어 마시며 다짐했다.

"사마사가 임금을 몰아내는 큰 죄를 저지르며 사람으로서는 할 수 없는 막된 짓을 하고 있다. 그래서 태후의 비밀 조서를 받들어 회남의 군사를 죄다 일으켜 의로움에 기대어 역적을 치고자 하노라."

모두들 기꺼이 따랐다.

관구검은 군사 6만 명을 이끌고 항성에 머물렀다. 문흠은 군사 2만 명을 거느리고 밖에 있으면서 그때그때 일 돌아가는 형편을 살펴 오고 가며 돕기로 했다. 관구검은 여러 고을에 싸움을 부추기는 글을 띄워 저마다 군사를 일으켜 돕도록 했다.

이때 사마사는 왼쪽 눈에 혹이 생겨 아픔과 가려움에 계속 시달리고 있었다. 그래서 의원을 불러 혹을 째고 약을 발라 붙인 뒤 몸을 추스르느라 여러 날 계속 부중에 들어앉아 있었다.

그때 느닷없이 회남에서 다급한 보고가 날아들었다. 그래서 의논을 하기 위해 태위 왕숙을 불렀다.

왕숙이 말했다.

"관운장이 온 세상에 이름을 떨쳐 천하를 뒤흔들 적에 손권은 여몽을 시켜 형주를 덮쳐서 빼앗고, 거기 남아 있던 적의 가족들을 어루만지며 잘 돌보게 했습니다. 그랬더니 관운장이 이끄는 군사가 무너지고 말았습니다. 지금 회남의 장수와 군사들의 가족은 모두 중원에 있습니다. 서둘러 그 사람들을 어루만지며 돌봐주는 한편, 다시 군사를 보내 돌아갈 길을 끊도록 하십시오. 그러면 틀림없이 흙더미가 무너지듯 기운이 수그러들고 맙니다.”

사마사가 고개를 끄덕였다.

“공의 말씀이 아주 옳소. 그런데 내가 지금 혹을 쨴 지가 얼마 안 되어 직접 갈 수가 없소. 그렇다고 다른 사람을 보내면 마음을 놓을 수 없소.”

그러자 곁에 있던 중서시랑 종회가 나섰다.

“회초 지방의 군사들은 무척 거세고 날카로운 기운을 내뿜고 있습니다. 만약에 다른 사람더러 군사를 거느리고 가 물리치게 한다면 좋지 않은 일이 많이 생길지도 모릅니다. 자칫 일이 잘못되기라도 하면 큰일을 그르치고 맙니다.”

사마사가 자리를 박차고 일어났다.

“내 직접 가지 않고선 적을 깰 수가 없겠소!”

마침내 사마사는 아우 사마소에게 낙양을 지키며 나랏일을 모두 맡아 다스리게 한 뒤, 자신은 덜 덜컹거리는 수레에 병든 몸을 싣고 동쪽으로 갔다.

사마사는 진동장군 제갈탄을 시켜 예주의 모든 군사를 거느리고 안풍진으로 나와 수춘을 빼앗도록 했다. 이어 정동장군 호준은 청주의 모든 군사를 거느리고 초와 송 땅으로 나가 돌아갈 길을 끊도록 했다. 또 형주 자사 감군 왕기는 앞쪽 군사를 거느리고 먼저 가 진남 땅을 빼앗도록 했다.

사마사는 대군을 거느리고 양양에 머물렀다. 의논하기 위해 문무 벼슬아치들을 막사로 불러모으자 광록훈 정무가 먼저 나서서 말했다.

"관구검은 꾀를 잘 쓰나 끊고 맺음이 없고, 문흠은 씩씩하기는 하나 슬기로움이 없습니다. 지금 대군을 몰고 가 갑자기 들이친다 해도 강회의 군사들 기운이 펄펄 살아 있어 적과 가벼이 맞서 겨룰 수 없습니다. 도랑을 깊이 파고 방어벽을 높이 쌓아놓고 적들의 기운이 꺾이기를 기다려야 합니다. 이는 바로 그 옛날 아부가 잘 쓰던 방법입니다."

그러나 감군 왕기는 반대했다.

"그러면 안 됩니다. 회남에서 들고일어났지만, 그것은 군사나 백성들이 뒤집어엎자고 해서 일어난 게 아닙니다. 관구검이 힘으로 몰아붙이는 까닭에 어쩔 수 없이 따르고 있을 뿐입니다. 그러니 대군이 한꺼번에 몰아치면 반드시 무너지고 맙니다."

사마사가 고개를 끄덕였다.

“그 말이 참으로 그럴싸하오.”

마침내 사마사는 군사를 몰고 은수로 나아가 중군을 은교에 머물게 했다.

왕기가 말했다.

“남돈은 군사가 머물기에 아주 좋은 곳입니다. 군사를 이끌고 밤을 도와 가서 차지하면 좋겠습니다. 미루적거리고 있으면 그 사이에 틀림없이 관구검이 먼저 다다릅니다.”

사마사는 곧바로 왕기에게 앞쪽 군사를 거느리고 남돈성으로 가 영채를 세우도록 했다.

한편 관구검은 항성에서 사마사가 직접 군사를 이끌고 쳐들어온다는 소식을 듣자 바로 여러 사람을 불러 의논을 했다.

앞장선 장수 갈옹이 말했다.

“남돈 땅은 산을 등지고 강 가까이에 있어 군사가 머물기에 아주 좋은 곳입니다. 만약 위군이 먼저 차지해버리면 몰아내기 어려울 테니 서둘러 차지해야 합니다.”

관구검은 그 말을 좇아 군사를 일으켜 남돈을 바라고 갔다. 한창 가고 있는데 앞에서 염탐꾼이 달려와 보고했다. 남돈에 이미 군사들이 머무는 영채가 세워져 있다고 했다. 관구검은 믿어지지 않았다. 직접 군사를 거느리고 앞으로 나가 살펴보았다. 과연 깃발들이 온 들녘에 휘날리고 영채가 가지런히 세워져 있었다. 관구검은 군중으로 돌아와 머리를 짜냈으나 뾰족한 수가 떠오르지 않았다.

그때 갑자기 염탐꾼이 헉헉거리며 달려왔다.

"동오의 손준이 군사를 이끌고 강을 건너 수춘을 덮치러 왔습니다."

관구검은 소스라치게 놀랐다.

"수춘을 잃으면 난 어디로 돌아간단 말이냐!"

그날 밤 관구검의 군사는 항성으로 물러갔다.

사마사는 관구검의 군사가 물러가자 여러 벼슬아치들을 모아놓고 의논했다.

상서 부하가 민저 나시시 말했다.

"지금 관구검이 군사를 물린 건 동오군이 수춘을 덮칠까 봐 그랬습니다. 관구검은 틀림없이 항성으로 돌아가 군사를 나누어 지킵니다. 장군께서는 군사 한 무리는 낙가성을 치도록 하시고, 또 한 무리는 항성을 치도록 하시고, 다른 한 무리는 수춘을 치도록 하십시오. 그러면 회남 군사들은 반드시 물러갑니다. 연주 자사 등애는 슬기로움과 꾀가 넘치는 사람입니다. 등애더러 군사를 거느리고 지름길로 가서 낙가를 빼앗으라 이르시고, 다시 대군을 더 보내 도와주면 적을 어렵지 않게 깰 수 있습니다."

사마사는 그 말에 따라 급히 등애에게 글을 써 보냈다. 등애더러 연주 군사를 일으켜 낙가성을 깨라고 했다. 그런 뒤 사마사 자신도 뒤따라가 거기서 만나기로 했다.

한편 관구검은 항성에 있으면서 아무 때고 낙가성으로 염탐꾼을 보내 살펴보게 하였다. 위군이 올까봐 두려워서였다. 그리고 문흠을 영채로 불러 함께 의논했다.

문흠이 말했다.

"도독께서는 너무 걱정하지 마십시오. 군사 오천 명만 있으면 저와 제 아들 문앙이 낙가성을 지켜낼 수 있습니다."

관구검은 무척 흐뭇해했다. 문흠 부자는 군사 5천 명을 이끌고 낙가로 갔다.

앞서 가던 군사가 돌아와 보고했다.

"낙가성 서쪽은 죄다 위군인데, 만 명 남짓 되는 듯합니다. 멀리 중군을 살펴보니 흰 소꼬리기와 황금 도끼, 검은 해 가리개와 붉은 깃발이 본부군 막사를 둘러싸고 있었습니다. 그 안에는 비단에 장수 수(帥) 자가 새겨진 깃발이 세워져 있었는데, 틀림없이 사마사가 있습니다. 지금 영채를 세우고 있어 아직 제 꼴을 다 갖추지는 못했습니다."

이때 문앙은 쇠로 만든 채찍을 들고 아버지인 문흠 곁에 서 있었다. 보고가 끝나자 바로 아버지에게 말했다.

"저쪽이 아직 영채를 다 세우지 못했을 때 군사를 둘로 나누어 왼쪽·오른쪽에서 쳐들어가면 이길 수 있습니다.”

문흠이 물었다.

“언제 가면 좋겠느냐?”

문앙이 대답했다.

“오늘 저녁에 해가 지면 아버님께서는 군사 이천오백 명을 이끌고 성 남쪽으로 쳐들어가십시오. 저는 군사 이천오백 명을 이끌고 성 북쪽으로 쳐들어가겠습니다. 그렇게 해서 한밤중에 위군 영채에서 만나도록 하시지요.”

문흠은 그렇게 하기로 하고, 그날 해 질 무렵에 군사를 둘로 나누었다.

문앙은 이제 겨우 18살인데 키가 8자나 되었다. 그는 투구와 갑옷 차림으로 단단히 무장한 뒤 허리에는 쇠채찍을 차고 손에 창을 쥐고 말에 올라 멀리 위군 영채를 바라고 나아갔다.

이날 밤 사마사는 군사를 거느리고 낙가에 이르러 영채를 세운 뒤 등애가 오기를 기다리고 있었다. 사마사는 눈 밑의 혹을 짼 자리가 다시 쑤시고 아파 막사에 누워 있었다. 무장한 군사 수백 명이 둘러서서 그를 지켰다.

한밤중이 되었을 때 느닷없이 영채 안에서 아우성치는 소리가 크게 일며 사람과 말이 큰 어지러움에 빠져버렸다.

사마사가 급히 묻자 한 사람이 들어와 보고했다.

"군사 한 무리가 영채 북쪽을 뚫고 쳐들어왔습니다. 앞장선 장수가 어찌나 씩씩한지 아무도 해볼 수가 없답니다!"

사마사는 까무러치게 놀랐다. 속에서 불이 끓어오르는가 싶더니 혹을 짼 자리에서 눈알이 빠져나왔다. 피가 쏟아져 바닥을 적시는데 쑤시고 아파 견딜 수가 없었다. 그런데도 이런 사실이 알려져 군사들 마음이 어지럽게 될까봐 이불로 머리를 감싼 채 이불을 깨물고 참았다. 그 바람에 이불이 다 뜯겨나갔다.

문앙이 먼저 군사를 이끌고 영채 안으로 몰려들어가 이리 치고 저리 치고 있었다. 이르는 곳마다 아무도 해보지 못했다. 나서서 막는 이가 있을라치면 창으로 찌르거나 쇠채찍으로 후려쳐 마구 죽여버렸다. 문앙은 아버지가 빨리 와 밖에서 도와주기를 바라고 있었는데 어쩐 일인지 나타나지 않았다.

문앙은 여러 차례에 걸쳐 중군을 들이쳤으나 그때마다 활과 쇠뇌가 마구 쏟아지는 바람에 돌아서지 않을 수 없었다. 문앙은 날이 밝아올 때까지 싸웠다. 북쪽에서 북소리, 나팔 소리가 하늘에 울려퍼졌다.

문앙이 뒤따르는 이를 돌아보았다.

"아버님께서 남쪽으로 와 돕지 않으시고 북쪽에서 오시니 무슨 일이지?"

문앙은 말을 달려나가 살펴보았다. 군사 한 무리가 몹시 세찬 바람처럼 달려오는데, 앞장선 장수를 보니 등애였다. 등애가 칼을 비껴들고 말을 몰아 달려들며 호통을 쳤다.

"배반한 역적놈아, 게 섰거라!"

문앙은 화가 치밀어올라 창을 꼬나들고 나가 맞았다. 50합에 이르도록 싸웠으나 이기고 짐이 갈라지지 않았다. 그렇게 싸우고 있는데 위군이 한꺼번에 많이 몰려와 앞뒤에서 몰아쳤다. 문앙의 부하 군사들은 저마다 흩어져 달아났다. 문앙은 홀로 말을 타고 위군들을 무찌르며 남쪽을 바라고 달렸다. 뒤에서는 위군 장수 수백 명이 기어코 잡고 말겠다는 마음으로 말을 몰아쳤다. 낙가교 가까이 이르렀을 때 거의 따라잡히는가 싶었는데, 문앙이 갑자기 고삐를 잡아당겨 말을 돌려세우더니 큰소리를 버럭 내지르며 위군 장수들 속으로 냅다 뛰어들었다. 쇠채찍이 바람 소리를 일으킬 때마다 위군 장수들이 흩날리듯이 말에서 떨어졌다. 나머지는 되돌아서 뒤로 물러갔다. 문앙은 다시 천천히 나아갔다.

위군 장수들은 한곳에 모여 놀란 가슴을 가라앉히며 서로 어리둥절한 낯으로 바라보았다.

"그놈이 혼자서 되레 우리를 쫓아버렸단 말인가? 다시 한번 힘을 모아 쫓아가봅시다!"

문앙이 쇠채찍으로 위군 장수들을 후려쳐 죽이다.

위군 장수 1백 명이 다시 문앙의 뒤를 쫓았다.

문앙이 발끈 성을 내며 소리쳤다.

"이 쥐새끼 같은 놈들이 죽는 일도 무섭지 않은 모양이구나!"

문앙은 다시 쇠채찍을 들고 말을 달려 위군 장수들 속으로 뛰어들었다. 쇠채찍으로 장수 몇 사람을 후려쳐 죽이고 다시 말을 돌려 천천히 걸어나갔다. 위군 장수들은 연거푸 네댓 차례나 뒤쫓았으나 그때마다 모두 문앙 하나를 해보지 못하고 쫓겨갔다.

훗날 어떤 사람이 시를 지어 남겼다.

옛적에 장판파에서 홀로 조조군을 막아

자룡은 그때부터 뛰어난 사람으로 이름 드날렸네

칼끝이 서로 춤추는 낙가성 안 싸움 자리에서

겁 없이 씩씩하기 짝이 없는 문앙을 또 보네

그때 문흠은 험한 산길로 잘못 들어가 밤새 산속을 헤매고 있었다. 겨우 길을 찾아 나왔을 때는 이미 동이 트고 있을 때였다. 문앙의 군사는 어디로 갔는지 알 길이 없고, 크게 이긴 위군들이 설치는 모습만 보였다. 문흠은 싸우지 않고 그대로 물러났다. 위군이 이긴 기운을 몰아 뒤쫓자 문흠은 군사를 이끌고 수춘을 바라고 달아났다.

한편 위나라 전중교위 윤대목은 본디 조상이 마음 깊이 믿는 사람이었다. 조상이 사마의한테 죽고 나자 어찌할 수 없어 사마사를 섬기고는 있었지만, 늘 사마사를 죽여 조상의 원수를 갚을 마음을 잃지 않고 있었다. 그런데다 그는 문흠과는 오랫동안 두터이 지낸 사이였다. 마침 사마사의 눈알이 혹을 짼 자리로 튀어나와 움직이지 못하자 막사로 들어가 사마사에게 말했다.

"문흠은 본디 배반할 마음이 없었습니다. 지금 관구검이 윽박질러 어쩔 수 없이 저렇게 되었습니다. 제가 가서 달래면 틀림없이 항복합니다."

사마사가 그러라고 했다. 윤대목은 투구 쓰고 갑옷을 입은 뒤 말을 타고 문흠의 뒤를 쫓아 달려갔다. 거의 따라잡게 되자 윤대목이 큰소리로 외쳤다.

"문자사! 윤대목을 알아보시겠소?"

문흠이 고개를 돌려 바라보았다. 윤대목은 투구를 벗어 말안장에 걸쳐놓고 채찍으로 가리키며 말했다.

"문자사는 어찌하여 며칠을 더 못 참으시오?"

윤대목은 사마사가 곧 죽을 걸 알고 있었다. 그래서 문흠을 더 머물러 있게 하기 위해 달려왔다. 그러나 그 뜻을 알지 못한 문흠은 목소리를 가다듬어 꾸짖으며 활을 들어 쏘려고 했다. 이에 윤대목은 목을 놓아 울며 돌아가버렸다.

문흠은 군사를 거두어 수춘으로 달아났다. 그러나 수춘은 제갈탄이 벌써 군사를 이끌고 와 차지해버렸다. 문흠은 다시 항성으로 돌아가려 했으나 호준·왕기·등애가 세 갈래로 군사를 몰고 와 있었다. 문흠은 일 돌아가는 판이 몹시 다급해지자 동오의 손준에게 몸을 맡기러 갔다.

한편 항성 안에 있는 관구검은 수춘이 무너지고, 문흠도 졌으며, 성 밖에는 세 갈래 군사가 와 있다는 보고를 받았다. 그래서 성 안에 있는 군사를 죄다 이끌고 싸우러 나갔다. 바로 등애와 마주치자 갈옹에게 말을 몰고 나가 등애와 싸우노록 했다. 그러나 1합노 끝나기 전에 능애가 한칼에 갈옹을 베어버리고 군사를 몰아 덮쳐들었다. 관구검은 죽기로 싸워 막았다. 강회 군사는 큰 어지러움에 빠져버렸다.

호준과 왕기가 군사를 이끌고 사방을 에워싼 채 치기 시작했다. 관구검은 어찌해볼 수가 없어 말 탄 군사 여남은 명과 함께 길을 뚫고 달아나 신현성 아래에 이르렀다. 현령인 송백이 성 문을 열고 맞아들인 뒤 잔치를 베풀며 대접했다. 관구검은 술에 크게 취해 곯아떨어졌다. 송백은 사람을 시켜 관구검을 죽여 머리를 위군에게 갖다 바쳤다. 이리하여 회남은 가라앉았다.

이때 사마사는 병으로 자리에 누워 일어나지 못하고 있었다. 그는 제갈탄을 막사 안으로 불러 도장을 주며 벼슬을 진동대장군으로 높여 양주의 여러 군사를 도맡아 다스리도록 했다. 그런 뒤 군사를 거두어 허도로 돌아갔다.

사마사는 눈 아픈 게 가라앉지 않는데다 밤만 되면 이풍·장집·하후현 세 사람이 앞에 서 있는 모습까지 보여 괴롭기 짝이 없었다. 그는 마음이 멍해지면서 어지러워 스스로 더 살기 어렵다고 여겨 낙양으로 사람을 보내 사마소를 불러오게 했다. 사마소는 오자마자 자리 아래에 엎드려 울며 절을 했다.

사마사가 사마소에게 마지막 말을 남겼다.

"내 지금 맡고 있는 일이 너무 무거워 좀 내려놓고 싶었으나 그럴 수 없었다. 네가 내 뒤를 잇도록 하라. 큰일은 절대로 남에게 가벼이 맡기지 마라. 자칫 집안이 없어질 화를 스스로 부르게 될지도 모른다."

말을 마치자 사마사는 사마소에게 도장을 넘겨주었다. 얼굴 가득 눈물이 흘러내렸다. 사마소가 다급히 뭔가 물으려 하는데 사마사가 외마디 소리를 크게 내질렀다. 이어 눈알이 튀어나오더니 죽고 말았다. 때는 정원 2년 2월이었다.

사마소는 사마사의 죽음을 밝히고 위 임금 조모에게 알렸다. 조모는 조서를 지닌 사람을 허도로 보내 사마소가 잠시 그대로 허도에 머물면서 동오를 막게 했다. 사마소는 조서를 받고 속으로 어찌해야 좋을지 몰라 결정을 하지 못하고 망설였다.

이에 종회가 들쑤셨다.

"대장군께서 이제 막 돌아가셔서 백성들 마음이 뒤숭숭합니다. 이러한 때에 장군께서 이곳을 지키신다고 그대로 머물러 계시다가 만약에 조정에 무슨 일이라도 생기면 안타까워해도 늦지 않겠습니까?"

사마소는 그 말을 좇아 곧바로 군사를 일으켜 낙수 남쪽으로 가 머물렀다. 조모는 이 소식을 듣자 소스라치게 놀랐다.

태위 왕숙이 말했다.

"사마소가 이미 형의 뒤를 이어 큰 힘을 서머쥐고 있으니, 폐하께서는 즉시 사마소에게 벼슬을 내려 마음을 놓게 하십시오."

조모는 왕숙을 시켜 사마소를 대장군과 녹상서사로 삼는 조서를 전해주도록 했다. 사마소는 곧 조정에 들어와 임금의 은혜에 고마움을 나타냈다. 이때부터 안팎의 크고 작은 모든 일을 사마소가 틀어쥐었다.

한편 서촉의 염탐꾼은 이러한 사실을 재빨리 성도에 알렸다.

강유가 촉 임금 유선에게 말했다.

"사마사가 죽고 사마소가 모든 힘을 틀어쥔 지 얼마 안 되어 낙양을 쉽게 떠나지 못합니다. 부디 제가 이런 틈을 타서 위를 치고 중원을 되찾을 수 있도록 해주십시오."

유선은 그 말을 좇아 강유더러 군사를 일으켜 위를 치도록 했다. 강유는 한중으로 가 군사와 말을 살폈다.

정서대장군 장익이 말했다.

"촉 땅은 비좁은데다 물자와 먹을거리도 넉넉하지 않아 멀리 치러 나가기는 마땅치 않습니다. 험한 데에 웅크리고 있으면서 우리 깜냥껏 지내며 군사를 어루만지고 백성을 아끼는 게 나라를 잘 지켜나가는 좋은 방법이 아닌가 싶습니다."

강유가 손을 내저었다.

"그렇지 않소. 옛적에 승상께서는 오두막집을 나오시기 전에 이미 세상을 셋으로 나눌 마음이셨소. 그러면서도 여섯 번이나 기산으로 나가셔서 중원을 꾀하시다가 안타깝게도 중간에 세상을 뜨시는 바람에 공을 이루지 못하셨소. 지금 나는 이미 승상께서 남기신 뜻을 받들었으니 마땅히 충성을 다해 나라의 은혜를 갚아 그 뜻을 이어야 하오. 그리되면 비록 죽는다 해도 한이 없겠소. 지금 위나라에 빈틈이 생겼소. 이런 때를 노려 치지 않는다면 다시 어느 때를 기다려야 하오?”

하후패가 말했다.

“장군의 말씀이 옳습니다. 가벼이 무장하고 말을 탄 군사를 포한으로 나가게 하여 조서와 남안을 얻으면 여러 고을을 차지할 수 있습니다.”

장익이 말했다.

“지난번에 이기지 못하고 돌아온 까닭은 모두 군사가 너무 느릿느릿 나갔기 때문입니다. 싸움을 하는 법에 따르면 ‘준비가 되어 있지 않을 때 치고, 뜻하지 않을 때 나아가라’고 했습니다. 지금 타는 불처럼 재빨리 나아가 위군이 미처 막을 틈을 주지 않으면 반드시 크게 이길 수 있습니다.”

마침내 상유는 군사 5만 명을 이끌고 포한을 바라고 떠났다. 강유의 군사가 조수에 이르자, 두 나라가 갈리는 곳을 지키고 있던 군사가 옹주 자사 왕경과 정서장군 진태에게 보고했다. 왕경이 먼저 말 탄 군사와 일반 군사 해서 모두 7만 명을 일으켜 맞아 싸우러 왔다. 강유는 장익에게 이러저러하라고 일렀다. 하후패에게도 이러저러하라고 일렀다. 두 사람이 명령을 받고 떠나자 강유는 직접 대군을 이끌고 가 조수를 등지고 진을 쳤다.

왕경이 아장 몇 사람을 거느리고 나와 물었다.

“위와 오와 촉은 이미 솥발처럼 셋이 서 있는 꼴을 이루고 있다. 그런데 너는 어찌하여 걸핏하면 쳐들어오느냐?"

강유가 대답했다.

"사마사가 아무런 까닭도 없이 임금을 쫓아냈으니, 이웃 나라인 우리로서는 마땅히 그 죄를 물어야 한다. 하물며 원수의 나라이니 더 말해 무엇하겠느냐?"

왕경은 장명·화영·유달·주방 네 장수를 돌아보았다.

"촉군은 물을 등지고 진을 치고 있으므로 싸움에 지면 죄다 물에 빠져 죽게 되어 있소. 그러나 강유는 날쌔고 씩씩한 장수이므로 그대들 네 사람이 한꺼번에 달려들어 싸우시오. 그쪽이 물러가는 움직임이 보이면 마구 뒤쫓아 몰아붙이도록 하시오."

네 장수는 왼쪽·오른쪽으로 나누어 나가서 강유와 싸웠다. 강유는 몇 합 싸우는 척하더니 말 머리를 돌려 본진 쪽으로 달아났다. 왕경은 군사를 크게 휘몰아 한꺼번에 뒤쫓았다. 강유는 군사를 이끌고 조수 서쪽을 바라고 달아났다. 물 가까이 이르자 장수와 군사들에게 큰소리로 외쳤다.

"일이 급하게 되었다! 장수들은 어째서 있는 힘을 다 내지 않는가!"

장수들이 모두 한꺼번에 돌아서며 힘을 떨쳐 싸우기 시작하자 위군은 크게 지고 말았다. 장익과 하후패는 위군 뒤쪽에서 두 갈래로 나누어 달려들어 위군을 가운데로 몰아넣고 들이쳤다. 강유는 한껏 씩씩한 힘을 떨치며 위군 속으로 쳐들어가 닥치는 대로 치고받았다. 위군은 크게 어지러움에 빠져 자기네들끼리 서로 밟고 밟혔다. 이에 죽어 나자빠진 이가 절반이요, 조수로 쓸려들어가 빠져 죽는 이도 셀 수 없었으며, 목이 베인 이도 1만 명이 넘어 주검이 몇 리에 걸쳐 쌓일 정도였다.

왕경은 싸움에 진 말 탄 군사 1백 명과 함께 죽을힘을 다해 빠져나갔다. 곧바로 적도성 안으로 달려들어가 문을 닫고 굳게 지켰다.

강유는 이번 싸움에서 크게 이기자 군사들을 배불리 먹인 다음 바로 나아가 적도성을 치려 했다.

그러나 장익이 말렸다.

"장군께서는 이미 공도 세우셨고 씩씩한 기운도 크게 떨쳤으니 이쯤해서 멈추면 좋겠습니다. 지금 더 나아갔다가 만약에 뜻대로 되지 않으면 바로 뱀을 그리면서 쓸데없이 발까지 그리는 꼴이 나기 십상입니다."

강유가 고개를 저었다.

"그렇지 않소. 지난번에 우리가 졌을 때도 오히려 나아가서 중원을 휘저으려 했소. 그런데 오늘은 조수의 한판 싸움에서 위군들의 가슴이 내려앉게 했으니, 이대로 몰아붙이면 적도는 손바닥에 침 한 번 뱉듯이 쉽게 얻을 수 있소. 그대는 스스로 뜻을 꺾지 마시오."

장익이 두 번 세 번 거듭 말렸지만 강유는 끝끝내 듣지 않은 채 군사를 몰고 적도성을 빼앗으러 갔다.

이때 옹주의 정서장군 진태는 군사를 일으켜 왕경과 함께 싸움에 진 원수를 갚으려 했다. 그때 뜻밖에 연주 자사 등애가 군사를 거느리고 왔다.

진태가 그를 맞아 서로 인사를 마치고 나자 등애가 말했다.

"대장군의 명령을 받들어 특별히 장군을 도와 적을 깨러 왔습니다."

진태가 등애에게 어떤 방법을 써서 싸울지 묻자 등애가 대답했다.

"저쪽이 조수 싸움에서 크게 이기고 난 뒤 강족군사들까지 불러 동쪽의 관중과 농우에서 우리와 다투고, 네 고을에 싸움을 부추기는 글까지 띄웠다면 우리에겐 아주 큰 골칫거리가 되었을 겁니다. 그러나 저들은 그렇게 할 생각을 내지 않고 뜻밖에도 적도성을 노리고 있습니다. 그 성은 워낙 단단해서 쉽게 깰 수 없어 괜히 군사들의 헛심만 쓰게 할 뿐입니다. 지금 우리가 군사를 이끌고 항령으로 가 진을 펼친 뒤 치고 나가면 촉군은 반드시 무너지고 맙니다."

진태가 고개를 끄덕였다.

"참으로 기가 막힌 생각이오!"

진태는 군사 50명을 한 무리로 묶어 20무리를 먼저 떠나보냈다. 그들은 모두 깃발을 비롯해 북과 나팔·횃불 따위를 가지고 낮에는 숨어 지내고 밤에만 길을 갔다. 적도성 동남쪽 높은 산의 깊은 골짜기에 숨어 있으면서 촉군이 오거든 한꺼번에 북을 치고 나팔을 불어 돕도록 했다. 밤에는 또 횃불을 들고 쾅 소리를 내 적을 놀라게 하도록 했다. 그들은 모든 준비를 끝내놓고 촉군이 오기만을 기다렸다. 이어 진태와 등애는 군사 2만 명씩을 거느리고 서로 잇대어 나아갔다.

한편 강유는 적도성을 에워싸고 군사들에게 여덟 방향에서 치도록 했다. 그러나 며칠을 계속 쳐도 깨지지 않아 속이 무척 답답했다. 어찌해야 좋을지 뾰족한 수가 떠오르지 않았다.

그날 해 질 무렵이었다. 갑자기 염탐꾼이 서너 차례나 달려와 보고했다.

"두 갈래로 적이 쳐들어오고 있습니다. 깃발 위에 큰 글씨가 뚜렷이 쓰여 있는데, 하나는 '정서장군 진태', 또 하나는 '연주 자사 등애'입니다."

강유는 깜짝 놀랐다. 바로 하후패를 불러 의논했다.

하후패가 말했다.

"내가 전에도 장군께 말씀드린 적이 있지만, 등애는 어려서부터 싸우는 법에 매우 밝고 지리도 훤히 꿰뚫고 있습니다. 지금 군사를 몰고 왔다면 해보기가 쉽지 않겠습니다."

강유가 말했다.

"저쪽 군사는 먼 길을 온 터라 쉴 틈을 주지 말고 바로 들이치면 좋겠소."

그런 뒤 장익은 남아 성을 지키게 하고, 하후패는 군사를 거느리고 나가 진태를 맞아 싸우게 했다. 강유 자신은 직접 군사를 이끌고 등애를 맞아 싸우러 갔다.

강유의 군사가 채 5리도 못 갔을 때 느닷없이 동남쪽에서 쾅 소리 한 방이 나더니 북소리, 나팔 소리가 땅을 흔들었다. 게다가 불 기운이 하늘을 찌르기까지 했다. 강유가 말을 달려나가 살펴보니 둘레에 온통 위군 깃발이 펄럭이고 있었다.

강유는 소스라치게 놀랐다.

"등애의 꾀에 빠지고 말았구나!"

강유는 하후패와 장익에게 적도를 버리고 군사를 물리라는 명령을 보냈다. 이리하여 촉군은 모두 한중으로 물러갔다. 강유는 직접 뒤를 끊으며 물러갔다. 뒤쪽에서는 계속 북소리가 그치지 않았다. 군사를 물려 검각에 들어가서야 강유는 스무 군데서 난 북소리와 횃불이 모두 속임수였다는 걸 알았다. 강유는 군사를 물려 종제에 머물렀다.

한편 유선은 강유가 조수 서쪽에서 공을 세웠다 하여 강유를 대장군으로 삼는 조서를 내렸다. 강유는 벼슬을 받자 글을 올려 임금의 은혜에 고마움을 나타냈다. 그런 뒤 다시 군사를 일으켜 위를 칠 일을 의논했다.

공을 이루었으면 뱀의 발 붙이지 말 일인데
역적을 치고자 범 같은 씩씩함 늘 잃지 않으려 하네

과연 다음에 북쪽을 치면 어찌 될는지…….

제갈탄이 들고일어나다

등애는 슬기로움으로 강유를 깨부수고
제갈탄은 의로움으로 사마소를 치다

강유는 군사를 이끌고 물러가 종제에 머물렀다. 위군은 적도성 밖에 자리를 잡았다.

왕경은 진태와 등애를 성 안으로 맞아들였다. 먼저 성을 에워싸고 있던 걸 풀어주어 그에 대한 고마움으로 잔치를 열어 대접했다. 전군에게는 큰 상을 내렸다.

진태가 등애의 공을 위 임금 조모에게 보고했다. 이에 조모는 등애를 안서장군으로 삼고, 황제의 믿음을 나타내는 기를 주면서 호동강교위를 아울러 맡도록 했다. 그러면서 진태와 함께 옹주와 양주에 머물며 지키라 했다.

등애는 글을 올려 임금의 은혜에 고마움을 나타냈다.

진태는 등애를 축하하는 잔치를 베풀며 흐뭇해했다.

"강유가 밤에 달아난 걸 보면 이미 힘이 다 빠진 듯싶소. 이제는 함부로 다시 쳐들어오지 못할 거요."

등애가 웃었다.

"나는 촉군이 반드시 또 오리라 생각합니다. 그럴 만한 까닭이 다섯 가지나 있습니다."

진태가 다섯 가지 까닭이 무어냐고 묻자 등애가 차근차근 대답했다.

"첫째, 촉군이 비록 물러가기는 했지만 아직 이긴 기운이 남아 있습니다. 그러나 우리 군사는 싸움에 져 약해진 게 사실입니다. 그러니 반드시 또 쳐들어올 겁니다. 둘째, 촉군은 모두 공명이 훈련을 잘 시켜놓아 날래고 씩씩한 군사들이라 바로 싸움을 할 수 있습니다. 그러나 우리는 장수가 늘 바뀐데다 군사들 또한 훈련을 제대로 받지 못했습니다. 그러니 반드시 또 쳐들어오겠지요. 셋째, 촉군은 배를 많이 타고 다니는데 우리 군사는 죄다 뭍에서 걸어다니기 때문에 힘이 더 듭니다. 그러니 반드시 또 쳐들어옵니다. 넷째, 적도와 농서와 남안과 기산 네 곳 모두 싸워서 지키고 막아야 할 땅입니다. 촉군은 동쪽을 치는 척하다가 서쪽을 치거나, 남쪽을 노리는 척하다가 북쪽을 칠 수도 있습니다. 그러면 우리는 군사를 반드시 네 군데로 나누어 보내 지킬 수밖에 없는데, 촉군은 한 군데로 몰아 들이칠 수도 있어 넷으로 나뉜 군사가 전체 군사를 해보아야 합니다. 그러니 반드시 또 쳐들어온다고 봐야 합니다. 다섯째, 촉군이 만약에 남안이나 농서로 해서 쳐들어온다면 강족들의 곡식을 빼앗아 먹을 수 있고, 만약에 기산으로 해서 나온다면 밀이 있어 먹을 수 있습니다. 그러니 반드시 또 쳐들어옵니다.”

진태가 무릎을 탁 쳤다.

“공이 적을 귀신처럼 꿰뚫어보고 있으니 촉군쯤이야 무얼 걱정하겠소!”

이때부터 진태와 등애는 누구 나이가 더 많은지를 따지지 않고 벗하기로 했다.

등애는 옹주와 양주 땅 군사들을 날마다 훈련시키면서 중요한 길목마다 모두 영채를 세워 촉군이 갑자기 쳐들어오더라도 막아낼 수 있게 했다.

한편 강유는 종제에서 잔치를 크게 베풀며 장수들을 모두 모아놓고 위나라 칠 일을 의논했다.

영사 번건이 나서서 말렸다.

“장군께서는 여러 차례에 걸쳐 싸우러 나갔으나 아직까지 딱 부러지게 공을 세우지는 못하셨습니다. 그나마 이번 조서 싸움에서 위군의 무릎을 꿇리고 이름을 크게 떨치셨는데, 어쩌자고 바로 또 나가려고 하십니까? 만에 하나라도 잘못되면 바로 앞에 세운 공이 다 허물어지고 맙니다."

강유가 고개를 저었다.

"여러분은 위나라가 땅이 넓고 사람이 많아 쉽게 무너뜨릴 수 없다고만 알고 있소. 우리가 위나라를 치면 이길 수 있는 이유가 다섯 가지나 되는데 그건 잘 모르고 있소."

모두들 그 다섯 가지가 무엇인지 궁금해했다.

강유가 차근차근 들려주었다.

"저쪽은 조수 서쪽에서 한바탕 크게 져 날카로운 기운이 다 꺾였소. 그러나 우리는 비록 뒤로 물러나기는 했지만 군사를 잃지 않았소. 이게 지금 나아가면 우리가 이길 수 있는 첫 번째 이유요. 또 우리 군사는 배를 타고 나가므로 그다지 힘이 들지 않지만, 저쪽 군사들은 모두 다 뭍으로 걸어서만 와야 하오. 이게 우리가 이길 수 있는 두 번째 이유요. 우리 군사는 오랫동안 훈련을 받았지만, 저쪽 군사는 모두 아무런 질서 없이 까마귀 떼처럼 몰려다니기만 할 뿐이오. 이게 우리가 이길 수 있는 세 번째 이유요. 우리는 기산 쪽으로 나아가면 가을 곡식을 거두어 먹을 수 있소. 이게 우리가 이길 수 있는 네 번째 이유요. 저쪽은 여러 곳을 지켜야 하므로 군사들 힘이 나뉘지만, 우리는 군사를 한 군데로 몰아 쳐들어갈 수 있으니 저쪽에서 막기 어렵소. 이게 우리가 이길 수 있는 다섯 번째 이유요. 이런 때 위나라를 치지 않고 어느 때가 오기를 또 기다린단 말이오?”

하후패가 말했다.

“등애는 비록 나이는 어리지만 그때그때 맞추어 쓰는 꾀가 뛰어납니다. 게다가 요새 안서장군 자리까지 꿰찼으니 반드시 여러 곳에 준비를 해놓았을 겁니다. 지난날과는 같지 않으리라 봅니다.”

강유가 냅다 소리를 내질렀다.

“내 어찌 등애 따위를 두려워하겠소! 공들은 남의 날카로운 기운을 북돋우면서 우리 스스로를 깔아뭉개지 마시오! 내 뜻은 이미 정해졌소. 기어코 농서부터 차지하고 말겠소.”

모두들 서슬에 눌려 아무도 나서서 말리지 못했다.

강유는 스스로 앞쪽 군사를 맡아 나가면서 뭇 장수들을 뒤따르게 했다. 이리하여 촉군은 모두 종제를 떠나 기산으로 쳐들어갔다.

염탐꾼이 달려와 보고했다. 위군이 벌써 기산에다 영채 9개를 세워놓았다고 했다. 강유는 믿어지지 않아 말 탄 군사 몇을 데리고 높다란 곳에 올라가 살펴보았다. 과연 기산에 영채 9개가 기다란 뱀처럼 잇대어 세워져 있는데, 머리와 꼬리가 서로 돕는 꼴로 이루어져 있었다.

강유가 곁에 있는 이들을 돌아보며 중얼거렸다.

"하후패의 말이 틀린 말이 아니었구나. 저 영채들 서 있는 꼴이 정말 기가 막히군. 우리 스승 제갈승상께서나 하실 수 있는 방법이다. 지금 보니 등애도 우리 스승 못지않구나."

강유는 본부 영채로 돌아가 장수들을 불러모았다.

"위군이 미리 준비를 해놓고 있는 걸 보니 틀림없이 우리가 올 줄 알고 있었소. 나는 등애가 반드시 여기 있을 거라 생각하오. 여러분들은 내 깃발을 보란 듯이 더 내세우고 골짜기 어귀에 영채를 세우시오. 그런 뒤 날마다 말 탄 군사 백 명쯤씩 내보내 살펴보게 하시오. 한 번 나가 살필 때마다 옷과 갑옷을 바꿔 입도록 하고, 깃발도 동서남북과 가운데를 뜻하는 푸른색·노란색·빨간색·흰색·검은색으로 바꿔가며 내세우시오. 그 사이에 나는 대군을 이끌고 동정으로 살짝 나가 바로 남안을 들이치겠소."

강유는 포소가 군사를 거느리고 기산 골짜기 어귀에 머물도록 한 뒤 대군을 모두 이끌고 남안으로 떠나갔다.

한편 등애는 촉군이 기산으로 나올 줄 알고 일찌감치 진태와 함께 영채를 세워놓고 막을 준비를 하고 있었다. 그런데 촉군은 날이 가도 싸우러 오지 않고, 하루에 다섯 번씩 말 탄 군사들이 영채를 나와 10리에서 15리쯤 나와 살펴보고는 그냥 되돌아갈 뿐이었다. 등애는 높다란 곳에 올라가 살펴본 뒤 부리나케 막사로 들어가 진태에게 말했다.

"강유는 여기 있지 않습니다. 틀림없이 동정을 빼앗고 남안을 덮치러 갔습니다. 영채에서 나와 살펴보는 군사는 몇 되지 않습니다. 그저 옷과 갑옷만 갈아입으며 들락거리면서 살펴봅니다. 말들도 모두 지쳐 보입니다. 주된 장수 노릇 하는 이도 틀림없이 보잘것없는 사람일 성싶습니다. 진장군께서 군사 한 무리를 이끌고 나가 들이치면 너끈히 깨부술 수 있습니다. 영채를 깨부순 다음엔 곧바로 군사를 이끌고 동정길을 덮쳐 강유의 뒤를 미리 끊도록 하십시오. 나는 먼저 군사 한 무리를 이끌고 가 남안을 구하고 무성산을 빼앗겠습니다. 만약에 그 산꼭대기를 먼저 차지하고 있으면 강유는 틀림없이 상규를 빼앗으려 들겠지요. 상규에는 단곡이라는 골짜기가 하나 있는데, 좁다랗고 험해서 숨어 있기에 딱 알맞습니다. 저쪽이 무성산을 빼앗으러 왔을 때, 나는 미리 단곡 양쪽에 군사를 숨겨두겠습니다. 그러면 강유를 반드시 깰 수 있습니다."

진태가 말했다.

"내가 농서를 지킨 지 이삼십 년이나 되었지만 아직 지리에 그토록 밝지 못하오. 공의 말을 들으니 참으로 귀신이 꾀를 내는 듯하오! 공은 어서 떠나시오. 여기 영채는 내가 맡아 들이치도록 하겠소.”

등애는 군사를 이끌고 밤을 도와 길을 배로 빨리 가서 무성산에 이르렀다. 영채를 다 세우고 나도 촉군은 아직 오지 않았다. 등애는 아들 등충과 장전교위 사찬에게 군사를 5천 명씩 거느리고 먼저 단곡으로 가서 숨어 있으라 하며 이러저러하라고 일렀다. 두 사람은 할일을 받아들고 떠났다. 등애는 깃발을 눕혀놓고 북소리도 나지 않게 한 뒤 촉군이 오기를 기다렸다.

이때 강유는 동정으로 해서 남안으로 나아가고 있었다. 무성산에 이르렀을 때 하후패에게 말했다.

“남안 가까운 곳에 무성산이라는 산이 하나 있소. 만약에 그 산을 먼저 차지한다면 남안은 나 빼앗은 거나 마찬가지요. 하지만 등애가 꾀가 많아 미리 막을 준비를 하고 있지나 않을까 걱정이오.”

그런 걱정을 하고 있는데 느닷없이 산 위에서 쾅 소리 한 방이 나면서 아우성치는 소리가 크게 일고 북소리, 나팔 소리가 울려퍼지며 깃발들이 여기저기 세워졌다. 위군이 벌써 산을 모두 차지하고 있었다. 한가운데에서 바람에 나부끼는 노란 깃발엔 ‘등애’라고 커다랗게 쓰여 있었다. 촉군은 크게 놀라 어찌해야 좋을지 몰랐다. 산 위 몇 군데서 날래고 씩씩한 군사들이 밀고 내려왔으나, 촉군은 힘에 눌려 막아내지 못했다. 그 바람에 앞쪽 군사가 크게 지고 말았다. 강유가 급히 중군을 이끌고 구하러 갔으나 위군은 벌써 물러가고 없었다.

강유는 곧바로 무성산 아래로 가 등애에게 싸움을 걸었다. 그러나 위군은 산 위에서 꼼짝도 하지 않았다. 강유는 군사들을 시켜 욕을 퍼붓게 했다. 그러다가 해가 저물자 군사를 물리려 했다. 그때였다. 갑자기 산 위에서 북소리, 나팔 소리가 한꺼번에 울려퍼졌다. 그러나 달려 내려오는 위군은 하나도 보이지 않았다. 강유는 산 위로 쳐들어가려고 했지만, 산 위에서 돌이 마구 날아오는 바람에 올라갈 수가 없었다.

그대로 지키고 있다가 한밤중이 되어 막 돌아가려 하는데 산 위에서 북소리, 나팔 소리가 다시 울려퍼졌다. 강유는 군사들을 이끌고 산 아래로 옮겨가 머물면서 나무와 돌 따위를 날라다 영채를 세우도록 하였다. 그때 산 위에서 북소리, 나팔 소리가 또 울려퍼지며 위군들이 쏟아져 내려왔다. 촉군은 크게 어지러워져 서로 밟고 밟히면서 먼젓번 영채로 물러갔다.

다음 날 강유는 군사들을 시켜 식량과 말먹이를 실은 수레들을 무성산으로 옮기도록 했다. 그것들을 울타리처럼 잇대어놓고 그 안에 군사를 머물게 하기 위해서였다. 그러나 밤이 이슥해질 무렵 등애가 보낸 군사 5백 명이 저마다 손에 횃불을 들고 두 갈래로 나누어 산을 내려와 수레에 불을 지르고 말았다. 양쪽 군사들은 밤새도록 서로 뒤섞여 싸웠다. 그래서 영채는 또 세우지 못하고 말았다.

강유는 다시 군사를 이끌고 물러난 뒤 하후패와 또 의논했다.

"남안을 얻을 수 없다면 차라리 상규를 먼저 빼앗는 게 좋겠소. 상규는 바로 남안의 식량을 쌓아두는 곳이오. 그러니 상규를 차지하면 남안은 저절로 위험에 빠지고 마오."

강유는 하후패를 무성산에 머물러 있게 한 뒤 날랜 군사와 씩씩한 장수를 모두 거느리고 상규를 빼앗으러 갔다. 밤새 길을 가다 보니 어느새 날이 밝아왔다. 산 생김새를 보니 골짜기가 좁다랗고 험한데 길마저 지나가기에 아슬아슬했다.

강유가 길잡이에게 물었다.

"여기 이름이 어떻게 되는가?"

길잡이가 대답했다.

"단곡이라고 합니다. 조각 단(段) 자에 골짜기 곡(谷) 자를 씁니다."

강유는 소스라치게 놀랐다.

"단곡이라고? 이름이 아주 좋지 않군. 그건 바로 끊을 단

(斷) 자에 골짜기 곡(谷) 자하고 소리가 같고 뜻도 같네. 만약에 누군가가 골짜기 어귀를 막아 끊어버린다면 어찌해야 하나?”

강유는 어찌해야 좋을지 몰라 망설였다. 그때 갑자기 앞쪽 군사가 와서 보고했다.

“산 뒤쪽에서 먼지가 크게 피어오릅니다. 군사가 숨어 있는가봅니다.”

강유는 서둘러 군사를 물리도록 했다. 바로 그때 사찬과 등충이 양쪽에서 몰아쳤다. 강유는 싸우다가 달아나고 달아나다가 싸우기를 되풀이하는데, 앞쪽에서 외침 소리가 크게 일었다. 등애가 군사를 이끌고 들이닥쳤다. 위군이 세 갈래로 나누어 들이치는 바람에 촉군은 크게 지고 말았다. 다행스럽게도 하후패가 군사를 몰고 나타났다. 위군은 그제야 물러갔다.

그렇게 해서 강유를 구해놓자 강유는 다시 기산으로 가고자 했다.

하후패가 말했다.

“기산 영채는 이미 진태가 다 깨부수어버렸습니다. 포소는 싸우다 죽고, 영채에 있던 군사는 모두 한중으로 물러갔습니다.”

강유는 섣불리 동정으로 해서 갈 수도 없을 성싶어 서둘러 외진 산골짜기 샛길로 해서 돌아가고자 했다. 그런데 뒤쪽에서 등애가 마구 쫓아왔다. 강유는 모든 군사를 앞서 나아가게 하고 스스로 뒤를 끊으며 나아갔다. 그렇게 가고 있는데 갑자기 산속에서 군사 한 무리가 뛰쳐나왔다. 위군 장수 진태였다. 위군은 한꺼번에 아우성을 치며 강유를 한가운데로 몰아넣고 빙 둘러싸버렸다. 강유는 이리 치고 저리 치며 싸웠지만 사람이고 말이고 다 지칠 대로 지쳐서 빠져나갈 수가 없었다.

탕구장군 장의는 강유가 어려움에 빠졌다는 보고를 받자마자 말 탄 군사 수백 명을 이끌고 달려와 겹겹으로 에워싼 데를 뚫고 들어왔다. 강유는 그 틈을 타 에워싼 데를 빠져나왔다. 그러나 장의는 위군이 어지러이 쏘아댄 화살에 맞아 죽고 말았다.

두텁게 에워싼 데서 벗어난 강유는 다시 한중으로 돌아갔다. 강유는 충성스러움과 씩씩함으로 나라를 위해 목숨을 바친 장의에게 느낀 바가 많았다. 바로 글을 올려 장의의 자손에게 벼슬을 내리도록 했다.

이번 싸움에서 촉군의 장수와 군사들이 많이 죽었기에 그 죄는 모두 강유에게 돌아갔다. 이에 강유는 제갈량이 가정 싸움에서 진 뒤 했던 바를 본받아 글을 올려 스스로 벼슬자리를 후장군으로 낮추고서 대장군 일을 맡아보았다.

강유가 단곡에서 크게 지다.

한편 등애는 촉군이 모두 물러가고 나자 진태와 함께 잔치를 열어 서로 축하하고, 전군에게 상을 크게 내렸다. 진태가 등애의 공을 조정에 알렸다. 이에 사마소는 황제의 믿음을 나타내는 기를 지닌 사람을 보내 등애의 벼슬을 높이고 도장을 주었다. 아울러 등애의 아들 등충을 정후로 삼았다.

이때 위 임금 조모는 정원 3년을 감로 첫해로 고쳤다.

사마소는 스스로 온 나라의 군사를 도맡는 대도독이 되어 들고날 때는 늘 단단히 무장한 사납고 날쌘 장수 3천 명에게 앞뒤에서 보호하도록 했다. 또 모든 일을 조정에 알리지 않고 상부에서 제 맘대로 해치웠다. 이때부터 사마소는 늘 뒤집어엎을 마음을 품고 있었다.

사마소가 마음 깊이 믿는 부하인 가충은 자가 공려인데, 죽은 건위장군 가규의 아들이었다. 그는 사마소 밑에서 장사 벼슬을 살고 있었다.

가충이 사마소에게 말했다.

"지금 주공께서는 큰 힘을 거머쥐고 계십니다. 그러기에 여기저기서 속으로 못마땅해하는 이들이 틀림없이 있습니다. 먼저 몰래 알아본 뒤에 큰일을 꾀하면 좋겠습니다."

사마소가 고개를 끄덕였다.

"나도 그럴 생각이었네. 자네가 나를 위해 동쪽엘 한번 다녀와주게. 싸움터에 나간 군사들을 어루만지러 왔다는 핑계를 대고 이것저것 살펴보게.”

사마소의 명령을 받은 가충은 곧바로 회남으로 진동대장군 제갈탄을 만나러 갔다.

제갈탄의 자는 공휴로 낭야 남양 사람이었다. 제갈량의 일가붙이로 집안의 아우뻘 되는 사람이었다. 일찌감치 위나라를 섬겼으나, 제갈량이 촉에서 승상을 지내고 있어 중요한 자리는 맡지 못했다. 제갈량이 세상을 떠나고 난 뒤에야 제갈탄은 중요한 자리를 두루 거친 뒤 고평후가 되어 회남과 회북의 군사를 도맡고 있었다.

그날 가충이 군사들을 어루만진다는 핑계로 회남에 이르러 제갈탄에게 가자 제갈탄이 잔치를 열어 대접했다. 술기운이 꽤 오르자 가충이 제갈탄을 슬쩍 떠보았다.

“요새 낙양의 여러 어진 사람들의 말을 들어보면, 모두가 임금이 너무 약해빠져서 그 자리를 제대로 지키지 못한다고 합니다. 사마대장군은 삼 대에 걸쳐 나라를 위해 애를 썼고 공과 덕스러움이 하늘에 가득하니 위나라 임금 자리를 이어받으면 좋겠다고들 합니다. 공께서는 어떻게 생각하시는지요?”

제갈탄이 발끈 성을 냈다.

“그대는 바로 가예주의 아들로 대대로 위나라의 녹을 먹고 있으면서 어찌 말도 안 되는 그런 소리를 함부로 하고 있는가!"

가충이 짐짓 잘못을 비는 척했다.

"저는 그냥 다른 사람의 말을 공께 그대로 옮겨보았을 뿐입니다."

제갈탄이 힘주어 말했다.

"만약 조정에 무슨 일이라도 나면 내 마땅히 죽음으로써 갚겠다."

가충은 아무런 대꾸도 하지 못한 채 입을 다물고 말았다.

다음 날 가충은 제갈탄과 헤어져 돌아와 사마소에게 다녀온 일을 자세히 털어놓았다.

사마소가 크게 성을 냈다.

"쥐새끼 같은 놈이 어찌 겁도 없이 그럴 수 있단 말인고!"

가충이 사마소를 부추겼다.

"제갈탄은 회남에서 백성들의 마음을 얻고 있어 머지않아 반드시 주공께 골칫거리가 됩니다. 서둘러 없애버리면 좋겠습니다."

사마소는 양주 자사 악침에게 몰래 비밀 편지를 보냈다. 그러는 한편 제갈탄에게는 사공으로 삼고자 불러들인다는 조서를 보냈다.

조서를 받아본 제갈탄은 가충이 자기 말을 일러바친 탓인 줄 벌써 알아챘다. 그래서 조서를 가지고 온 사람을 잡아다 못살게 굴며 다그치자 그가 하는 수 없이 털어놓았다.

"이 일은 악침도 알고 있습니다."

제갈탄이 물었다.

"그 사람이 어떻게 안단 말이냐?"

"사마장군이 이미 사람을 시켜 양주의 악침에게 비밀 편지를 보냈습니다."

제갈탄은 화가 치밀 대로 치밀어 무사들에게 그 사람을 베어 죽이도록 한 뒤 부하 군사 1천 명을 거느리고 양주로 쳐들어갔다. 남문에 이르러 보니 문은 닫혀 있고, 달아맨 다리는 들어올려져 있었다. 제갈탄은 성 아래에서 문을 열라고 소리쳤다. 그러나 성 위에서는 아무런 대꾸가 없었다.

제갈탄은 속이 부글부글 끓었다.

"하잘것없는 악침이 어찌 내게 건방지게 이럴 수 있단 말이냐!"

마침내 제갈탄은 장수와 군사들을 시켜 성을 무찌르도록 했다. 말 탄 부하 가운데에 날래고 씩씩한 여남은 명이 말에서 내려 도랑을 건넌 뒤 잽싸게 몸을 날려 성 위로 올라갔다. 이어 막는 군사들을 마구 무찔러 흩어버리고 성 문을 활짝 열어젖혔다. 이에 제갈탄은 군사를 이끌고 성으로 들어가 바람 부는 쪽으로 불을 지르게 하고 악침의 집으로 쳐들어갔다. 악침은 쩔쩔매다가 다락으로 올라가 피했다.

제갈탄이 칼을 들고 다락 위로 올라가 큰소리로 꾸짖었다.

"네 아비 악진은 옛적에 위나라의 은혜를 크게 입었다! 그런데 너는 어찌 그 은혜를 갚을 생각은 하지 않고 도리어 사마소를 따르고자 하느냐!"

악침이 미처 뭐라고 말을 할 새도 없이 제갈탄이 그를 베어버렸다.

제갈탄은 사마소의 죄를 낱낱이 적었다. 이어 사람을 시켜 그 글을 낙양으로 보냈다. 그러는 한편 회남과 회북에서 농사지으며 머물고 있는 군사 10만 명 남짓에다 양주에서 새로 항복한 4만 명 넘는 군사를 한데 모았다. 아울러 말먹이와 식량을 쌓으며 군사를 몰고 나갈 준비를 마쳤다. 제갈탄은 또 장사 오강을 오나라로 보내 아들 제갈정을 볼모로 맡기고 도움을 이끌어내도록 하였다. 함께 힘을 합쳐 사마소를 치기 위해서였다.

이때 동오에서는 승상인 손준이 병이 들어 죽고, 그의 사촌 아우인 손침이 나랏일을 맡아보고 있었다. 손침은 자가 자통인데 사람됨이 거칠고 사나웠다. 그는 대사마 등윤과 장군 여거·왕돈 등을 죽이고 나라의 힘을 손안에 틀어쥐었다. 오 임금 손량은 똑똑했지만 어찌할 수 없었다.

이런 때에 오강은 제갈정을 데리고 석두성의 손침에게

가 절을 했다. 손침이 온 까닭을 묻자 오강이 대답했다.

"제갈탄은 촉한 제갈무후의 집안 아우로 오래전부터 위나라를 섬겨왔습니다. 지금 사마소는 임금을 속이는 일도 모자라 제멋대로 임금을 갈아치우며 힘을 마구 휘두르고 있습니다. 군사를 일으켜 사마소를 치고자 하나 힘이 달려 이렇게 특별히 와서 항복을 합니다. 혹시라도 내키지 않으실까봐 친아들 제갈정을 볼모로 보냈습니다. 엎드려 바라오니 부디 군사를 보내어 도와주십시오."

손침은 오강이 바라는 바를 들어주기로 했다. 바로 대장 전역과 전단을 주된 장수로 삼고, 우전은 뒤쪽을 맡으며, 주이와 당자는 앞장서도록 했다. 군사들이 나아가는 길을 안내하는 일은 문흠이 맡도록 하면서 군사 7만 명을 일으켜 세 갈래로 나누어 나아가게 했다.

오강이 수춘으로 돌아와 보고하자 제갈탄은 무척 좋아라 하며 언제든 군사를 이끌고 나갈 준비를 했다.

마침내 제갈탄이 보낸 글이 낙양에 이르렀다. 사마소는 이를 보자 크게 화를 내며 직접 치러 나가려고 했다.

가충이 말렸다.

"주공께서는 아버님과 형님께서 닦아놓으신 바탕을 이어받으신 터라 아직 은혜로움과 덕스러움이 널리 미치지 못했습니다. 그런데 지금 천자를 두고 가셨다가 만약에 하루아침에 어떤 일이라도 생기면 그때는 안타까워해도 늦지 않겠습니까? 그러니 태후와 천자께 말씀드려 함께 가시면 아무런 걱정을 하지 않아도 됩니다."

사마소가 좋아라 했다.

"그 말이 바로 내 뜻에 딱 들어맞네."

사마소는 바로 태후에게 가서 말했다.

"제갈탄이 들고일어났습니다. 저와 문무 벼슬아치들이 함께 의논한 바를 말씀드리겠습니다. 바라건대 태후께서는 천자와 함께 수레를 타고 직접 나가셔서 역적을 쳐 먼젓번 황제들이 남기신 뜻을 잇도록 하십시오."

태후는 두려워서 그 말을 따르지 않을 수 없었다.

다음 날 사마소는 위 임금 조모에게도 길을 떠나자고 했다.

조모가 마뜩잖아했다.

"대장군이 천하의 모든 군사를 도맡고 있으니 마음대로 군사를 보내면 되는데 나까지 꼭 가야겠소?"

사마소가 말했다.

"그렇지 않습니다. 옛적에 무조께서는 천하를 누비셨고, 문제와 명조께서는 우주를 품으시려는 뜻과 온 세상을 다 삼키시려는 뜻을 지니셨습니다. 그래서 큰 적을 만날 때마다 반드시 직접 치러 나가셨습니다. 폐하께서도 앞선 임금들처럼 역적들을 깨끗이 쓸어내셔야 하는데 어찌하여 두려워하고 계십니까?"

조모는 사마소의 밀어붙이는 힘에 눌려 그대로 따르기로 했다.

사마소는 곧바로 조서를 내리게 하여 낙양과 장안의 군사 26만 명을 모두 일으키도록 하였다. 진남장군 왕기가 앞장서도록 하고, 안동장군 진건은 그 뒤를 받치도록 했다. 이어 감군 석포는 왼쪽을 맡고, 연주 자사 주태는 오른쪽을 맡도록 했다. 그런 뒤 임금 수레를 보호하며 거침없이 회남으로 쳐들어갔다.

동오 장수 주이가 군사를 이끌고 앞장서 나와 맞았다. 양쪽 군사는 서로 마주 보며 둥글게 진을 쳤다. 위군 가운데에서 왕기가 말을 몰고 나오자 주이가 나가 맞아 싸웠다. 그러나 채 3합도 싸우지 못하고 주이는 져서 달아났다. 그러자 당자가 말을 달려나왔으나 그도 3합을 넘기지 못하고 크게 지고 달아났다.

왕기가 군사를 몰아 마구 무찌르자 오군은 크게 져서 50리를 물러가 영채를 세우고 수춘성에 알렸다. 그러자 제갈탄이 직접 본부의 날랜 군사를 이끌고 나와 문흠과 그의 두 아들 문앙·문호와 함께 씩씩한 군사 수만 명을 한데 모아 사마소와 싸우고자 했다.

지금 막 오나라 군사의 날카로움이 꺾이는 걸 보고 나니

이제 또 위나라 장수가 씩씩한 군사를 몰고 오는 게 보이는구나

과연 이기고 짐은 어떻게 갈라질는지…….

무너지는 수춘성

우전은 수춘을 구하려다 의롭게 죽고
강유는 장성을 빼앗으려고 죽기 살기로 싸우다

사마소는 제갈탄이 오군과 한데 합쳐 싸우러 온다는 보고를 받자 산기장사 배수와 황문시랑 종회를 불러 적을 깰 방법을 의논했다.

종회가 말했다.

"오군이 제갈탄을 돕는데 그건 얻고 싶은 게 있어서 그럽니다. 그러니 우리가 뭔가 내주며 꾀어내면 반드시 이길 수 있습니다."

사마소는 그 말을 따랐다. 곧바로 석포와 주태에게 저마다 군사를 이끌고 먼저 가 석두성에 숨어 있도록 했다. 왕기와 진건은 날랜 군사들을 이끌고 뒤쪽에 있으라 했으며, 편장 성쉬는 군사 수만 명을 거느리고 먼저 가서 적을 꾀어내도록 하였다. 또 진준은 수레와 소와 말과 나귀와 노새에다 군사들에게 상으로 줄 물건들을 가득 싣고 사방에서 진중으로 오다가 적이 들이치면 바로 버리고 달아나라고 했다.

그날 제갈탄은 오의 장수 주이에게는 왼쪽을 맡기고, 문흠에게는 오른쪽을 맡겼다. 제갈탄은 위군 쪽의 군사와 말 모두 흐트러져 있자 바로 군사를 크게 휘몰아치며 나아갔다. 성쉬가 물러나 달아나기 시작했다. 제갈탄은 그대로 군사를 몰아쳐 마구 덮쳤다. 그런데 소와 말과 나귀와 노새가 들판에 가득했다. 이것을 본 남쪽 군사들은 그걸 서로 먼저 차지하기 위해 다투었다. 그러는 사이에 싸울 마음이 싹 사라지고 말았다.

그때 갑자기 쾅 소리 한 방이 나더니 두 갈래로 나누어 군사들이 덮쳐들었다. 왼쪽에서는 석포가 나오고, 오른쪽에서는 주태가 나왔다. 제갈탄은 깜짝 놀라며 급히 물러가려 했으나 왕기와 진건이 거느린 날랜 군사들이 덮쳐들었다. 제갈탄의 군사는 크게 지고 말았다. 게다가 사마소까지 또 군사를 이끌고 와 도왔다. 제갈탄은 싸움에 진 군사들을 이끌고 수춘성으로 달려들어가 문을 닫고 굳게 지켰다. 사마소는 군사들에게 사방을 빙 둘러 에워싼 뒤 힘껏 성을 치도록 했다.

이때 오군은 안풍으로 물러가 머물고 있었다. 또 위 임금의 수레는 항성에 머물고 있었다.

종회가 말했다.

"지금 제갈탄이 비록 지기는 했으나 수춘성 안에는 먹을거리며 말먹이가 아직 많습니다. 게다가 오군이 안풍에 있어 마치 사슴을 잡을 때 앞에서는 뿔을 잡고 뒤에서는 뒷다리를 잡듯이 앞뒤로 서로 도울 수 있는 꼴을 이루고 있습니다. 지금 우리 군사가 사방으로 에워싼 채 치고 있는데, 적들은 우리가 천천히 치면 굳게 지킬 테고 급히 몰아치면 죽기로 싸울 겁니다. 이러한 때에 혹시라도 오군이 틈을 노리고 양쪽에서 함께 몰아치면 우리로선 좋을 게 하나도 없습니다. 그러니 세 군데로만 치고 남문 쪽 큰길은 내버려두어 적이 달아날 수 있도록 하면 좋습니다. 적이 달아날 때 뒤쫓아가 치면 크게 이길 수 있습니다. 또 오군은 멀리서 왔기 때문에 틀림없이 먹을거리를 제대로 대지 못합니다. 제가 가벼이 무장한 말 탄 군사를 이끌고 가 뒤를 끊어버리면 싸우지 않아도 적은 스스로 무너지고 맙니다."

사마소가 종회의 등을 어루만지며 고개를 끄덕였다.

"그대는 참으로 나의 자방이오!"

사마소는 왕기에게 남문 쪽 군사를 거두라고 했다.

한편 오군은 안풍에 그대로 머물고 있었다.

손침이 주이를 불러 나무랐다.

"그깟 수춘성 하나 구하지 못하면서 어찌 중원을 차지할 수 있겠소? 만약에 다시 싸워 이기지 못하면 반드시 목을 베고 말겠소!"

주이는 본부 영채로 돌아와 의논했다.

우전이 말했다.

"지금 수춘성 남문 쪽은 적이 에워싸지 않고 있습니다. 제가 군사 한 무리를 이끌고 남문으로 들어가서 제갈탄을 도와 성을 지키도록 하겠습니다. 장군께서는 위군에게 싸움을 거십시오. 그러면 제가 성 안에서 치고 나오겠습니다. 그렇게 양쪽에서 끼고 치면 위군을 깰 수 있습니다."

주이는 그 말대로 하기로 했다. 그러자 전역·전단·문흠들이 모두 성 안으로 들어가겠다며 나섰다. 마침내 그들은 우전과 함께 군사 1만 명을 이끌고 남문으로 들어갔다. 위군들은 장수의 명령이 없는데 섣불리 적을 막을 수는 없어 오군이 성 안으로 들어가도록 내버려둔 뒤 사마소에게 보고했다.

사마소가 말했다.

“적이 그렇게 한 건 주이와 함께 안팎으로 끼고 쳐 우리 군을 깨기 위해서이다.”

사마소는 왕기와 진건을 불러 일렀다.

“그대들은 군사 오천 명을 이끌고 가 주이가 오는 길을 끊고 뒤쪽을 치도록 하라.”

두 사람은 명령을 받고 떠나갔다.

주이가 군사를 거느리고 오는데 갑자기 뒤쪽에서 아우성치는 소리가 크게 일었다. 이어 왼쪽에서는 왕기가, 오른쪽에서는 진건이 뛰쳐나와 양쪽에서 덮쳐들었다. 오군은 크게 지고 말았다. 주이가 손침에게 돌아가자 손침은 있는 대로 화를 내며 호통을 쳤다.

“싸울 때마다 지기만 하는 너 같은 장수를 어디다 쓴단 말이냐!”

손침은 무사들을 시켜 주이를 끌고 가 목을 베라 하였다. 그런 뒤 전단의 아들 전의를 불러 으름장을 놓았다.

“만약에 위군을 물리치지 못하면 너희 부자는 다시는 나를 보러 오지 말라!”

그런 뒤 손침은 건업으로 돌아가버렸다.

이런 사실을 안 종회가 사마소에게 말했다.

“이제 손침이 물러가 바깥쪽에서 도와줄 군사가 없습니다. 성을 다시 에워싸면 되겠습니다.”

사마소는 그 말을 좇아 군사들을 다그쳐 성을 에워싸고 들이치도록 했다.

전의는 군사를 이끌고 수춘성으로 들어가려 했으나 위군의 엄청난 수와 기운에 눌려 질리고 말았다. 아무리 머리를 짜보아도 나아갈 길은 물론 물러설 길도 찾을 수 없었다. 그래서 마침내 사마소에게 항복하고 말았다. 사마소는 전의의 벼슬을 높여 편장군으로 삼았다.

전의는 사마소가 베푼 은혜에 고마움을 느껴 아버지인 전단과 작은아버지인 전역에게 편지를 썼다. 손침이 어질지 못하니 차라리 위에 항복하는 게 낫다는 내용이었다. 전의는 편지를 화살에 매달아 성 안으로 쏘아 날렸다. 전의의 편지를 받은 전역은 전단과 함께 군사 수천 명을 이끌고 성문을 열고 나와 항복했다.

성 안의 제갈탄은 걱정이 이만저만이 아니었다. 그때 모사 장반과 초이가 들어와 말했다.

"성 안에 먹을거리는 적은데 군사는 많아 오래 지키고 있을 수 없습니다. 군사를 모두 몰고 나가 위군과 죽기로 한바탕 싸워 끝장을 내시지요."

제갈탄이 성을 발끈 냈다.

"나는 지키려 하는데 너희들은 싸우자고 하니, 아무래도 딴마음을 품고 있는 성싶구나! 그따위 말을 또 하면 베어버리겠다!”

두 사람은 하늘을 우러러 길게 한숨을 내뱉었다.

“제갈탄이 곧 망하겠구먼! 우리는 일찌감치 항복해서 목숨이나 건지는 게 낫겠소!”

두 사람은 그날 밤이 이슥해질 무렵에 성을 넘어가 위에 항복하고 말았다. 사마소는 그들을 중요한 자리에 앉혔다.

이리하여 성 안에서는 싸우고 싶은 사람도 싸우자는 말은 두려워서 입 밖에 낼 수 없었다.

제갈탄은 성 안에서 바깥을 살펴보았다. 위군이 회수가 넘쳐나는 걸 막으려고 사방에 흙으로 성을 쌓고 있었다. 제갈탄은 속으로 회수가 넘쳐 흙으로 쌓은 성을 쓸어버리면 그때 군사를 몰고 나가 무찌르겠다고 벼렀다. 그러나 어찌된 일인지 가을이 다 지나고 겨울이 오도록 큰비 한 번 내리지 않아 회수가 넘칠 일이 없었다. 성 안의 식량은 점점 다 되어갔다.

문흠은 이때 작은 성 안에서 두 아들과 함께 굳게 지키고 있었다. 그런데 군사들이 굶주림을 견디지 못하고 하나둘 쓰러져갔다. 문흠은 이를 그냥 보고만 있을 수 없어 제갈탄에게 갔다.

“먹을거리가 다 떨어져 군사들이 굶주림을 견디지 못해 쓰러지고 있습니다. 이러고 있느니 북쪽 군사를 성 안에서

다 내보내 입을 줄이는 게 낫겠습니다."

제갈탄이 부르르 몸을 떨며 소리쳤다.

"네가 내 북쪽 군사를 다 내보내라고 했겠다! 너는 나를 어찌해볼 생각 아니냐?"

제갈탄은 무사들을 시켜 문흠을 끌어내 목을 베어버리라고 했다.

문앙과 문호는 아버지가 죽자 저마다 짤막한 칼을 빼어 들었다. 그 칼로 수십 명을 그 자리에서 죽인 다음 몸을 날려 성 위로 올라갔다. 이어 아래로 훌쩍 뛰어내린 뒤 도랑을 건너 위군 영채로 가 항복해버렸다.

사마소는 문앙이 예전에 홀로 말을 타고 위군을 물리친 일이 가슴에 맺혀 있었다. 그래서 죽여 복수하고자 했다. 그러나 종회가 말렸다.

"죄는 문흠에게 있습니다. 그런데 문흠은 지금 죽고 없습니다. 두 아들은 막다른 데로 몰려 우리한테 왔습니다. 항복해온 장수를 죽이면 성 안 사람들의 마음만 더욱 닫아걸게 할 뿐입니다."

사마소는 그 말을 좇아 문앙과 문호를 막사 안으로 불러들여 좋은 말로 달래었다. 그런 뒤 잘 달리는 좋은 말과 비단옷을 주고 벼슬을 높여 편장군 관내후로 삼았다. 문앙과 문호는 절을 하며 고마움을 나타낸 뒤 말을 타고 성 바깥을 돌며 외쳤다.

"우리 두 형제는 대장군한테서 용서받고 벼슬까지 받았다. 너희들은 어째서 빨리 항복하지 않느냐?"

성 안 사람들은 이 말을 듣자 모두들 어찌해야 할지 몰라 수군거렸다.

"문앙은 바로 사마씨의 원수다. 그런 사람도 자리를 높여 주는데 하물며 우리야 더 말해 무엇하겠는가?"

그러면서 모두들 항복하고 싶어 했다.

제갈탄은 이런 말을 듣자 화가 크게 치밀어올랐다. 그래서 밤낮으로 직접 성을 돌며 죽이는 일로 스스로의 무게를 지킬 뿐이었다.

종회는 성 안 군사들 마음이 이미 바뀐 것을 알고 막사로 들어가 사마소에게 말했다.

"이런 때를 타서 성을 쳐야 합니다."

사마소는 아주 좋아라 하며 전군을 부추겨 사방에서 구름처럼 몰려가 한꺼번에 치도록 했다. 성을 지키던 장수 증선이 북문을 열어 바쳤다. 위군은 쉽게 성 안으로 들어갈 수 있었다. 제갈탄은 위군이 들어오자 허겁지겁 부하 수백 명을 이끌고 성 안 샛길로 해서 뛰쳐나가려 했다. 달아맨 다리 가까이 이르렀을 때 호분과 딱 맞닥뜨렸다. 호분이 손을 들어 칼을 한 번 내리치자 제갈탄은 말 아래로 고꾸라져버렸

우전이 의롭게 싸우다.

다. 부하 수백 명은 모두 꽁꽁 묶이고 말았다.

왕기는 군사를 이끌고 서문으로 쳐들어가다가 오의 장수 우전과 마주쳤다.

왕기가 소리쳤다.

"왜 빨리 항복하지 않느냐!"

우전이 성을 발끈 냈다.

"명령을 받아 어려움을 풀러 싸움터에 나왔으면서, 어려움을 풀어주지는 못하고 남에게 항복이나 하는 건 의로운 일이 아니다!"

우전은 투구를 벗어 땅바닥에 내던지며 소리쳤다.

"사람으로 세상에 태어나 당당하게 싸움터에서 죽으니 다행스럽구나!"

우전은 급히 칼을 휘두르며 죽을힘을 다해 30합을 넘게 싸웠으나 사람과 말 모두 지쳐 더는 어찌해볼 수가 없었다. 그러는 사이 뒤섞여 어지러이 싸우는 군사들 속에서 죽고 말았다.

나중에 어떤 사람이 우전을 기리는 시를 지어 읊었다.

사마소가 수춘성을 에워싼 그때

수레 앞에 절하며 항복한 군사 셀 수 없이 많았네

동오에 영웅이야 또 있겠지만

우전처럼 기꺼이 죽은 이 그 누구인가

사마소는 수춘성으로 들어갔다. 먼저 제갈탄의 가족을 늙은이·어린이 가리지 않고 모조리 잡아다 목을 베어 높이 매달고, 모든 일가붙이까지 죄다 죽여버렸다.

무사들이 사로잡은 제갈탄의 부하 수백 명을 꽁꽁 묶어서 끌고 왔다.

사마소가 물었다.

"너희들은 항복하겠느냐?"

모두들 입을 모은 듯이 소리쳤다.

"우리는 제갈공과 함께 죽기를 원한다. 결코 너한테 항복하지 않겠다!"

사마소는 화가 치밀어올랐다. 무사들을 시켜 그들을 모두 묶인 그대로 성 밖으로 끌고 가게 한 뒤 한 사람 한 사람씩 따로 물었다.

"항복하면 살려주겠다."

그러나 항복하겠다고 대답하는 이가 한 사람도 없었다. 그대로 하나씩 다 죽여가도록 항복하는 이는 끝내 한 사람도 나오지 않았다. 사마소는 속으로 깊이 놀라 한숨을 내쉬며 모두 다 묻어주게 했다.

나중에 어떤 사람이 시를 지어 기렸다.

　　　　　　　　　　　　

충신은 곧은 뜻을 굽혀가면서 살려고 애쓰지 않지

제갈탄 부하들이 그러하였다네

죽음을 기리는 노랫소리 그칠 날 없으리

그들이 남긴 바 마치 옛날 전횡을 따라

죽은 부하들 일 이은 듯하네

오나라 군사는 절반도 훨씬 넘게 위에 항복했다.

배수가 사마소에게 말했다.

"오군은 가족이 모두 동남쪽 강회 땅에 있습니다. 지금 그대로 두면 나중에 반드시 좋지 않은 일이 생깁니다. 구덩이를 파서 산 채로 몰아넣고 묻어버리면 좋겠습니다."

종회가 말렸다.

"그래서는 안 됩니다. 예로부터 군사를 쓰는 사람은 나라를 본디 그대로 고스란히 지키는 일을 으뜸으로 삼는다고 했습니다. 다만 악의 우두머리만 죽여 없앴습니다. 만약에 구덩이를 파서 모두 묻어 죽인다면 이는 어진 일이 아닙니다. 차라리 풀어 놓아주며 강남으로 돌아가게 함으로써 우리 중국의 너그러움을 보여주면 더 좋습니다."

사마소가 무릎을 탁 쳤다.

"그것 참 좋은 생각이오."

마침내 오군을 풀어주며 모두 자기 나라로 돌아가라 했

다. 그러나 당자는 손침이 두려워 돌아갈 수 없어 위에 항복하기를 원했다. 사마소는 그런 사람은 모두 좋은 자리를 마련해주며 하동·하내·하남 땅에 나누어 보냈다. 이리하여 회남은 조용해졌다.

사마소가 군사를 물려 돌아가려 하는데 갑작스런 보고가 들어왔다. 서촉의 강유가 군사를 이끌고 장성을 쳐 식량과 말먹이를 빼앗으려 한다고 했다. 사마소는 깜짝 놀랐다. 서둘러 여러 벼슬아치들과 함께 촉군을 물리칠 일을 의논했다.

이때 촉한은 연희 20년을 경요 첫해로 고쳤다.

강유는 한중에서 서천 장수 둘을 뽑아 날마다 군사와 말을 훈련시키고 있었다. 한 사람은 장서이고, 다른 한 사람은 부첨이었다. 두 사람 다 배짱이 좋고 씩씩해서 강유는 그들을 무척 아꼈다. 그러한 때 뜻밖의 보고가 들어왔다. 회남에서 제갈탄이 사마소를 치기 위해 군사를 일으켰는데, 동오의 손침이 돕는다고 했다. 이에 사마소는 낙양과 장안의 군사를 크게 일으켜 위태후와 위 임금까지 끌고 함께 싸우러 나섰다고 했다.

강유는 아주 기뻤다.

"내 이번엔 큰일을 이룰 수 있겠구나!"

강유는 유선에게 군사를 일으켜 위를 치겠다는 글을 올렸다. 중산대부 초주가 이런 소식을 듣고 한숨을 내쉬었다.

"요새 조정의 황제께서는 술과 여자에 빠지셔서 환관 황호만 믿으시며 나랏일은 돌보지 않으신 채 오로지 즐길거리만 찾으시고, 강백약은 계속 싸우러 나가려고만 할 뿐 군사들을 가엾이 여기며 어루만질 줄은 모르니 나라가 곧 어려움에 빠지고 말겠구나!"

그래서 초주는 나라를 바로잡아야 한다는 뜻을 담은 '수국론' 한 편을 지어 강유에게 보냈다.

강유가 받아 뜯어보았다.

어떤 사람이 "예로부터 약한 나라가 강한 나라를 이기려면 어떤 방법을 썼습니까?"라고 묻자 이렇게 대답했습니다. "큰 나라에 골칫거리가 없으면 늘 느슨해지기 쉽고, 작은 나라에 걱정거리가 있으면 늘 좋은 것을 생각하게 됩니다. 너무 많이 느슨해지면 난리가 일어나고, 좋은 것을 생각하면 잘 다스려지는 게 마땅한 이치입니다. 옛적에 주나라 문왕은 백성을 잘 다스렸기 때문에 좁은 땅에서 일어났으면서도 넓은 땅을 차지했고, 전국시대 구천은 백성들을 가엾이 여겨 어루만짐으로써 약한 걸로 강한 걸 해보았으니, 이게 그 방법입니다."

어떤 사람이 또 물었습니다. "옛적에 초나라는 강하고 한나라

는 약해 홍구를 사이에 두고 나누자고 했습니다. 그러자 한나라의 장량은 백성들의 뜻이 정해지고 나면 다시 움직이기 어렵다고 여겨 군사를 거느리고 초나라 항우를 쫓아 끝내 거꾸러뜨렸습니다. 그러니 반드시 주나라 문왕이나 구천을 본받을 까닭이 있겠습니까?"

그래서 대답했습니다. "상나라와 주나라 때는 왕과 제후를 세상에서 떠받들었고, 임금과 신하 사이도 오래도록 단단했습니다. 그러한 때 같으면 한고조 유방이라 해도 어찌 칼을 들어 천하를 차지할 수 있었겠습니까? 나중에 진나라는 제후를 없애고 고을마다 우두머리를 내려보내니, 백성들은 고된 일에 지치고 천하가 흙더미 무너지듯 하여 호걸들이 비로소 들고일어나 다투게 되었습니다.

그러나 지금은 우리나 저쪽이나 모두 나라를 물려주어 세대가 바뀌었습니다. 지금은 진나라 끝 무렵처럼 세상이 시끄러운 때가 아니고, 제·초·연·한·조·위 여섯 나라가 함께 맞서던 때와 같습니다. 그러니 주나라 문왕처럼 될 수는 있어도 한고조 유방처럼 되기는 어렵습니다. 때가 무르익은 뒤 움직이고, 이것저것 따져본 뒤 일으켜야 합니다. 그렇게 한 은나라 탕왕과 주나라 무왕은 단 한 번 싸워서 이겼습니다. 이건 백성들의 애씀을 중요하게 여기고 때를 기다리며 잘 살폈기 때문입니다. 만약에 군사의 힘만 믿고 싸움만 하다 보면 불행히도 어려움이 강유는 다 읽고 나더니 크게 성을 냈다.

"이건 썩어빠진 선비들이나 지껄이는 소리다!"

강유는 초주의 글을 땅바닥에 내팽개쳐버렸다. 그런 뒤
서천 군사를 이끌고 중원을 치러 나가려 하면서 부첨에게
물었다.

"공이 생각하기에 어디로 나가면 좋겠소?"

부첨이 대답했다.

"위군은 먹을거리와 말먹이를 모두 장성에 쌓아놓고 있
습니다. 지금 바로 낙곡을 치고 침령을 넘어가면 바로 장성
에 이를 수 있습니다. 먼저 먹을거리와 말먹이를 불살라버
리고 곧장 진천으로 쳐들어가 빼앗으면 중원도 머지않아
얻을 수 있습니다."

강유가 고개를 끄덕였다.

"공의 생각이 바로 내 계획과 딱 들어맞구려."

강유는 바로 군사를 이끌고 낙곡을 치고 침령을 넘어 장
성을 바라고 나아갔다.

이때 장성을 지키고 있던 장수는 사마망으로, 사마소의
집안 형뻘 되는 사람이었다. 성 안에는 식량과 말먹이가 넉

넉히 있었으나 군사는 얼마 되지 않았다. 사마망은 촉군이 쳐들어온다는 소식을 듣자 급히 왕진과 이붕 두 장수와 더불어 군사를 거느리고 성에서 나와 20리 떨어진 곳에 영채를 세웠다. 그 뒷날 촉군이 왔다. 사마망은 두 장수를 데리고 진 앞으로 나갔다.

강유가 말을 타고 나와 사마망을 가리키며 말했다.

"지금 사마소가 임금을 군 안에다 옮겨놓았다. 이건 꼭 이곽과 곽사와 같은 뜻을 품고 있어 그런다. 내 이제 천자의 명령을 받들어 죄를 물으러 왔으니 너는 빨리 항복하라. 만약 어리석게도 머뭇거리면 너희 집안을 다 쓸어버리겠다!"

사마망이 큰소리로 맞받았다.

"너희들은 어찌하여 버르장머리 없이 큰 나라를 자꾸 쳐들어오느냐! 빨리 물러가지 않으면 갑옷 한 조각도 돌아가지 못할 줄 알아라!"

말이 채 끝나기도 전에 사마망 뒤에서 왕진이 창을 꼬나들고 말을 달려나왔다. 촉 진 가운데에서는 부첨이 나가 맞았다. 서로 어우러져 싸운 지 10합도 되기 전에 부첨이 일부러 틈을 보였다. 이에 왕진이 달려들며 창을 내질렀다. 부첨은 잽싸게 몸을 피하면서 왕진을 사로잡아 말 위로 낚아채 올려 그대로 촉 진으로 돌아갔다.

화가 솟구쳐오른 이붕이 칼을 휘두르며 말을 달려 왕진

을 구하러 왔다. 부첨은 일부러 느릿느릿 걸으며 이붕이 가까이 다가올 때까지 모른 척하고 있다가 왕진을 땅바닥에 홱 내팽개친 뒤 네모진 쇠매를 몰래 꺼내들었다. 이붕이 바짝 다가와 칼로 내리치려 하자 부첨은 몸을 살짝 틀어 돌아보며 곧장 이붕의 얼굴을 쇠매로 후려갈겼다. 이붕은 눈알이 모두 빠져나오면서 그대로 말 아래로 떨어져 죽었다. 왕진은 촉군들이 어지러이 내지른 창에 찔려 죽고 말았다.

강유는 군사를 휘몰아 세차게 나아갔다. 사마망은 영채를 버리고 성으로 들어가 문을 닫고 나오지 않았다.

강유가 명령을 내렸다.

"군사들은 오늘 밤은 푹 쉬면서 날카로운 기운을 다듬고, 내일은 꼭 성으로 들어가도록 하라."

다음 날 해가 솟아 날이 밝아오자 촉군들은 앞을 다투어 거세게 나아갔다. 성 아래에 이르자 성 안으로 불화살을 비롯해 불이 붙은 솜뭉치 따위를 속에 넣은 쇠뭉치를 날려보냈다. 성 안의 초가집에 불이 붙자 위군들은 어쩔 줄을 모르고 갈팡질팡했다.

강유는 군사들을 시켜 성 아래에 마른 나무를 가득 쌓아놓고 한꺼번에 불을 지르도록 했다. 불길이 솟아 하늘을 찌를 듯했다. 성이 곧 무너지려 하자 성 안에 있던 위군들의 아우성치는 소리와 울부짖음이 사방 들녘까지 울려퍼졌다.

그렇게 성을 치고 있는데 갑자기 뒤쪽에서 외침 소리가 크게 일었다. 강유는 말고삐를 잡아당겨 멈추고 돌아보았다. 위군들이 북 치고 깃발을 휘두르며 거침없이 몰려오고 있었다. 강유는 뒷부대를 앞부대로 삼고 영채 문기 아래에 서서 기다렸다. 위군 속에서 단단히 무장한 차림의 젊은 장수 하나가 창을 들고 말을 달려나왔다. 20살 남짓 되어 보이는데, 얼굴은 분을 바른 듯이 하얗고 입술은 연지를 바른 듯이 붉었다.

젊은 장수가 목을 가다듬어 크게 소리쳤다.

"등장군을 알아보겠느냐?"

강유는 속으로 생각했다.

'이놈이 등애로구나.'

강유는 바로 창을 꼬나들고 말을 달려나갔다. 두 사람이 정신을 바짝 차린 채 3, 40합을 싸웠으나 이기고 짐이 갈라지지 않았다. 젊은 장수의 창솜씨가 조금도 흐트러짐이 없었다.

강유는 속으로 생각했다.

'이런 때는 꾀를 써야 이길 수 있다.'

강유는 말 머리를 돌려 왼쪽 산길로 달아났다. 젊은 장수가 무섭게 말을 달려 쫓아왔다. 강유는 창을 걸어놓고 몰래 활을 쥐고 화살을 날렸다. 그러나 젊은 장수는 눈이 밝아 벌써 알아차리고 시위 소리가 나자마자 몸을 굽혔다. 화살은 굽힌 몸 위로 날아가버렸다. 강유가 고개를 돌리는 순간 젊은 장수가 가까이 와서 창을 꼬나들고 그대로 내질렀다. 강유는 잽싸게 피하며 옆구리를 스치는 창을 부여잡았다. 젊은 장수는 창을 내버린 채 말을 돌려 자기 진영으로 달아났다.

강유는 한숨이 절로 나왔다.

"아, 아깝구나!"

강유는 다시 말을 돌려 그 뒤를 쫓았다. 위군 진의 문 앞까지 쫓아가자 한 장수가 칼을 들고 나오며 소리쳤다.

"강유, 이 멍청한 놈아! 내 아들을 뒤쫓지 말라! 등애가 여기 있다!"

강유는 깜짝 놀랐다. 젊은 장수는 등애의 아들 등충이었다. 강유는 속으로 거듭 기특하게 여겼다. 등애와 싸우고 싶었으나 말이 너무 지쳐 있어 그럴 수 없었다. 그래서 등애를 손가락으로 가리키며 애써 스스로를 부풀렸다.

"내 오늘 너희 부자를 알았으니 서로 군사를 거두고 내일 다시 싸워 끝장을 내자."

등애도 이 싸움판이 자기 쪽에 좋지 않아 말을 멈춰세우고 말했다.

"그럼 서로 군사를 거두기로 하자. 몰래 딴짓을 하면 사내대장부가 아니다."

양쪽 군사는 모두 물러갔다.

등애는 위수 가에 영채를 세우고, 강유는 두 산 사이에 영채를 세웠다.

등애는 촉군이 자리한 곳을 살펴보고 나서 사마망에게 편지를 보냈다.

우리는 절대로 싸우면 안 됩니다. 그저 단단히 지키고만 있어야 합니다. 관중에서 군사가 올 때까지 기다려야 합니다. 그때쯤이면 촉군은 식량과 말먹이가 다 떨어집니다. 그때 세 갈래로 나누어 들이치면 반드시 이길 수 있습니다. 지금 맏아들 등충을 보내 성을 지키는 일을 돕도록 하겠습니다.

그러는 한편 등애는 사마소에게도 사람을 보내 도와달라고 하였다.

한편 강유는 사람을 시켜 등애에게 싸움을 하자는 글을 보냈다. 약속한 대로 내일 크게 싸우자고 했다. 등애는 거짓으로 그러마고 했다.

다음 날 강유는 군사들 모두 새벽에 밥을 지어 먹게 하고 날이 샐 무렵부터 진을 치고 기다렸다. 그러나 등애의 영채에서는 깃발을 모두 눕혀놓고 북도 울리지 않았다. 꼭 사람이 하나도 없는 듯싶었다. 날이 저물자 강유는 돌아갔다.

다음 날 강유는 또 사람을 시켜 싸움을 하자는 글을 등애에게 보내며 약속을 지키지 않은 잘못도 따졌다. 등애는 강유가 보낸 사람에게 술과 음식을 대접하며 말했다.

"내가 몸이 좋지 않아 싸우러 나가지 못했소. 내일 만나 싸우기로 합시다."

다음 날 강유는 또 군사를 이끌고 나갔다. 그러나 등애는 또 나오지 않았다. 그러기를 대여섯 차례나 되풀이했다.

부첨이 강유에게 말했다.

"틀림없이 뭔가 딴 꾀를 쓰느라 이럽니다. 마땅히 미리 막아야 합니다."

강유가 고개를 끄덕였다.

"틀림없이 관중에서 군사가 오기를 기다리고 있소. 세 갈래로 우리를 치려고 그러지요. 동오의 손침에게 편지를 보내 함께 힘을 합쳐 위를 치자고 해야겠소."

그때 갑자기 염탐꾼이 달려와 보고했다.

"사마소가 수춘을 쳐서 제갈탄을 죽였습니다. 오군은 모두 항복했습니다. 사마소는 군사를 거두어 낙양으로 돌아갔습니다. 다시 군사를 몰고 장성을 구하러 온답니다."

강유는 소스라치게 놀랐다.

"이번에 위를 치러 나온 일도 그림 속의 떡이구나. 돌아가는 게 낫겠다."

이미 네 번이나 일을 이루지 못해 한숨지었는데

다섯 번째도 또 어그러져 한숨 절로 나오는구나

과연 촉군은 어떻게 물러갈는지…….

진법으로 적을 누른 강유

정봉은 꾀를 써서 손침을 죽이고
강유는 진법으로 다투어 등애를 깨다

강유는 적을 구하기 위한 군사가 새로 더 오면 해보기 어렵다고 생각했다. 그래서 무기와 수레를 비롯해 싸움터에서 필요한 여러 물건들을 챙겨 일반 군사들을 먼저 물러가게 한 뒤, 말 탄 군사들에게는 뒤를 끊도록 했다.

염탐꾼은 이러한 사실을 알아다 등애에게 보고했다.

등애가 웃으며 명령을 내렸다.

"강유는 대장군이 군사를 몰고 온다는 걸 알고 먼저 물러가고 있다. 그러니 절대로 뒤쫓지 말라. 뒤쫓다가는 저쪽 속임수에 걸려들고 만다."

등애는 염탐꾼을 보내 더 살펴보도록 했다. 염탐꾼이 살펴보니 과연 낙곡 좁은 길에 땔나무며 풀 따위를 쌓아놓고 뒤쫓는 군사가 있으면 불에 태워 죽이려는 준비를 마쳐놓고 있었다.

모두들 등애를 추어올렸다.

"장군은 정말 귀신처럼 꿰뚫어보십니다!"

등애는 바로 글을 써 보냈다. 사마사는 무척 기뻐하며 등애에게 상을 내렸다.

한편 동오의 대장군 손침은 전단과 당자 등이 위에 항복했다는 소식을 듣자 몹시 성을 내며 그들 가족을 모조리 잡아다 죽여버렸다.

오 임금 손량은 이때 겨우 16살이었는데, 손침이 사람을 너무 많이 죽이자 속으로 몹시 못마땅해했다.

하루는 손량이 서쪽 동산에 나갔다가 날매실을 먹으려고 환관에게 꿀을 가져오라 일렀다. 조금 뒤 가져와서 보니 꿀 단지 안에 쥐똥이 몇 개 들어 있었다. 손량은 궁중의 창고를 맡고 있는 벼슬아치를 불러 꾸짖었다.

창고지기가 머리를 조아렸다.

"제가 뚜껑을 단단히 틀어막아서 두었는데 어떻게 쥐똥이 들어갈 수 있겠습니까?"

손량이 다그쳤다.

"환관이 먹겠다며 꿀을 달라고 한 적이 있는가?"

"환관이 며칠 전에 먹겠다고 꿀을 달라고 했습니다. 그러나 저는 정말 함부로 줄 수 없어 주지 않았습니다."

손량이 환관을 가리키며 말했다.

"창고지기가 꿀을 주지 않아 앙갚음을 하려고 그대가 일부러 꿀 속에 쥐똥을 넣었구나. 남에게 죄를 덮어씌우며 헐뜯으려고 저지른 짓이다."

그러나 환관은 아니라고 버텼다.

손량이 말했다.

"이걸 밝히는 일은 어렵지 않다. 만약에 쥐똥이 오랫동안 꿀 속에 들어 있었다면 속까지 젖어 있을 테고, 넣은 지 얼마 안 된다면 겉만 젖어 있고 속은 마른 그대로일 거다."

바로 쥐똥을 쪼개보도록 했다. 과연 속은 마른 그대로였다. 환관은 그제야 자기 죄를 털어놓았다.

손량은 이렇듯 매우 똑똑했다. 그러나 이런 손량도 손침에게 꽉 붙들려 있는 꼴이라 자기 뜻대로 할 수 있는 일이 없었다. 이때 손침의 아우 위원장군 손거는 창룡문 안으로 들어와 밤낮으로 지키고 있고, 다른 아우인 무위장군 손은과 편장군 손간, 장수교위 손개는 여러 곳에 나누어 머물고 있었다.

어느 날 손량은 너무나 괴로워 속을 태우며 앉아 있었다. 마침 곁에는 황후의 오라버니인 황문시랑 전기가 있었다.

손량이 울먹이며 말했다.

"손침이 모든 힘을 혼자서 틀어쥐고 사람을 함부로 죽이고 나를 지나치게 업신여기고 있소. 만약에 지금 어떻게 하지 않으면 반드시 뒤탈이 크게 생기고 마오."

전기가 말했다.

"폐하께서 저를 쓰실 곳이 있으시면 저는 만 번 죽는다 해도 마다하지 않겠습니다."

"그대는 바로 궁중 안의 군사를 끌어모은 뒤 장군 유승과 함께 모든 성 문을 지키도록 하시오. 내 직접 나가 손침을 죽이겠소. 이 일이 그대의 어머니에게 알려져서는 절대로 안 되오. 그대의 어머니는 바로 손침의 누이이니, 일이 새어 나가면 내 일은 다 그르치게 되오."

"폐하께서 저에게 조서를 써서 내려주십시오. 일을 일으킬 때 조서를 내보이면 손침의 부하들도 함부로 날뛰지 못할 겁니다."

손량은 그 말에 따라 곧바로 비밀 조서를 써서 전기에게 주었다. 전기는 조서를 받아들고 집으로 돌아가 아버지인 전상에게 몰래 털어놓았다. 전상은 이 일을 알게 되자 아내에게 귀띔했다.

"사흘 안에 손침을 죽이기로 했소."

전상의 아내가 말했다.

"죽여야 마땅합니다."

입으로는 그렇게 말했지만, 전상의 아내는 몰래 사람을 시켜 손침에게 편지를 보냈다.

손침은 화가 머리끝까지 솟아 그날 밤 바로 네 아우를 불러 저마다 날랜 군사들을 거느리고 궁궐부터 에워싸게 했다. 그런 뒤 전상과 유승을 비롯해 그 가족을 죄다 잡아들이도록 했다.

날이 밝을 무렵이었다. 손량은 궁궐 문밖에서 징 소리며 북소리가 크게 울리는 걸 들었다. 바로 그때 환관이 헐레벌떡 뛰어들어왔다.

"손침이 군사를 끌고 와 궁을 에워싸버렸습니다."

손량은 속이 부글부글 끓어올라 전황후를 가리키며 꾸짖었다.

"네 아비와 오라비가 내 큰일을 그르쳐버렸다!"

손량은 바로 칼을 뽑아 들고 나가려 했다. 전황후와 가까이 모시는 이들이 모두 나서서 옷자락을 붙들고 울며 못 나가게 말렸다.

손침은 먼저 전상과 유승 등을 죽인 뒤 문무 벼슬아치들을 조정에 모아놓고 윽박질렀다.

"임금이 술과 계집에 빠져 병을 앓은 지 오래되었소. 마침 내 정신까지 흐리고 어지러워져 무엇을 해야 하는지도 몰라 왕실과 나라를 받들 수 없게 되었으니 이제 쫓아내야 마땅하오. 여러 문무 벼슬아치들 가운데에서 따르지 않는 이는 역적으로 여기겠소!"

모두들 두려움에 떨며 입을 모았다.

"장군의 명령대로 하겠습니다."

그때였다. 상서 환이가 성이 잔뜩 난 채 뛰쳐나와 손침을 가리키며 큰소리로 꾸짖었다.

"폐하께서는 똑똑하고 밝으신 임금이시다. 네까짓 게 뭔데 그따위 막된 말을 함부로 하고 있느냐! 나는 죽으면 죽었지 역적의 명령에는 따르지 않겠다!"

손침은 화를 있는 대로 내며 칼을 뽑아 직접 환이를 베어 죽였다. 그런 뒤 곧장 궁 안으로 들어가 손량을 가리키며 마구 꾸짖었다.

"막되고 어리석은 임금아! 내 마땅히 네 죄를 물어 죽여서 천하에 용서를 빌어야 하겠으나, 옛 황제의 낯을 보아 자리에서만 쫓아내 너를 회계왕으로 삼는다. 새 임금은 내가 덕스러운 사람을 뽑아서 세우겠다!"

손침은 중서랑 이숭을 시켜 옥새를 빼앗은 뒤 등정더러 맡아두라 했다.

손량은 목을 놓아 울며 떠나갔다.

나중에 어떤 사람이 한숨 어린 시를 읊었다.

세상을 어지럽히는 도적들이 이윤을 헐뜯고

간사스런 신하가 곽광의 이름을 욕되게 했다

가엾고 불쌍하구나, 똑똑하고 밝은 임금

어쩔 수 없이 그 자리 내놓아야 하는구나

손침은 종정 손해와 중서랑 동조를 호림으로 보내 낭야
왕 손휴를 불러와 임금으로 삼았다. 손휴의 자는 자열로, 손
권의 여섯째 아들이었다. 그는 호림에서 밤에 용을 타고 하
늘로 올라가는 꿈을 꾸었는데, 꿈속에서 흘긋 뒤를 돌아보
니 용의 꼬리가 보이지 않았다. 그래서 깜짝 놀라 깨어났다.
그런 꿈을 꾼 이튿날 손해와 동조가 와서 절을 하며 도읍으
로 돌아가자고 했다.

길을 떠나 곡아에 이르렀을 때였다. 노인 하나가 다가와
스스로 이름을 간휴라고 밝히면서 머리를 조아렸다.

"늦으면 반드시 좋지 않은 일이 생깁니다. 전하께서는 빨
리 가시기 바랍니다."

손휴가 고맙다고 한 뒤 다시 길을 가 포색정에 이르니 손
은이 임금이 타는 수레를 끌고 와서 맞았다. 손휴는 섣불리

그 수레를 탈 수 없어 조그마한 수레를 타고 들어갔다. 벼슬
아치들이 모두 나와 길가에 늘어서서 절을 하며 맞았다. 손
휴는 부리나케 수레에서 내려와 인사를 하였다. 손침이 나
와 부축하며 일으켜세운 뒤 곧장 궁궐로 모셔가 임금 자리
에 앉혔다. 손휴는 두세 번 거듭 빼다가 옥새를 받아 황제
자리에 올랐다.

문무 벼슬아치들 모두 새 임금을 맞는 인사를 올리고 나
자 천하에 명령을 내려 죄수들의 죄를 덜어주게 하였다. 이
어 연호를 고쳐 영안 첫해로 했다. 손휴는 손침에게 승상과
형주목을 함께 맡도록 했고, 많은 벼슬아치들의 자리도 높이
거나 상을 내렸다. 형의 아들인 손호는 오정후로 삼았다. 손
침의 집안에서 제후가 다섯이 나왔는데, 그들이 궁궐 안 군
사를 모두 맡아 거느리니 그 힘이 임금을 누르고도 남았다.

오 임금 손휴는 안에서 무슨 일이 일어날 게 두려워 겉으
로는 짐짓 은혜를 베푸는 척했다. 하지만 속으로는 단단히
준비를 하며 벼르고 있었다. 손침은 갈수록 더 제멋대로 굴
었다.

그해 겨울 12월, 손침은 쇠고기와 술을 가지고 궁으로 들
어가 임금이 오래 살기를 비는 예의를 갖추었으나 오 임금
손휴는 받지 않았다. 이에 손침은 성이 나 쇠고기와 술을 가
지고 좌장군 장포의 집으로 가 함께 술을 마셨다.

　　　　　　　　　　　　　　

술이 거나하게 취하자 손침이 장포에게 말했다.

"내가 전에 회계왕을 쫓아낼 때 사람들은 모두 나더러 임금이 되라고 했소. 그러나 나는 지금의 임금이 어질다고 여겨 임금으로 세웠소. 그런데 지금 내가 오래 살라고 빌어주기 위해 왔건만 내치었소. 이건 나를 몹시 깔보는 일이오. 내 머지않아 뭔가 보여줄 테니 두고 보시오!"

장포는 말을 들을 땐 그저 "예, 예" 하고 말았다. 다음 날 장포는 궁으로 들어가 몰래 손휴에게 들은 대로 말했다. 손휴는 몹시 두려워 낮이고 밤이고 편치 않았다.

며칠 뒤 손침은 중서랑 맹종에게 중영에 딸린 날랜 군사 1만 5천 명을 이끌고 무창으로 가 머물도록 했다. 또 무기고 안에 있는 부기도 모두 내주며 가져가도록 했다. 이에 장군 위막과 무위사 시삭 두 사람이 몰래 손휴에게 말했다.

"손침이 군사를 밖으로 내보내고 무기고의 무기도 모두 옮겼습니다. 머지않아 일을 일으키려는 게 틀림없습니다."

손휴는 소스라치게 놀라며 급히 장포를 불러 어찌해야 좋을지 의논했다.

장포가 말했다.

"노장 정봉의 슬기가 다른 이보다 뛰어나니 너끈히 큰일을 해낼 수 있습니다. 그 사람을 불러 함께 의논하십시오."

손휴는 곧바로 정봉을 안으로 불러 그 일을 몰래 의논했다.

정봉이 말했다.

"폐하께서는 너무 걱정하지 마십시오. 저에게 나라를 위해 나쁜 이들을 없앨 방법이 하나 있습니다."

손휴가 그 방법이 뭐냐고 묻자 정봉이 대답했다.

"내일은 동지로부터 세 번째 개날인 술일로, 마침 나라 제사를 지내는 날인 납일입니다. 조회를 연다며 신하들을 모두 모이라 하십시오. 손침이 부름을 받고 오면 제가 알아서 하겠습니다."

손휴는 무척 좋아라 했다. 정봉은 위막과 시삭이 바깥일을 맡게 하고 장포는 안에서 돕도록 했다.

그날 밤, 바람이 미친 듯이 크게 휘몰아치며 모래가 날고 돌이 굴렀으며, 오래 묵은 나무들이 뿌리째 뽑혔다. 바람은 날이 밝아서야 겨우 가라앉았다. 황제의 명령을 받든 사람이 와서 궁중의 잔치에 참석하라고 했다. 손침은 자리에서 일어나다가 마치 누군가에게 떠밀리듯이 바닥에 넘어졌다. 손침은 속으로 께름칙했다. 궁중에서 온 여남은 사람이 그를 앞뒤로 에워싼 채 궁으로 들어가려 하자 집안 사람들이 말렸다.

"밤새 바람이 쉼 없이 미친 듯이 불고, 오늘 아침엔 또 아무런 까닭 없이 넘어지시기까지 하셨습니다. 왠지 좋지 않은 느낌이 듭니다. 그러니 잔치 자리에 나가지 마십시오."

손침이 손을 내저었다.

"우리 형제들이 궁 안의 군사를 죄다 거느리고 있는데 누가 함부로 내 몸 가까이 올 수나 있겠는가! 만약에 무슨 일이 있거든 부중에서 불을 놓아 신호로 삼도록 하라."

손침은 그렇게 이른 뒤 수레를 타고 궁으로 들어갔다. 오임금 손휴는 허둥거리며 자리에서 내려와 손침을 맞아 윗자리에 앉도록 했다.

술잔이 몇 차례 돌았을 때였다. 갑자기 사람들이 놀라 소리쳤다.

"궁 밖에서 불길이 치솟아오릅니다!"

손침이 바로 몸을 일으키려 했다. 그러자 손휴가 말렸다.

"승상은 가만히 앉아 계시지요. 밖에 군사들이 많은데 무얼 걱정하십니까?"

말이 미처 끝나기도 전에 좌장군 장포가 칼을 빼어 든 채 30명 남짓 되는 무사들을 이끌고 위로 뛰어오르며 큰소리로 외쳤다.

"조서를 받들어 역적 손침을 잡노라!"

손침이 급히 달아나려 했으나 바로 무사들이 달려들어 사로잡고 말았다.

손침이 머리를 조아린 채 빌었다.

"부디 교주로 귀양이나 보내 밭이나 갈게 해주십시오."

손휴가 꾸짖었다.

"그런 소리 말라. 너는 어째서 등윤·여거·왕돈을 귀양 보내지 않고 죽였느냐?"

손휴는 손침을 끌고 가 목을 베라 하였다. 이에 장포가 손침을 끌고 내려가 동쪽으로 가서 목을 베었다. 손침을 따르던 이들은 그 누구도 함부로 움직이지 못했다.

장포가 황제의 조서를 널리 알렸다.

"죄는 손침 한 사람에게 있다. 나머지 사람들의 죄는 묻지 않겠다."

이에 여러 사람이 마음을 놓았다.

장포는 손휴를 오봉루로 오르게 했다. 정봉·위막·시삭 등이 손침의 형제들을 잡아왔다. 손휴는 그들을 모두 저잣거리로 끌고 가 목을 베라 하였다. 손침의 패거리로 죽은 이가 수백 사람이었다. 그의 일가붙이도 모두 쓸어버리게 한 뒤, 군사들에게 손준의 무덤을 파헤쳐 시체의 목을 베도록 하였다. 이어 그들에게 죽은 제갈각·등윤·여거·왕돈 등의 무덤을 만들어 충성스러움이 드러나게 해주었다. 또 죽은 사람들과 얽혀 먼 곳으로 귀양 갔던 사람들도 다 풀어주며 고향으로 돌아와 살게 했다. 정봉의 무리에게는 벼슬도 높여주고 상도 내렸다.

오 임금 손휴는 성도에 편지를 보내 이러한 사실을 알렸다. 촉 임금 유선이 사람을 보내 축하하자 오에서는 설후를 보내 인사하게 했다. 설후가 촉에서 돌아오자 손휴는 촉의 요즈음 사정이 어떠한지 물었다.

설후가 말했다.

"요사이 중상시 황호가 모든 일을 제멋대로 하고 있어 높은 벼슬아치들도 그 사람한테 알랑거리고 있었습니다. 조정 안에서는 바른말이 들리지 않고, 들을 지나며 보니 백성들 얼굴에 굶주린 빛이 뚜렷했습니다. 이른바 '제비나 참새가 집 안에 득실거리면서 큰 집에 언제 불이 날지 모른다'는 말 그대로였습니다."

손휴가 한숨을 내쉬었다.

"제갈부후가 살아 있다면 어찌 그렇게까지 되었겠는가!"

손휴는 다시 편지를 써서 성도로 보냈다. 사마소가 머지 않아 위를 빼앗은 뒤 틀림없이 오와 촉으로 쳐들어와 자기 힘을 내보이고자 할 테니 서로 준비를 하자는 내용이었다.

강유는 이 소식을 듣자 무척 좋아라 하며 글을 올린 뒤 다시 군사를 일으켜 위를 칠 일을 의논했다. 때는 촉한 경요 첫해 겨울이었다. 대장군 강유는 요화와 장익을 앞장세우고 왕함과 장빈은 왼쪽을, 장서와 부첨은 오른쪽을, 호제는 뒤쪽을 맡도록 한 뒤 자신은 하후패와 함께 가운데를 맡아 촉군 20만 명을 일으켰다. 유선에게 떠나는 인사를 한 뒤 곧바로 한중으로 갔다.

강유는 하후패와 함께 어디를 먼저 치는 게 좋을지 의논했다.

하후패가 말했다.

"기산이야말로 군사를 쓸 만한 곳이니 그쪽으로 군사를 몰고 가면 좋겠습니다. 예전에 승상께서도 여섯 번씩이나 기산으로 나가셨습니다. 다른 데로는 나갈 만하지 않았기 때문입니다."

강유는 그 말을 좇아 전군에 명령을 내려 기산을 바라고 나아가도록 했다. 그런 뒤 골짜기 어귀에 이르러 영채를 세우게 했다.

이때 마침 등애는 기산 영채에 머물면서 농우의 군사를 살펴보고 있었다. 갑자기 염탐꾼이 달려와 촉군이 골짜기 어귀에 영채 셋을 세우고 있더라고 보고했다. 등애는 보고를 받은 뒤 높다란 데로 올라가 살펴보았다. 막사로 돌아온 등애는 아주 기뻐했다.

"내 짐작이 조금도 어긋나지 않았도다!"

등애는 미리 땅 생김새를 살펴보고, 촉군이 와서 영채를 세우고 머물 만한 곳이 어딘지를 짐작하고 있었다. 그래서 자기네들 영채 있는 데서 촉의 영채에 이르기까지 땅속으로 굴을 파 진작 길을 내놓았다. 그런 뒤 땅속 길을 통해 해 치우려고 촉군이 오기를 기다리고 있었다.

이때 강유는 골짜기 어귀에 영채 셋을 세우게 했는데, 땅 속 길은 바로 왼쪽의 왕함과 장빈의 영채 아래로 나 있었다. 등애는 아들 등충을 불러 사찬과 함께 군사 1만 명씩을 거 느리고 나가 왼쪽·오른쪽에서 치게 하였다. 이어 부장 정륜 을 불러 땅굴 파는 군사 5백 명을 이끌고 밤이 이슥해질 무 렵에 땅속 길로 해서 곧장 촉군 왼쪽 영채로 가게 했다. 그 런 뒤 막사 뒤쪽 땅속에서 뛰쳐나가도록 했다.

한편 왕함과 장빈은 그때까지도 영채를 다 세우지 못하 고 있었다. 그래서 위군이 영채를 덮치러 올까봐 갑옷도 벗 지 못한 채 자고 있었다. 갑자기 가운데 쪽 군사 있는 곳이 시끌벅적해졌다. 급히 무기를 들고 말에 올랐다. 영채 밖에 서 등충이 군사를 몰고 와 들이치고 있었다. 위군은 안팎으 로 끼고 쳤다. 왕함과 장빈은 죽기로 싸웠으나 적을 막아낼 수가 없어 영채를 버리고 달아났다.

막사 안에 있던 강유는 왼쪽 영채에서 아우성치는 소리 가 크게 일자 적이 안팎으로 서로 도우며 치는구나 싶었다. 그래서 급히 말에 올라 가운데 쪽 군사가 있는 막사 앞으로 가 명령을 내렸다.

"함부로 날뛰는 이는 목을 베어버리겠다! 적군이 영채 가까이 오거든 아무 소리 말고 활과 쇠뇌만 쏘도록 하라!"

오른쪽 영채에도 명령을 전해 역시 함부로 날뛰지 못하도록 했다.

위군은 열 번도 넘게 촉군 영채를 들이쳤으나 그때마다 날아드는 화살 때문에 돌아갔다. 들이치던 위군도 날이 밝아오자 섣불리 더 쳐들어오지 못했다. 등애는 군사를 거두어 영채로 돌아가 한숨을 내쉬었다.

"강유가 공명이 군사 쓰던 법을 깊이 깨닫고 있구나! 밤에 쳐들어갔는데도 군사들이 놀라지 않고, 일이 터진 걸 알고도 장수들이 허둥대지 않다니 참으로 장수감이다."

이튿날 왕함과 장빈은 싸움에 진 군사를 이끌고 본부 영채 앞에 엎드려 죄를 물어달라고 했다.

강유가 말했다.

"이건 그대들 죄가 아니오. 내가 땅 생김새에 밝지 못했던 탓이오."

강유는 두 장수에게 다시 군사를 내주며 영채를 잘 세우도록 했다. 이어 죽은 군사들을 땅속 길에 묻고 흙으로 덮어 주었다.

강유는 등애에게 내일 이기고 짐을 가르자는 편지를 보냈다. 등애는 기꺼이 받아들였다.

다음 날이 되자 양쪽 군사는 기산 앞에 진을 펼쳤다. 강유는 제갈량의 팔진법에 따라 하늘·땅·바람·구름·새·뱀·용·범 모양의 진을 펼쳤다. 등애가 말을 타고 나왔다. 강유가 8진을 펼쳐놓은 걸 보더니 그 역시 똑같이 진을 펼쳤다. 왼쪽과 오른쪽, 앞과 뒤에 문이 있는 것까지 똑같았다.

강유가 창을 들고 말을 몰고 나와 큰소리로 외쳤다.

"네가 내 팔진을 본떠 흉내는 냈다만, 진을 바꿀 줄은 모르겠지?"

등애가 웃으며 대꾸했다.

"너만 이 진을 펼칠 줄 안다고 생각하느냐? 진을 펼칠 줄 아는데 바꿀 줄을 어찌 모르겠느냐!"

등애는 말을 돌려 진 안으로 들어갔다. 진법 펼치는 일을 맡은 이에게 깃발을 왼쪽·오른쪽으로 휘둘러 8에 8을 곱하여 64개의 문이 되게 바꾸도록 한 뒤 다시 진 앞으로 나와 물었다.

"내가 진을 바꾼 게 어떠하냐?"

강유가 대답했다.

"어긋나지는 않았다만, 네가 어찌 내 팔진을 에워쌀 수 있겠느냐?"

등애가 받아쳤다.

"그게 뭐 어렵다고 못 하겠느냐!"

양쪽 군사는 가지런히 줄을 지어 나아갔다. 등애는 중군에서 군사들을 부렸다. 양쪽 군사가 맞닥뜨렸지만 진은 조금도 흐트러지지 않았다. 강유는 중간쯤 이르자 깃발을 들어 한 번 흔들었다. 갑자기 진이 바뀌더니 긴 뱀이 바닥에 몸을 말고 있는 꼴인 장사권지진으로 바뀌었다. 어느새 등애는 한가운데로 몰려들어가 있었다. 사방에서 아우성치는 소리가 크게 일었다. 등애는 이 진이 어떤 진인지 알 수 없어 속으로 무척 놀랐다. 촉군은 점점 조여왔다. 등애는 장수들을 이끌고 뚫고 나가려고 이리 치고 저리 쳤으나 빠져나갈 수가 없었다. 어찌할 바를 모르고 허둥대는데, 촉군들이 입을 모아 한꺼번에 외치는 소리만이 귓전을 때릴 뿐이었다.

"등애는 빨리 항복하라!"

등애는 하늘을 우러르며 긴 한숨을 내쉬었다.

"내가 잠깐 잘난 척하다 강유의 꾀에 걸려들고 말았구나!"

그때 갑자기 서북쪽에서 사나운 범 같은 군사 한 무리가 치고 들어왔다. 등애가 그쪽을 바라보았다. 바로 위군이었다. 등애는 그 틈을 타 적을 치며 뚫고 나왔다. 등애를 구한 이는 사마망이었다. 등애를 구해내긴 했지만, 그때는 이미 기산의 아홉 영채 모두 촉군에게 빼앗긴 뒤였다. 등애는 싸움에 진 군사들을 모두 이끌고 위수 남쪽으로 물러가 영채를 세웠다.

등애가 사마망에게 물었다.

"공은 저러한 진법을 어떻게 알고 나를 구해내셨소?"

사마망이 대답했다.

"어릴 적 형남에서 공부할 때 제갈량과 가까이 지내던 최주평·석광원과 벗하며 그 진에 대해 이야기를 나눈 적이 있습니다. 오늘 강유가 바꾸어 쓴 건 장사권지진입니다. 아무 데고 쳐서는 절대로 깰 수가 없습니다. 내 보니 머리가 서북쪽에 있어 그쪽을 쳤더니 깨졌습니다."

등애가 말했다.

"나도 그 진법을 배우긴 했지만 다르게 바꾸는 법은 알지 못했소. 공이 그 진법을 알고 있으니 내일 그 진법을 써서 기산 영채를 다시 찾아야겠소."

"내 배운 바로 강유를 해볼 수 있을지 모르겠습니다."

"내일 공은 진을 펼치고 강유와 진법으로 겨루시오. 나는 군사 한 무리를 몰래 이끌고 가 기산 뒤쪽을 덮치겠소. 양쪽에서 뒤섞여 치면 영채를 다시 빼앗을 수 있지 않겠소?"

등애는 정륜을 앞장세워 군사를 직접 이끌고 산 뒤쪽으로 가 덮치기로 했다. 그러는 한편 강유에게 싸움을 벌이자는 편지를 보냈다. 내일 진법으로 겨루자는 내용이었다. 강유는 그렇게 하자고 했다. 편지를 가져온 사람이 돌아가고 나자 강유가 뭇 장수들을 보고 말했다.

"무후께서 내게 전해주신 비밀 책에는 이 진법을 모두 삼백예순다섯 가지 꼴로 바꿀 수 있다고 쓰여 있소. 이는 우주 공간의 온갖 것들이 자기 길을 따라 한 바퀴 도는 이치요. 지금 내게 진법으로 다투자고 하는데, 그건 노나라의 뛰어난 목수였던 공수반의 집 앞에서 도끼 솜씨를 자랑하겠다고 나서는 꼴이오! 저들 하는 짓에 틀림없이 속임수가 들어 있소. 여러분들은 그게 뭔지 알겠소?"

요화가 말했다.

"그건 우리더러 진법으로 다투자고 해놓고, 군사 한 무리를 끌고 가 우리 뒤를 덮치려고 그럽니다."

강유가 빙그레 웃었다.

"맞소. 바로 그거요."

강유는 곧바로 장익과 요화에게 군사 1만 명을 이끌고 산 뒤쪽으로 가 숨어 있도록 했다.

다음 날 강유는 아홉 영채의 군사를 모두 거느리고 나가 기산 앞에 진을 펼쳤다. 사마망이 군사를 이끌고 위수 남쪽을 떠나 기산 앞으로 왔다. 이어 말을 타고 나와 강유에게 말을 걸었다.

강유가 대답했다.

"네가 나더러 진법으로 겨루자고 했겠다. 그럼 네가 먼저 진을 펼쳐보아라."

　　　　　　　　　　　

사마망이 팔괘진을 펼쳐놓았다.

강유가 픽 웃었다.

"그건 바로 내가 펼쳐 보였던 팔진법이다. 네가 지금 훔쳐서 보여주니 놀랄 게 하나도 없다!"

사마망이 대꾸했다.

"너 또한 남의 진법을 훔쳐다 쓴 것이 아니고 뭐냐!"

강유가 물었다.

"이 진을 몇 가지로 바꿀 수 있느냐?"

사마망이 애써 여유를 부리며 웃었다.

"내 이미 진을 칠 줄 아는데 어찌 바꾸는 걸 모르겠느냐? 이 진은 구구 팔십일 해서 여든한 가지로 바꿀 수 있다."

강유가 같잖다는 표정을 지었다.

"그럼 시험 삼아 한번 바꾸어보아라."

사마망이 진으로 들어가 몇 차례 진을 다른 꼴로 바꾸어 보인 뒤 다시 나와 말했다.

"너는 내가 다르게 바꾼 걸 알아보겠느냐?"

강유가 껄껄 웃었다.

"내 진법은 우주 공간의 온갖 것들이 자기 길을 따라 한 바퀴 도는 이치에 맞춰 삼백예순다섯 가지 꼴로 바꿀 수 있다. 너 같은 우물 안 개구리가 어찌 그 깊은 뜻을 알겠느냐!"

사마망도 진법이 그토록 많이 바뀔 수 있다는 걸 알고는

강유와 사마망이 진법으로 서로 맞서다.

있었으나 제대로 배운 바가 없었다. 그래서 억지를 부렸다.

"나는 믿을 수 없으니 네가 시험 삼아 바꾸어보아라."

강유가 잘라 말했다.

"가서 등애더러 나오라고 해라. 그럼 내가 진을 펼쳐 보여 주마."

"등장군은 좋은 꾀를 가지고 있어 이런 진법은 좋아하지 않는다."

강유가 크게 웃으며 쏘아붙였다.

"무슨 좋은 꾀를 가지고 있다고 그러느냐! 기껏해야 너더러 진을 펼쳐 나를 속이라 해놓고, 자기는 군사를 끌고 산 뒤로 가 나를 덮칠 꾀나 냈겠지!"

사마망은 깜짝 놀라며 바로 군사를 몰아 한바탕 싸우고 자 했다. 그때 강유가 채찍을 한 번 들어올렸다. 그러자 양쪽으로 날개를 이루듯이 하고 있던 군사들이 먼저 뛰쳐나와 마구 무찔렀다. 위군은 갑옷도 버리고 창도 내던진 채 저마다 목숨을 건지기 위해 달아나기에 바빴다.

한편 등애는 앞장선 정륜을 재촉해 산 뒤쪽을 덮치러 갔다. 정륜이 막 산모퉁이를 돌아갈 때였다. 난데없이 쾅 소리가 한 방 나더니 북소리, 나팔 소리가 하늘 높이 울려퍼지며 숨어 있던 군사들이 몰려나왔다. 앞장선 대장을 보니 요화였다. 두 사람은 미처 말을 나눌 사이도 없이 바로 말을 내몰아 싸웠다. 요화가 칼을 한 번 번쩍 치켜들자 정륜이 말 아래로 고꾸라졌다. 등애는 소스라치게 놀라 부리나케 군사를 거두어 물러가려 했다. 그러나 바로 그때 장익이 군사 한 무리를 이끌고 나타났다. 양쪽에서 끼고 몰아치자 위군은 크게 지고 말았다.

등애는 가까스로 목숨을 건져 빠져나오기는 했지만 몸에 화살을 네 대나 맞고 말았다. 그대로 달아나 위수 남쪽 영채에 이르러 보니 사마망도 돌아와 있었다.

두 사람은 머리를 맞대고 촉군을 물리칠 일을 의논했다.

사마망이 말했다.

"요새 촉 임금 유선은 환관 황호를 끼고서 낮이고 밤이고 술과 계집만 즐긴답니다. 이런 때 사이를 갈라놓는 꾀를 써서 강유를 불러들이게 하면 이 어려움을 풀 수 있습니다."

등애가 여러 모사들을 둘러보며 물었다.

"누가 촉으로 들어가서 황호를 꾀어보겠소?"

말이 미처 끝나기도 전에 한 사람이 썩 나섰다.

"나를 보내주시오."

등애가 그 사람을 바라보았다. 양양 사람 당균이었다. 등애는 아주 흐뭇해하며 바로 당균에게 황금 구슬을 비롯한 보배로운 물건을 가지고 성도로 가 황호를 구워삶아 헛소

문을 퍼뜨리도록 했다. 강유가 황제를 원망하고 있어 머지 않아 위나라로 항복할지도 모른다는 소문을 내게 했다. 이에 성도 사람들은 모두들 이 말을 입에 올렸다. 황호는 유선에게 이 소문을 알린 뒤, 바로 밤을 도와 강유에게 사람을 보내 조정으로 들어오라 이르게 했다.

이때 강유는 날마다 등애에게 싸움을 걸었다. 그러나 등애는 굳게 지키기만 할 뿐 꼼짝도 하지 않았다. 강유는 속으로 뭔가 꺼림칙한 생각이 들었다. 그때 갑자기 조정으로 들어오라는 명령을 지닌 사람이 왔다. 강유는 무슨 일인지 알 수 없어 군사를 거두어 돌아갈 수밖에 없었다.

등애와 사마망은 강유가 속임수에 빠지자 위수 남쪽의 군사를 모두 거느리고 나와 그 뒤를 몰아쳤다.

제나라를 치던 악의는 사이 갈라놓는 말 때문에 불려 들어가고

적을 깨부순 악비는 헐뜯는 말에 걸려들어 돌아갔다네

과연 이기고 짐은 어떻게 갈라질는지……

강유와 등애의 거듭된 싸움

조모는 수레를 몰고 나갔지만 궁궐 남문에서 죽고
강유는 식량을 버리며 위군을 이기다

마침내 강유는 군사를 물리라는 명령을 내렸다.

그러나 요화가 나서서 말렸다.

"장수가 밖에 있을 땐 임금의 명령이라도 듣지 않을 때가 있다고 했습니다. 지금 비록 조서가 내리긴 했지만 움직여서는 안 됩니다."

그러나 장익의 생각은 달랐다.

"백성들은 대장군께서 해마다 군사를 일으키신 까닭에 모두들 원망하는 마음을 가지고 있습니다. 이참에 이긴 때를 타서 군사를 거두어 돌아가 백성들의 마음을 편안하게 해주는 것도 괜찮겠습니다. 그런 뒤 다시 좋은 방법을 꾀해 보시지요."

강유가 고개를 끄덕였다.

"그게 좋겠소."

강유는 군사들에게 흐트러짐 없이 질서를 갖추어 물러나도록 했다. 요화와 장익에게는 뒤를 끊어 위군이 쫓아오지 못하게 했다.

등애는 군사를 이끌고 촉군의 뒤를 쫓아왔다. 앞에 가는 촉군을 보니 깃발도 가지런한 채 질서 있게 천천히 물러가고 있었다.

등애는 한숨을 푹 내쉬었다.

"강유가 제갈무후의 군사 다스리는 법을 깊이 깨닫고 있구나!"

등애는 두려움에 더 쫓을 수 없어 군사를 거두어 기산 영채로 돌아갔다.

강유는 성도에 이르자 조정으로 들어가 임금에게 무슨 까닭으로 불러들였는지 물었다.

유선이 말했다.

"나는 그대가 멀리 나가 있으면서 오랫동안 돌아오지 않아 군사들이 너무 지쳐 있을까봐 걱정되었소. 그래서 불러들였소. 다른 뜻은 없소."

강유가 말했다.

"저는 이미 기산 영채를 빼앗아 곧 공을 세우려던 참이었습니다. 그런데 뜻밖에도 중간에 그만두게 되었습니다. 이건 등애가 사이를 벌어지게 한 꾀를 써서 속인 게 틀림없습니다."

유선은 대꾸 없이 입을 꽉 다물고 있을 뿐이었다.

강유가 다시 말했다.

"저는 역적을 쳐 나라의 은혜를 갚겠다 다짐하였습니다. 폐하께서는 하잘것없는 사람들의 말을 듣지 마십시오. 부디 의심하지 마십시오."

유선은 한참 동안 잠자코 있다가 입을 열었다.

"나는 그대를 의심해본 적이 없소. 그대는 일단 한중으로 돌아가 있다가 위나라에 무슨 일이 일어나거든 다시 치도록 하시오."

강유는 한숨을 쉬며 조정을 물러나와 한중으로 돌아갔다.

한편 당균은 기산 영채로 돌아가 이러한 사실을 보고했다.

등애가 사마망에게 말했다.

"임금과 신하의 사이가 좋지 않으니 반드시 안에서 일이 터지게 되어 있소."

등애는 당균을 바로 낙양으로 보내 사마소에게 보고하도

록 했다. 사마소는 아주 좋아라 하며 촉을 어찌해볼 생각을 품고 중호군 가충에게 물었다.

"내 지금 촉을 쳤으면 하는데 어떻겠소?"

가충이 말렸다.

"아직 칠 때가 아닙니다. 천자께서 주공을 의심하고 있는 이런 때에 가벼이 나가면 틀림없이 안에서 일이 터지기 마련입니다. 지난해에 누런 용이 두 번씩이나 영릉 우물 속에 나타난 일이 있었습니다. 이에 뭇 신하들이 좋은 일이라 여겨 천자께 축하하는 글을 올렸습니다. 그러나 천자께서는 이렇게 말씀하셨습니다. '그건 좋은 일이 아니오. 용은 임금을 나타내는데, 위로는 하늘에 있지 않고 아래로는 밭에 있지도 않고 어째서 우물 속에 있단 말이오? 이는 바로 깊숙이 갇힐 걸 나타내고 있소.' 그러면서 물속에 잠긴 용을 나타내는 시 한 수를 지었습니다. 시 속의 뜻을 살펴보면 주공을 두고 이른 대목이 뚜렷합니다."

가충은 물속에 잠긴 용이라는 뜻의 '잠룡시' 한 편을 읊었다.

애달프게도 용이 어려움에 빠져 있어
깊은 못에서 뛰어오르지 못하는구나
위로는 하늘을 날지도 못하고

아래로는 밭에 나타나지도 못한다네

우물 속에 웅크리고 있어

미꾸라지와 두렁허리들이 그 앞에서 설치어도

어금니를 감추고 발톱 감춘 채 엎드려 있나니

아아, 내 꼴이 바로 그 짝이라네

사마소는 시를 듣고 나더니 화를 버럭 내며 가충에게 말했다.

"이 사람이 조방처럼 되고 싶은 모양이로구먼! 서둘러 해치우지 않고 그냥 두면 틀림없이 나를 죽이려 들겠군."

가충이 말했다.

"제가 주공을 위해 머지않아 어떻게 해보겠습니다."

때는 위나라 감로 5년 여름 4월이었다. 사마소가 칼을 찬 채로 임금 있는 데로 올라가자 조모가 일어나서 그를 맞았다.

신하들이 모두 입을 모았다.

"대장군의 공과 덕스러움이 높고 크니 진공으로 삼으시고, 구석을 더해 임금이 누리는 바와 비슷한 아홉 가지를 누리도록 하십시오"

조모는 고개를 숙인 채 아무 말도 하지 않았다.

사마소가 사납게 소리쳤다.

"우리 아버님과 형제들 셋은 위나라를 위해 커다란 공을 세웠소. 그런데 폐하는 지금 진공쯤 되는 자리도 못마땅하다는 거요?"

조모가 가까스로 대꾸했다.

"어찌 그렇게 하지 않을 수 있겠소?"

사마소가 따지고 들었다.

"'잠룡시'를 보면 우리를 미꾸라지나 두렁허리로 여기고 있던데, 무슨 예의가 그렇습니까?"

조모는 아무런 대답도 하지 못했다. 사마소는 싸늘하게 비웃으며 임금 있는 데서 내려갔다. 벼슬아치들 모두 싸늘함에 머리끝이 쭈뼛해지는 걸 느꼈다.

조모는 뒷궁으로 들어가자 시중 왕침과 상서 왕경, 산기 상시 왕업 등 세 사람을 안으로 불러 의논했다.

조모가 울먹이며 말했다.

"사마소가 앞으로 뒤집어엎으리라는 사실은 누구나 다 아는 일이오! 나는 가만히 앉아서 쫓겨나는 업신여김을 겪기 싫소. 그대들은 나를 도와 치는 일에 나서주시오!"

왕경이 무겁게 입을 열었다.

"그건 안 됩니다. 옛적에 노나라 소공은 계씨가 설치는 꼴을 두고 볼 수 없어 쳤다가 지는 바람에 나라도 잃고 달아나야 했습니다. 지금 사마씨가 큰 힘을 틀어쥔 지 오래여서 안팎의 높은 벼슬아치들 가운데 따를 일인지 내칠 일인지를 따지지 않고 간사스런 역적에게 들러붙어 알랑거리는 이가 한둘이 아닙니다. 게다가 폐하를 보호하며 지키는 이는 얼마 안 되는데다 약해서 명령을 내리셔도 받들 이가 없습니다. 폐하께서는 지금 참고 견디며 겉으로 드러나지 않게 하셔야지, 그렇지 않으면 크나큰 화를 입으시게 됩니다. 이런 일은 마땅히 천천히 꾀하셔야지 서둘러서는 안 됩니다.”

조모가 몸을 부르르 떨었다.

“이러는 걸 참는다면 못 참을 일이 뭐 있겠소! 내 뜻은 이미 정해졌소. 죽는다 해도 두렵지 않소!”

조모는 말을 마치자 태후에게 알리기 위해 곧장 안으로 들어갔다.

왕침과 왕업이 왕경에게 말했다.

“일이 급하게 되었소. 우리는 집안이 다 짓밟히는 일을 스스로 만들 수는 없소. 곧장 사마공 부중으로 가 사실대로 알리고 목숨이나 건지도록 합시다.”

왕경이 화를 벌컥 냈다.

“임금의 걱정거리를 풀지 못하면 신하는 억눌려 업신여김을 받게 되고, 임금이 억눌려 업신여김을 받게 되면 신하는 목숨을 내놓는 게 마땅하오. 뭐가 두려워 두 마음을 품을 수 있겠소?”

왕침과 왕업은 왕경이 자기들 말을 따르지 않자 내버려

　　　　　　　　　　　　　박상률 완역 삼국지 10

둔 채 둘이서만 사마소에게 알리러 갔다.

조금 뒤 조모는 안에서 나와 호위 초백을 시켜 궁중에서 자며 지키는 군사와 일꾼 등을 모두 불러모으라고 했다. 3백 명 남짓 되는 사람이 모이자 북을 치고 아우성치며 나아가게 했다. 조모는 칼을 들고 수레에 올라 곁사람들을 다그치며 궁궐 남문으로 나갔다. 왕경이 수레 앞에 엎드려 목을 놓아 울며 말렸다.

“지금 폐하께서 몇백 사람으로 사마소를 치려 하시나, 이는 양 떼를 몰고 호랑이 아가리로 들어가는 꼴입니다. 헛된 죽음만이 기다릴 뿐 좋을 게 하나도 없습니다. 저는 목숨이 아까워서가 아니라, 참으로 이 일이 이루어질 수 없는 줄 알기 때문에 말립니다.”

조모가 잘라 말했다.

“내 이미 군사를 일으켰으니 그대는 막지 마시오!”

마침내 조모는 운룡문을 바라고 갔다.

이때 가충은 무장을 한 채 말을 타고 왼쪽에는 성쉬를, 오른쪽에는 성제를 거느리고 궁중을 지키는 군사 수천 명을 단단히 무장시켜 아우성을 치며 몰려들어왔다.

조모가 칼을 들고 큰소리를 내질렀다.

“나는 천자다! 너희들이 궁궐로 들이닥쳤는데, 임금을 죽이자고 이러느냐?”

군사들은 조모를 보자 모두들 섣불리 움직이지 못했다.

가충이 성제를 불러 일렀다.

"사마공께서 무엇 때문에 너를 길렀겠느냐? 바로 오늘 같은 일을 맡기기 위해서다!"

성제가 창을 손에 들고 가충을 돌아보았다.

"죽일까요, 묶을까요?"

가충이 대답했다.

"사마공께서 명령하셨다. 죽여야 한다!"

성제는 창을 꼬나들고 수레 앞으로 곧장 달려들었다.

조모가 호통을 쳤다.

"하잘것없는 놈이 겁도 없이 함부로 구는구나!"

말이 미처 끝나기도 전에 성제가 한 번 내지른 창에 조모는 가슴을 찔린 채 수레 아래로 굴러떨어졌다. 성제는 다시 한 번 더 창을 내질렀다. 창끝이 조모의 등 뒤를 뚫고 나왔다. 조모는 수레 곁에서 숨을 거두고 말았다. 초백이 창을 뻗쳐들고 대들었으나 성제가 한 번 내지른 창에 찔려 죽고 말았다. 나머지 무리들은 모두 달아나버렸다.

왕경이 뒤쫓아와 가충을 큰소리로 꾸짖었다.

"역적놈아! 어찌 함부로 임금을 죽일 수 있느냐!"

가충은 성을 발끈 내며 곁에 있는 이들에게 왕경을 묶으라 한 뒤 사마소에게 보고했다.

성제가 조모를 죽이다.

사마소가 안으로 들어왔다. 조모가 이미 죽은 걸 보더니 짐짓 소스라치게 놀라는 척했다. 그러면서 머리로 수레를 들이받으며 울었다. 이어 대신들에게 알리도록 했다.

이때 태부 사마부가 안으로 들어와 조모의 주검을 보더니 그 머리를 자기 무릎 위에 얹어놓고 울었다.

"폐하를 돌아가시게 한 건 저의 죄입니다!"

사마부는 조모의 주검을 관에 담아 외떨어진 궁전의 서쪽에 두도록 했다.

사마소는 궁전으로 들어가자 신하들을 불러 회의를 열었다. 모두들 모였는데 오로지 상서복야 진태만이 오지 않았다. 사마소는 진태의 외삼촌인 상서 순의더러 그를 데려오라 하였다. 순의가 가자 진태가 목을 놓아 울며 말했다.

"사람들은 곧잘 저를 외삼촌에게 대보던데, 지금 보니 외삼촌은 정말 저만 못합니다."

진태는 삼베로 만든 상복을 입고 들어가 관 앞에서 소리 내어 울며 절을 하였다. 사마소 또한 거짓으로 소리 내어 울며 물었다.

"오늘 일을 어떻게 갈무리해야겠소?"

진태가 대답했다.

"오로지 가충을 베어 죽여야만 천하의 용서를 조금이나마 받을 수 있습니다."

사마소는 한참 동안 말없이 있다가 다시 물었다.

"다른 방법은 더 생각해보지 않았소?"

"이보다 더한 건 있어도 덜한 건 모르겠습니다."

사마소가 뜬금없는 명령을 내렸다.

"성제가 임금을 죽이는 막된 짓을 하였으니 뼈에서 살을 발라내고 온 일가붙이를 다 죽이도록 하라."

성제는 까무러치게 놀라 큰소리로 사마소를 욕했다.

"죄를 지은 사람은 내가 아니다. 가충이 네 명령이라며 죽이라 했다!"

사마소는 먼저 성제의 혀부터 잘라버리도록 했다. 성제는 죽을 때까지 그치지 않고 바락바락 악을 써댔다. 그의 아우인 성쉬도 저잣거리로 끌려나가 베여 죽고, 이 집 저 집 모든 일가붙이가 죄다 목숨을 잃고 말았다.

나중에 어떤 사람이 한숨 어린 시를 읊었다.

그때 사마소가 가충에게 명령을 내려

궁궐 남문에서 임금의 옷 붉게 물들게 했지

성제에게 뒤집어씌워 일가붙이 모두 죽이면서

군사와 백성들 모두 귀머거리로 여겼다네

사마소는 또 사람을 시켜 왕경의 온 가족을 다 잡아 가두도록 했다. 왕경은 그때 마침 정위청 아래에 있었다. 흘긋 보니 어머니가 묶인 채 끌려들어오고 있었다. 왕경은 머리를 조아리며 목을 놓아 울부짖었다.

"불효자식 때문에 어머님까지 괴로움을 겪으시다니!"

그러나 왕경의 어머니는 아무렇지 않은 낯빛으로 크게 웃으며 말했다.

"누구든 죽지 않는 사람이 있느냐? 다만 죽을 자리를 제대로 얻지 못할까봐 걱정했었지! 이런 일로 목숨을 버리게 되니 무슨 한이 있겠느냐!"

다음 날 왕경의 집안 사람 모두 다 동쪽 저잣거리로 끌려갔다. 왕경과 그의 어머니는 웃으면서 죽음을 받아들였다. 이에 온 성 안의 선비와 백성들 가운데에 눈물을 흘리지 않는 이가 없었다.

나중에 어떤 사람이 이를 기리는 시를 읊었다.

한나라 첫 무렵엔 스스로 목숨 버리는 걸 자랑으로 여겼는데

한나라 끝 무렵엔 왕경을 보는구나

참으로 뜨거운 그 마음, 끝까지 달라지지 않고

굳센 뜻은 더욱 맑구나

굽힐 수 없는 그 마음은 태산처럼 무겁게 여기고

목숨은 기러기 털보다 더 가볍게 여겼다네

어머니와 아들의 아름다운 이름 여기서 울리니
마땅히 하늘과 땅이 다할 때까지 남으리

태부 사마부는 조모를 왕에 대한 예의를 갖추어 장사 지내자고 했다. 사마소가 그러라고 했다. 가충의 무리는 사마소더러 위나라를 물려받아 황제 자리에 오르라고 했다.

사마소가 고개를 저었다.

"옛적에 주나라 문왕은 천하의 삼분의 이를 차지하고 있으면서도 오히려 은나라를 섬겼소. 그러기에 옛 성인도 문왕을 더할 나위 없이 덕스러운 분이라고 추어주었소. 위 무제가 한나라의 황제 자리를 물려받지 않았듯이 나 또한 위나라의 황제 자리를 물려받고 싶지 않소."

가충의 무리는 그 말을 듣자 사마소가 나중에 아들 사마염을 황제로 삼을 뜻이 있음을 알고 더는 들먹이지 않았다.

그해 6월 사마소는 상도향공 조황을 세워 황제로 삼고 연호를 경원 첫해로 고쳤다. 조황은 이름을 조환으로 바꾸었다. 자는 경명으로, 위무제 조조의 손자이며 연왕 조우의 아들이었다.

조환은 사마소를 승상 및 진공으로 삼으며 돈 10만 전과 비단 1만 필을 내리고, 문무 벼슬아치들에게도 벼슬자리를 높여주거나 상을 내렸다.

염탐꾼은 이러한 사실을 재빨리 알아다 촉에 보고했다. 강유는 사마소가 조모를 죽이고 조환을 새 임금으로 세웠다는 소식을 듣자 좋아라 했다.

"내 오늘 위를 치러 갈 때 내세울 거리가 또 생겼구나."

강유는 곧장 동오로 편지를 보내, 군사를 일으켜 사마소가 임금을 죽인 죄를 묻자고 했다. 그러는 한편 촉 임금에게도 알렸다. 유선이 그러라고 하자 군사 15만 명을 일으켰다. 수레 수천 대에는 모두 짐 상자를 실었다. 요화와 장익을 앞장세우면서 요화는 자오곡 쪽으로 나아가게 하고, 장익은 낙곡 쪽으로 나아가게 했다. 강유 자신은 야곡 쪽으로 나아갔다. 나중에 모두 기산 앞에서 만나기로 했다. 군사들은 세 갈래로 나누어 한꺼번에 길을 떠나 기산 쪽으로 쳐들어갔다.

이때 등애는 기산 영채에서 군사를 훈련시키고 있었다. 촉군이 세 길로 나누어 쳐들어온다는 보고를 받자 장수들을 불러모아 어떻게 할지를 의논했다.

참군 왕관이 먼저 입을 열었다.

"저한테 방법이 하나 있기는 한데, 드러내 말로 하기가 마땅치 않아 여기에 적어왔습니다. 장군께서 한번 살펴보시기 바랍니다."

등애가 글을 받아 읽어보고 나더니 웃었다.

"이 방법이 기가 막히기는 하나 강유가 속아넘어갈지는 모르겠소."

그러나 왕관은 물러서지 않았다.

"제가 목숨을 걸고서 가보겠습니다."

"공의 뜻이 그토록 굳세다면 반드시 성공할 거요."

등애는 왕관에게 군사 5천 명을 내주었다. 왕관은 밤새 야곡으로 나아갔다. 가다 보니 촉군 앞부대에서 길을 살펴보러 나온 군사들과 딱 마주쳤다.

왕관이 외쳤다.

"우리는 항복하러 온 위나라 군사들이다. 주된 장수께 보고해달라."

앞에서 길을 살피던 군사가 강유에게 가서 보고했다. 강유는 군사들은 그대로 눌러두고 우두머리 장수만 오라고 일렀다.

왕관이 와서 바닥에 엎드려 절을 했다.

"저는 왕경의 조카 왕관입니다. 요즈음 사마소가 임금을 죽이고 저희 작은아버지 가족까지 모조리 잡아 죽여 저는 한이 뼛속까지 깊게 박혔습니다. 지금 다행스럽게도 장군께서 군사를 일으키셔서 그 죄를 물으시려 하기에 저도 특별히 본부 군사 오천 명을 이끌고 항복하러 왔습니다. 부디 거두어 써주셔서, 간사스런 무리들을 쓸어 없애 작은아버지의 원수를 갚게 해주십시오.”

강유가 흐뭇해하며 왕관에게 말했다.

“그대가 이미 참된 마음으로 와서 항복하는데 내 어찌 참된 마음으로 대하지 않을 수 있겠는가? 우리 군의 걱정거리는 먹을거리가 달리는 것이네. 지금 먹을거리와 말먹이를 실은 수레 수천 대가 서천 어귀에 있으니 그대가 가서 기산으로 옮겨놓게. 나는 곧 기산 영채에 있는 적을 무찌르러 가겠네.”

왕관은 자기 꾀가 맞아떨어지는 듯싶어 속으로 무척 기뻐하며 명령을 기꺼이 받아들였다.

그런데 강유가 한 마디 더 붙였다.

“그대가 먹을거리를 나르는 일에 오천 명을 다 쓸 필요는 없네. 그러니 삼천 명만 데리고 가고 이천 명은 여기 남겨두게. 기산을 칠 때 길잡이로 써야겠네.”

왕관은 속으로 내키지 않았지만 혹시라도 강유에게 의심을 살까봐 3천 명만 거느리고 떠나갔다.

강유는 부첨에게 위군 2천 명을 내주며 다음 명령을 기다리도록 했다.

그때 하후패가 왔다는 보고가 들어왔다.

하후패가 굳은 낯으로 들어왔다.

“도독께서는 어찌하여 왕관의 말을 그대로 믿으시오? 자세히는 모르지만, 내가 위나라에 있을 때 왕관이 왕경의 조카라는 말은 들어보지 못했소. 속임수가 들어 있는 짓일 테니 장군께서는 부디 잘 헤아리시기 바랍니다.”

강유가 껄껄 웃었다.

“내 이미 왕관이 거짓으로 항복해온 줄 알고 있소. 그래서 그 사람이 끌고 온 군사도 나누어놓았소. 앞으로 그쪽의 꾀를 뒤집어서 쓸 생각이오.”

하후패의 낯빛이 누그러졌다.

“공의 말씀을 듣고 싶습니다.”

“사마소는 조조에게 뒤지지 않을 간사스런 영웅이오. 왕경을 죽이고 모든 가족을 죄다 같이 죽이면서 어찌 친조카를 남겨두어 관 밖에서 군사를 거느리고 있게 하겠소? 그래서 속임수인 줄 알았소. 중권이 보신 바 그대로 내 생각도 딱 들어맞았소.”

강유는 야곡으로 나아가지 않았다. 이어 군사들을 길에 숨겨두면서 왕관이 몰래 사람을 보내지 않나 잘 살피도록 하였다. 과연 열흘이 못 되어 숨어 있던 군사들이 왕관의 심부름꾼을 잡아왔다. 왕관이 등애에게 보내는 편지를 지니고 있었다. 자세히 따져 물으며 몸을 뒤지자 편지가 나왔다.

편지에는 다가오는 8월 20일에 샛길로 해서 식량을 가지고 본부 영채로 돌아갈 테니 등애를 시켜 군사를 담산 골짜기로 보내 도와달라고 쓰여 있었다.

강유는 편지를 가지고 가던 사람을 죽이고 편지 내용을 뜯어고쳤다. 8월 15일에 등애더러 직접 대군을 이끌고 담산 골짜기로 와서 도와달라는 내용으로 바꾸었다. 강유는 고쳐 쓴 편지를 위군으로 꾸민 군사를 시켜 위군 영채에 갖다주도록 했다.

이어 지금 식량 수레 수백 대에 실려 있는 쌀을 모두 내려놓고 그 대신 마른 땔나무와 풀을 비롯해 불붙기 쉬운 물건을 실은 뒤 푸른 베로 덮도록 했다. 또 부첨은 항복해온 위군 2천 명을 거느리고 식량 운반 깃발을 세우고 가게 하였다. 강유 자신은 하후패와 함께 군사 한 무리씩을 이끌고 산골짜기로 가서 숨어 있기로 했다. 그리고 장서는 야곡으로 나아가고, 요화와 장익은 저마다 군사를 거느리고 기산을 빼앗도록 했다.

한편 등애는 왕관의 편지를 받자 무척 좋아라 했다. 곧바로 답장을 써주며 편지를 가져온 사람을 돌려보냈다.

마침내 8월 15일이 되었다. 등애는 날랜 군사 5만 명을 이끌고 곧장 담산 골짜기로 갔다. 그리고 군사를 높은 곳에 올려보내 멀리까지 살펴보도록 했다. 셀 수 없이 많은 식량 수레가 꼬리에 꼬리를 물고 산골짜기로 오고 있었다. 보고를 받은 등애는 직접 말을 타고 가 바라보았다. 과연 모두가 위군들이었다.

곁에 있던 이가 말했다.

"날이 이미 저물었습니다. 서둘러 왕관을 도와 골짜기에서 빠져나오도록 하시지요."

등애가 대답했다.

"앞쪽의 산이 겹겹으로 포개져 험하오. 혹시라도 숨어 있는 군사가 있으면 뒤로 물러가기가 쉽지 않으니 여기서 기다리면 되오."

그런 말을 나누고 있는데 갑자기 말 탄 군사 둘이 달려와 보고했다.

"왕장군이 먹을거리와 말먹이를 실은 수레를 몰고 족과 나뉘는 곳을 지나오는데 뒤쪽에서 군사가 들이치고 있습니다. 빨리 도와주시기 바랍니다."

등애는 깜짝 놀라 급히 군사들을 다그쳐 앞으로 나아갔다. 마침 초저녁이라 달이 낮처럼 밝았다. 산 뒤쪽에서 아우성치는 소리가 들려왔다. 등애는 왕관이 산 뒤쪽에서 싸우는 줄 알고 급히 산 뒤쪽으로 달려갔다. 갑자기 숲 뒤쪽에서 사나운 범 같은 군사 한 무리가 뛰쳐나왔다. 앞장선 우두머리는 촉의 장수 부첨이었다.

부첨이 말을 달려나오며 크게 외쳤다.

"등애, 이 하잘것없는 놈아! 너는 이미 우리 장군의 꾀에 말려들었다. 빨리 말에서 내려 죽음을 받지 않고 왜 꾸물대느냐!"

등애는 소스라치게 놀라 급히 말을 돌려 달아났다. 바로 그때 수레 위에 불이 붙었다. 그건 바로 신호로 올리는 불이었다. 양쪽에서 촉군이 쏟아져나와 닥치는 대로 몰아쳤다. 위군은 어찌해볼 수 없는 어지러움에 빠져들고 말았다. 산 위에서고 산 아래에서고 등애를 잡으라는 소리만이 계속 울려퍼졌다.

"등애를 잡으면 상으로 천 금을 주고, 일만 호가 사는 지역의 제후를 시켜주겠다!"

등애는 아찔했다. 갑옷이고 투구고 다 벗어던지고, 말에서도 뛰어내려 일반 군사들 속에 섞여 산을 기어오르고 고개를 넘어 달아났다.

강유와 하후패는 말을 타고 앞서가는 이만 잡으려 애썼다. 등애가 일반 군사 속에 섞여 달아났으리라고는 생각도 못 했다.

강유는 싸움에 이긴 군사를 거느리고 왕관의 식량 수레를 덮치러 갔다.

한편 왕관은 등애와 몰래 약속이 되었다고 믿고 있었다.

그래서 미리 식량과 말먹이를 수레에 실어놓고 가지런히 준비를 해놓은 채 일을 일으킬 날만 기다리고 있었다. 그때 갑자기 마음 깊이 믿는 부하가 허겁지겁 달려와 보고했다.

"일이 새어나갔습니다. 등장군이 크게 졌는데, 살았는지 죽었는지조차 알 수 없답니다."

왕관은 소스라치게 놀랐다. 바로 사람을 보내 알아보게 했다. 촉군이 세 갈래로 나누어 쳐들어오고 있다고 했다. 뒤쪽에 또 먼지가 자욱이 이는데, 사방 어디를 둘러보아도 달아날 길이 없다고 했다.

왕관은 곁에 있는 이들에게 명령을 내려 식량과 말먹이를 실은 수레를 다 태워버리라 했다. 잠깐 사이에 불길이 무섭게 일며 하늘까지 다 삼켜버릴 듯했다.

왕관이 마구 외쳤다.

"일이 급하게 되었다! 모두들 죽기로 싸우라!"

왕관은 군사를 이끌고 서쪽으로 무찌르며 나아갔다. 뒤쪽에서 강유의 군사가 세 길로 나누어 몰려왔다. 강유는 왕관이 죽을힘을 다해 위나라로 돌아가리라고만 생각했지, 거꾸로 한중으로 쳐들어가리라곤 생각하지 못했다.

왕관은 함께 가는 군사가 얼마 안 되었기에 뒤쫓아오는 적군이 그대로 덮쳐버릴까봐 두려웠다. 그래서 벼랑에 매달려 있는 길과 지나는 길에 있는 험한 관마다 다 불을 질러 태워버렸다.

강유는 한중을 잃을까봐 등애의 뒤는 쫓지 않고 군사를 이끌고 밤새 샛길로 해서 왕관의 뒤를 쫓았다. 왕관은 사방에서 촉군이 몰아치자 흑룡강에 몸을 던져 죽고 말았다. 나머지 군사들은 모두 강유에게 붙들려 산 채로 묻혔다.

이번 싸움에서 강유는 비록 등애를 이기기는 했지만 식량과 말먹이를 너무 많이 잃고, 벼랑에 매단 길도 불타버렸다. 이에 군사를 이끌고 한중으로 돌아갔다.

등애는 싸움에 진 부하 군사들을 이끌고 달아나 기산 영채로 돌아갔다. 바로 죄를 물어달라는 글을 올리고 스스로 벼슬을 깎았다. 그러나 사마소는 등애가 그동안 여러 차례 큰 공을 세운 걸 헤아려 살펴서 그의 벼슬을 깎지 않고 도리어 두터운 상을 내렸다.

등애는 상으로 받은 재물들을 이번 싸움에서 죽은 장수와 군사들 가족에게 나누어주었다.

사마소는 촉군이 또 나올까봐 두려워서 등애에게 군사 5만 명을 더 내어주며 단단히 지키도록 했다.

강유는 밤이고 낮이고 벼랑에 매단 길을 고치며, 다시 싸움에 나설 일을 의논했다.

계속 벼랑길을 고치며 연거푸 군사를 몰고 나가나니

중원을 치지 않고선 죽어서도 쉬지 못하리

과연 이기고 짐은 어떻게 갈라질는지…….

환관의 손에 놀아나는 유선

유선은 헐뜯는 소리를 믿어 군사를 거두라 하고
강유는 머물며 농사짓는다 하면서 화를 피하다

촉한 경요 5년 겨울 10월이었다. 대장군 강유는 사람을 보내 밤낮없이 벼랑길을 고치게 했다. 아울러 식량과 무기를 준비하는 한편 한중의 물길에 배를 끌어모았다. 이렇게 모든 준비를 마친 뒤 촉 임금 유선에게 글을 올렸다.

저는 여러 차례에 걸쳐 싸움터에 나갔으나 아직 큰 공을 세우지 못했습니다. 그러나 이미 위나라 사람들의 가슴은 철렁 내려앉혀놓았습니다. 이제 군사를 기른 지 오래되었으니 싸우지 않으면 게을러지고, 게을러지면 병이 날 듯합니다. 더구나 지금 군사들은 목숨 바쳐 싸울 생각을 하고 있고, 장수들은 명령만 내리기를 기다리고 있습니다. 제가 만약에 이기지 못하면 기꺼이 죽는 벌을 받겠습니다.

유선은 글을 보고 나서 망설이며 결정을 내리지 못했다. 그때 초주가 나서서 말했다.

"제가 밤에 하늘을 살펴보았더니 서축 쪽의 장수 별이 흐릿하고 또렷하지 않았습니다. 지금 대장군이 또 싸우러 나가려 하는데, 이번 길은 매우 좋지 않겠습니다. 폐하께서는 조서를 내리시어 나가지 못하게 막으십시오."

유선이 말했다.

"일단 이번에 가서 어찌하나 두고 봅시다. 잘못되거든 그때 그만두도록 하겠소."

유선은 초주가 두세 번 거듭 말려도 듣지 않았다. 이에 초주는 집으로 돌아가서도 한숨을 그치지 못하더니, 마침내 병이 났다고 둘러대며 나가지 않았다.

한편 강유는 군사를 일으키려 하면서 요화에게 물었다.

"내 이번에 싸우러 가면 반드시 중원을 되찾을 생각이오. 어디를 먼저 빼앗는 게 좋겠소?"

요화는 시큰둥했다.

"해마다 싸우러 나가는 바람에 군사고 백성이고 모두들 편하지 않습니다. 게다가 위의 등애는 슬기와 꾀가 많아 가벼이 볼 사람이 아닙니다. 그토록 어려운 일인데도 장군께서 굳이 싸우시겠다면 저로서는 섣불리 뭐라고 말씀드릴 수가 없습니다."

강유는 성을 벌컥 냈다.

"지난날 승상께서 여섯 번씩이나 기산으로 나가셨는데 그건 모두 나라를 위해서였소. 내가 지금 여덟 번째로 위를 치려 하는데 어찌 내 한 몸을 위한 일이겠소? 이번엔 마땅히 도양을 먼저 빼앗겠소. 만약에 내 명령을 따르지 않는 이는 반드시 목을 베겠소!"

강유는 요화에게 한중을 지키게 하고, 자신은 여러 장수들과 함께 군사 30만 명을 거느리고 곧바로 도양을 치러 나아갔다.

서천 어귀에 있던 위의 염탐꾼은 재빨리 기산 영채로 가서 보고했다. 이때 등애는 사마망과 함께 군사 쓰는 일에 대한 이야기를 나누고 있었다. 이 소식을 듣자마자 바로 염탐꾼을 보내 살펴보게 했다. 염탐꾼이 돌아와 촉군은 모두 도양길로 나오고 있더라고 보고했다.

사마망이 말했다.

"강유는 꾀가 많습니다. 도양을 치는 척하면서 사실은 기산을 치러 오는 게 아닐까요?”

등애가 고개를 저었다.

“이번엔 강유가 도양을 진짜로 치러 옵니다.”

“공은 왜 그렇게 생각하십니까?”

등애가 대답했다.

“지금까지 강유는 여러 차례에 걸쳐 우리가 먹을거리를 두고 있는 곳으로만 쳐들어왔소. 그런데 지금 도양에는 먹을거리를 두고 있지 않소. 강유는 우리가 기산만을 지키다 보니 도양은 제대로 지키지 않으리라 여기고 곧바로 그곳을 빼앗을 생각인 듯하오. 만약에 그 성을 얻으면 거기에다 먹을거리와 말먹이를 쌓아놓고 강족과 손을 잡은 뒤 오래 버틸 계획으로 그러지요.”

“그럼 어떻게 할 생각이십니까?”

“여기 군사를 모두 거두어 두 길로 나누어 도양성을 구하러 가야 하오. 도양에서 이십오 리 떨어진 곳에 후하라는 작은 성이 있소. 바로 도양의 목구멍 같은 곳이오. 공은 군사 한 무리를 이끌고 도양으로 가서 숨어 있으시오. 깃발을 눕혀놓은 채 북소리도 내지 말고 네 곳 성 문을 활짝 열어놓고 내가 하라는 대로만 하시오. 나는 군사 한 무리를 거느리고 후하에 가 숨어 있겠소. 그러면 반드시 크게 이길 수 있소.”

두 사람은 싸울 방법이 정해지자 저마다 계획대로 하기 위해 떠나갔다. 기산 영채는 편장 사찬이 남아 지키도록 했다.

한편 강유는 하후패에게 앞장서서 먼저 군사 한 무리를 이끌고 가 도양을 치도록 하였다.

하후패가 군사를 거느리고 앞으로 나아가 도양 가까이 이르러 바라보니, 성 위에는 깃발 하나 꽂혀 있지 않고 네 성 문이 다 활짝 열려 있었다. 하후패는 뭔가 꺼림칙하여 함부로 성으로 들어가지 못하고 뭇 장수들을 돌아보았다.

"뭔가 속임수가 있는 성싶지 않소?"

장수들이 입을 모아 대답했다.

"틀림없이 빈 성입니다. 얼마 안 되는 백성들만 있다가 대장군께서 군사를 이끌고 오신다는 소식을 듣고 모두 다 성을 버리고 도망쳐버린 듯합니다."

그러나 하후패는 믿을 수가 없어 직접 말을 달려 성 남쪽으로 가서 살펴보았다. 성 뒤쪽을 보니 헤아릴 수 없이 많은 늙은이와 어린아이들이 모두 서북쪽으로 달아나고 있었다.

하후패는 아주 흐뭇했다.

"정말 빈 성이구나."

마침내 하후패는 앞장서서 쳐들어갔다. 군사들은 그 뒤를 따라 들어갔다. 성 문 밖에 둘러친 작은 성 가까이 이르렀을 때였다. 갑자기 쾅 소리가 한 방 나더니 성 위에서 북소리, 나팔 소리가 한꺼번에 울려퍼졌다. 이어 깃발들이 일어서서 펄럭이기 시작하고 달아맨 다리가 들어올려졌다.

하후패는 소스라치게 놀랐다.

"속았구나!"

하후패가 급히 물러가려 하는데, 성 위에서 화살이며 돌이 마치 빗발치듯 했다. 안타깝게도 하후패는 군사 5백 명과 함께 모두 성 아래에서 죽고 말았다.

나중에 어떤 사람이 한숨 어린 시를 지어 읊었다.

배짱 좋은 강유의 꾀 기가 막혔지만
등애가 미리 알고 막을 줄 뉘 알았으랴
가엾도다, 촉한으로 항복했던 하후패
성 아래에서 잠깐 사이에 화살 맞고 죽는구나

사마망이 성 안에서 뛰쳐나와 마구 무찌르자 촉군은 크게 져서 달아났다. 뒤따라온 강유가 군사를 몰아 사마망을 물리치고 바로 성 아래에 영채를 세웠다. 강유는 하후패가 화살을 맞고 죽었다는 보고를 받자 마음이 몹시 아팠다.

그날 밤이 제법 이슥해질 무렵이었다. 등애가 후하성 안에서 몰래 군사 한 무리를 이끌고 나와 촉군 영채를 들이쳤다. 촉군이 큰 어지러움에 빠지자 강유가 이를 막으려고 애를 썼으나 어떻게 해볼 수가 없었다. 다시 성 위에서 북소리, 나팔 소리가 하늘 가득 울려퍼졌다. 이어 사마망이 군사를 거느리고 뛰쳐나왔다. 양쪽에서 끼고 들이치자 촉군은 크게 지고 말았다. 강유는 이리 치고 저리 치며 죽기로 싸워 가까스로 싸움터에서 벗어나 20리 넘게 물러가 영채를 세웠다. 두 번씩이나 싸움에 지고 난 뒤라 군사들 마음은 몹시 흔들렸다.

강유가 여러 장수들에게 말했다.

"이기고 지는 건 싸움터에서 늘 있는 일이오. 지금 비록 군사를 잃고 장수가 꺾였지만 그다지 걱정하지 않아도 되오. 이루느냐, 못 이루느냐 하는 게 이번 싸움에 달려 있으니, 여러분들은 처음부터 끝까지 한결같은 마음으로 싸우시오. 만약에 물러가자는 말을 하는 이가 있으면 바로 목을 베겠소."

장익이 나서서 말했다.

"위군이 죄다 여기 있으니 기산은 틀림없이 비어 있습니다. 장군께서는 군사를 다시 가다듬어 여기서 등애와 싸워 도양과 후하를 치십시오. 저는 군사 한 무리를 이끌고 가 기산을 빼앗겠습니다. 기산의 아홉 영채를 모두 빼앗은 뒤 군사를 몰아 장안으로 쳐들어가면 가장 좋겠습니다."

강유는 그 말을 받아들여 바로 장익을 시켜 뒤쪽 군사를 거느리고 가서 기산을 빼앗도록 하였다. 강유 자신은 군사를 이끌고 후하로 가서 등애에게 싸움을 걸었다. 등애가 군사를 거느리고 나와 맞았다. 양쪽 군사는 둥글게 마주 보며 진을 펼쳤다. 두 사람은 서로 어우러져 수십 합을 싸우고도 이기고 짐을 가르지 못하자 군사를 거두어 영채로 돌아갔다.

다음 날 강유는 또 군사를 이끌고 나가 싸움을 걸었다. 그러나 등애는 군사를 눌러둔 채 꼼짝도 하지 않았다. 강유는 군사들을 시켜 마구 욕설을 퍼붓도록 했다.

등애는 속으로 곰곰이 생각해보았다.

'촉군이 나한테 한바탕 크게 지고도 물러가지 않고 도리어 날마다 와서 싸움을 거는 걸 보니 군사를 나누어 기산 영채를 덮치러 갔다. 사찬이 영채를 지키고 있지만 군사도 얼마 안 되는데다 꾀도 보잘것없으니 틀림없이 지고 말겠지. 내 마땅히 직접 가서 구해야겠다.'

등애는 아들 등충을 불러 일렀다.

"너는 여기를 아주 조심스레 지키고 있거라. 적이 와서 아무리 싸움을 걸어도 가벼이 나가면 안 된다. 나는 오늘 밤에 군사를 이끌고 가서 기산을 구해야겠다."

그날 밤이 이슥해질 무렵이었다. 강유는 영채 안에서 이런저런 계획을 세우고 있었다. 갑자기 영채 밖에서 아우성치는 소리가 땅을 울리고 북소리, 나팔 소리가 하늘 가득 울려퍼졌다. 아랫사람이 와서 보고하기를, 등애가 날랜 군사 3천 명을 이끌고 밤 싸움을 하러 왔다고 했다. 장수들이 나가 싸우려 했으나 강유가 말렸다.

"함부로 움직여서는 안 되오."

등애가 군사를 거느리고 일부러 촉군 영채 앞까지 와서 한 번 둘러본 뒤 그대로 기산을 구하러 갔다. 등충은 성 안으로 들어가버렸다.

강유가 장수들을 불러놓고 말했다.

"등애가 거짓으로 밤 싸움을 거는 척하다가 기산 영채를 구하러 간 게 틀림없소."

강유가 부첨을 불러 일렀다.

"공은 이 영채를 지키되, 함부로 가벼이 나가 적과 싸우지 마시오."

그렇게 단단히 이른 뒤 강유는 직접 군사 3천 명을 이끌고 장익을 도우러 갔다.

한편 장익은 기산 영채에 이르러 위군 영채를 들이치고 있었다. 사찬이 영채를 지키고 있었지만 군사가 얼마 안 되어 오래 버티지 못했다. 곧 무너지려 하는데 갑자기 등애가 군사를 이끌고 와 한바탕 몰아쳤다. 그 바람에 촉군은 크게 지고 말았다. 등애는 장익을 산 뒤쪽으로 몰아붙이며 돌아갈 길을 끊어버렸다. 아주 다급한 순간이었다. 그때 갑자기 아우성치는 소리가 크게 일며 북소리, 나팔 소리가 하늘 가득 울려퍼졌다. 위군들이 뿔뿔이 흩어져 물러가고 있었다.

가까이 있는 이가 보고했다.

"대장군 강백약께서 들이치고 있습니다!"

장익은 다시 기운을 내어 군사를 몰아 도왔다. 양쪽에서 끼고 치는 바람에 등애는 한바탕 지고 급히 기산 영채로 물러가 나오지 않았다. 강유는 군사들에게 사방을 빙 둘러싼 채 들이치도록 했다.

한편 성도의 촉 임금 유선은 환관 황호의 말만 믿으며 날마다 술과 여자에 빠져 나랏일은 돌보지 않았다.

이때 유염이라는 대신이 있었다. 그의 아내 호씨는 빼어나게 예뻤다. 호씨가 황후를 만나러 궁중으로 들어간 일이 있었다. 황후는 호씨를 궁중에 머물러 있게 하면서 한 달이 지나서야 내보내주었다. 이에 유염은 아내가 유선과 같이 지냈다고 의심했다. 그래서 거느리고 있던 군사 5백 명을 앞에 세워놓고 아내를 꽁꽁 묶은 채 끌어냈다. 이어 군사마다 신발로 호씨의 얼굴을 수십 번씩 때리라 하였다. 호씨는 거의 다 죽을 뻔하다가 겨우 살아났다.

이 소식을 들은 유선은 크게 화를 내며 법을 맡고 있는 벼슬아치에게 유염의 죄를 다스리라는 명령을 내렸다. 명령을 받은 벼슬아치는 의논 끝에 '군사는 아내를 매질하기 위해 거느리고 있는 사람이 아니고, 얼굴은 죄를 벌하는 자리가 아니다. 유염은 마땅히 저잣거리에 내다 목을 베어야 한다'라는 의견을 내놓았다. 이에 유염은 목이 잘려 죽었다.

이때부터 남편의 벼슬자리가 높은 부인은 궁궐을 드나들지 못하게 했다. 그러나 그때 벼슬아치들 가운데에는 유선이 지나치게 여자에 빠져 있어 곱지 않은 눈길을 보내며 의심하고 원망하는 이들이 많았다. 이런 까닭에 어진 사람은 점점 물러가고 하잘것없는 사람들이 설쳐댔다.

우장군 염우라는 이는 제 몸으로 손톱만큼의 공을 세운 일이 없는데도 오로지 황호에게 알랑거려 그토록 높은 벼슬자리를 얻은 사람이었다. 그는 강유가 군사를 거느리고 기산에 있다는 소식을 듣자 황호를 꼬드겼다. 이에 황호가 유선에게 말했다.

"강유는 여러 차례에 걸쳐 싸우러 나갔으나 공을 세우지 못했습니다. 염우를 대신 보내는 게 좋겠습니다."

유선은 그 말을 좇아 강유에게 돌아오라는 조서를 보냈다.

그때 강유는 기산에서 위군 영채를 들이치고 있었다. 그런데 느닷없이 군사를 거두어 돌아오라는 조서가 하루에 세 번씩이나 내려왔다. 강유는 명령을 따르지 않을 수 없었다. 먼저 도양에 있는 군사부터 물러가게 한 뒤, 이어 장익과 함께 천천히 물러갔다.

영채 안에 있던 등애는 밤새도록 하늘 가득 울려퍼지는 북소리, 나팔 소리의 뜻을 알 수 없었다. 해 뜰 무렵이 되었을 때, 촉군이 모두 물러가고 빈 영채만 남아 있다는 보고가 들어왔다. 그러나 등애는 무슨 속임수가 있을지 몰라 섣불리 그 뒤를 쫓지 못했다.

한중에 다다른 강유는 군사들을 쉬게 하고, 조서를 가지고 온 사람과 함께 유선을 만나기 위해 성도로 갔다. 유선은 연거푸 열흘씩이나 조회를 열지 않았다. 강유는 속으로 뭔가 꺼림칙한 마음이 들었다. 그날 동화문 가까이에서 마침 비서랑 극정을 만났다.

강유가 극정에게 물었다.

"천자께서 이 사람더러 군사를 거두어 돌아오라고 하신 까닭을 공께서는 아시오?"

극정이 쓵쓰레하게 웃었다.

"대장군께서는 어찌하여 아직도 모르십니까? 황호가 염우를 시켜 공을 세우게 하려고 조정에 아뢰어 장군께 돌아오라는 조서를 내리게 했지요. 그랬는데 인제 와서는 등애가 군사를 아주 잘 쓴다는 소문이 들리자 그 일이 흐지부지되고 말았습니다."

강유는 화가 치밀어올랐다.

"내 반드시 그 환관놈을 죽여버리겠소!"

극정이 그러지 말라고 애써 말렸다.

"대장군께서는 무후의 일을 이어받으셨습니다. 맡은 일이 크고 중요한데 어찌 가벼이 서두르려 하십니까? 만약에 천자께서 받아들이지 않으시면 도리어 일이 깔끔하지 못하게 되어버릴지도 모릅니다."

강유가 고마워하며 말했다.

"선생의 말씀이 옳습니다."

다음 날 유선은 황호와 더불어 뒷정원에서 술자리를 열고 있었다. 강유는 몇 사람과 함께 곧장 그리 갔다. 누군가가 황호에게 재빨리 알려주어 황호는 호수 곁의 작은 산으로 피했다. 강유는 정자 아래로 가 유선에게 절을 한 뒤 울며 말했다.

"제가 등애를 기산에서 에워싸고 있는데, 폐하께서는 연거푸 조서를 세 번씩이나 내리셔서 저더러 조정으로 돌아오라 하셨습니다. 저는 아직도 폐하께서 그렇게 하신 뜻을 잘 모르겠습니다. 왜 그러셨습니까?"

유선은 입을 다문 채 아무 말도 하지 않았다.

강유가 다시 말했다.

"황호가 간사스런 짓을 해 나라의 힘을 틀어쥐고 설치는 꼴이 마치 영제 때 십상시와 같습니다. 폐하께서는 가깝게는 십상시의 하나였던 장양이 한 짓을 떠올리시고, 멀리는 진나라 때 황제까지 죽이며 설쳤던 조고를 떠올리십시오. 어서 빨리 황호를 죽이십시오. 그러면 조정이 절로 깨끗해지고 바로잡혀서 중원도 비로소 되찾을 수 있습니다.”

유선이 애써 웃었다.

“황호는 종종거리며 심부름이나 해주는 하잘것없는 신하일 뿐이오. 일부러 힘을 죄다 몰아준다 하더라도 어쩌지 못할 사람이오. 옛적에 동윤이 황호에게 늘 이를 갈며 못마땅해하기에 내 몹시 이상하게 여겼소. 그런데 이젠 그대까지 이럴 까닭이 꼭 있겠소?”

강유는 머리를 조아리며 다시 말했다.

“폐하께서 오늘 황호를 죽이지 않으시면 머지않아 화가 닥칩니다.”

유선이 말했다.

“사랑하면 살리려 하고 미워하면 죽이려 든다고 했소. 그대는 어찌하여 하찮은 환관 하나를 너그럽게 받아주지 못하오?”

유선은 곁에서 모시는 이에게 호수 곁 작은 산에 숨어 있는 황호를 정자 아래로 불러오라 하였다. 황호가 오자 강유에게 절을 하고 엎드려 죄를 빌라고 하였다.

황호가 울며 강유에게 절을 하다.

황호가 울며 강유에게 절을 했다.

"저는 아침저녁으로 폐하를 모시기만 할 뿐 나랏일에는 끼어든 적이 없습니다. 장군께서는 바깥 사람들의 말만 들으시고 저를 죽이려 하지 마십시오. 제 목숨은 오로지 장군께 매여 있습니다. 장군께서는 가엾이 여겨주십시오!"

말을 마치자 머리를 조아리며 눈물을 주르륵 흘렸다.

강유는 치밀어오르는 화를 애써 누르며 물러나와 곧장 극정에게 가 조금 전 일을 털어놓았다.

극정이 걱정스레 말했다.

"머지않아 장군께 화가 닥치겠군요. 만약 장군께서 위험에 빠지시면 나라도 무너져버리고 맙니다!"

강유가 말했다.

"그럼 선생께서는 부디 내가 나라를 지키고 이 몸도 지킬 방법을 일러주십시오."

"농서에 가 있을 만한 데가 한 군데 있습니다. 답중이란 곳으로 땅이 매우 기름집니다. 장군께서는 왜 무후의 일을 본받지 않으십니까? 군사들에게 농사도 짓게 해 군사들 먹을거리를 스스로 마련하기 위해 답중으로 가겠다고 천자께 아뢰십시오. 그곳으로 군사를 거느리고 가 머물며 농사를 지으면 여러 가지로 도움이 될 겁니다. 첫째, 밀이 익으면 거두어 먹으니 그야말로 군사들 먹을거리로 도움이 되고,

둘째, 농우의 여러 고을을 모두 거느릴 수 있으며, 셋째, 위 군이 함부로 한중을 넘겨다볼 수 없으며, 넷째, 장군께서 밖에 있지만 군사 다스리는 일을 도맡고 있으므로 아무도 섣불리 해보지 못해 화를 피할 수 있습니다. 이게 바로 나라를 지키며 몸도 지키는 방법입니다. 장군께서는 서둘러 그렇게 하시면 좋겠습니다."

강유는 답답했던 가슴이 뚫리는 성싶어 고마워했다.

"선생께서 금과 옥처럼 귀한 말씀을 해주셔서 참으로 고맙습니다."

다음 날 강유는 유선에게 글을 올려, 군사를 거느리고 가 답중에 머물며 농사를 짓겠다고 했다. 예전에 무후가 했던 일을 본받아 그렇게 하겠다고 하니 유선도 그러라고 했다.

강유는 한중으로 돌아가 여러 장수들을 모아놓고 말했다.

"내 여러 차례 군사를 이끌고 나갔으나 때마다 먹을거리가 달려 여태껏 뜻을 이룰 수 없었소. 이제 나는 군사 팔만 명을 거느리고 답중으로 가 머물며 밀 농사를 지으면서 천천히 꾀하려 하오. 여러분들은 오랫동안 싸우느라 지쳤을 테니, 일단 골짜기마다 흩어져 있는 군사를 거두어 물러나 한중을 지키도록 하시오. 위군이 쳐들어온다 해도 그들은 천 리 먼 데서 먹을거리를 날라와야 하고 험한 산과 고개를 지나와야 하니 저절로 지쳐 떨어지고 마오. 지치면 반드시 물러갈 터이니 그 틈을 놓치지 말고 뒤쫓아 덮치면 이기지 않을 수 없소."

강유는 호제에게 한수성을 지키게 하고, 왕함은 낙성을, 장빈은 한성을, 장서와 부첨은 관문과 험한 길목을 함께 지키게 했다. 저마다 지킬 곳을 찾아 떠나고 나자 강유는 군사 8만 명을 직접 이끌고 답중으로 가 밀을 심으며 오래 버틸 준비를 했다.

한편 등애는 강유가 답중에 머물며 농사를 짓는다는 보고를 받았다. 길가에 40개가 넘는 영채를 세워놓았는데, 서로 끊기지 않고 잇닿아 있어 마치 기다란 뱀 모양을 하고 있다고 했다. 등애는 염탐꾼을 시켜 그곳 땅 생김새를 자세히 그려오도록 했다. 그런 뒤 그 그림을 글과 함께 조정에 올렸다.

진공 사마소가 이를 보고 화를 벌컥 냈다.

"강유가 여러 차례 중원을 쳐들어왔는데도 쓸어 없애지 못했으니, 이야말로 내 가장 큰 골칫거리요."

가충이 말했다.

"강유는 공명이 전해준 바를 깊이 깨닫고 있어 빨리 물리치기는 어렵습니다. 그러니 슬기롭고 씩씩한 장수 하나를 보내 강유를 찔러 죽여야 합니다. 그러면 군사를 움직이는 고생을 하지 않아도 됩니다.”

그러나 종사중랑 순욱이 반대했다.

“그렇지 않습니다. 지금 촉 임금 유선은 술과 계집에 흠뻑 빠진데다 황호만 믿어 끼고 살기에 대신들 모두 화를 피하려는 마음뿐입니다. 강유가 답중에 머물며 농사를 짓는 까닭도 바로 화를 피하기 위해 꾀를 쓴 겁니다. 지금 대장을 보내 치게 하면 이기지 못할 까닭이 없는데, 굳이 사람을 보내 몰래 찔러 죽일 필요가 있겠습니까?”

사마소가 껄껄 웃었다.

“그것 참 좋은 말이오. 내가 촉을 치려 하는데 누구를 장수로 보내면 좋겠소?”

순욱이 말했다.

“등애는 세상의 뛰어난 장수입니다. 거기에다 종회를 부장으로 삼아 보내면 큰일을 이루어냅니다.”

사마소가 아주 흐뭇해했다.

“그 말이 바로 내 생각과 들어맞소.”

이어 사마소는 종회를 불러 물었다.

“내 그대를 대장으로 삼아 동오를 치러 보내려 하는데 가보겠소?”

종회가 말했다.

“주공의 속뜻은 오를 치시려는 게 아니라 촉을 치시려는

　　　　　　　　　박상률 완역 삼국지 10

것 아닙니까?"

사마소가 기분 좋게 웃었다.

"그대가 참으로 내 마음을 아는구려. 그대가 가서 촉을 친다면 어떤 방법을 쓰겠소?"

"저는 주공께서 촉을 치실 생각이 있는 줄 알고 있었기에 이미 그림으로 그려두었습니다."

사마소가 그림을 받아 펼쳐보았다. 그림 속에는 길 하나까지 자세히 그려져 있을 뿐 아니라 영채를 세울 곳, 식량과 말먹이를 쌓아둘 곳, 어디로 나아가고 어디로 물러날지 등이 꼼꼼히 그려져 있었다. 하나하나 모두 짜임새가 있었다.

그림을 다 보고 난 사마소는 무척 흐뭇해했다.

"참으로 훌륭한 장수로다! 그대와 등애가 군사를 합쳐 촉을 치는 게 어떻겠소?"

"촉과 서천은 길이 많아 한 길로만 나아가서는 안 됩니다. 마땅히 등애와 함께 군사를 나누어 따로 나아가는 게 좋습니다."

사마소는 마침내 종회를 진서장군으로 삼아, 황제의 믿음을 나타내는 기와 일을 맡아볼 수 있는 힘을 나타내는 도끼를 주며 관중의 군사를 모두 맡도록 하면서 청주·서주·연주·예주·형주·양주 등의 군사를 끌어다 쓰게 하였다. 그러는 한편 황제의 믿음을 나타내는 기를 지닌 사람을 등애에게 보내 정서장군으로 삼고, 관외와 농상의 군사를 모두 맡아 다스리도록 하면서 날을 잡아 촉을 치라고 했다.

다음 날 사마소는 조정에서 이번 일을 의논했다.

전장군 등돈이 나서서 말했다.

"강유가 여러 차례에 걸쳐 중원을 쳐들어와 우리 군사들이 많이 죽거나 다쳤습니다. 그러니 지금은 지키는 일만으로도 힘이 부칩니다. 그런데 어쩌자고 산과 내가 험한 땅 깊숙이 들어가 스스로 화를 부르고자 하십니까?"

사마소가 화를 벌컥 냈다.

"나는 어질고 의로운 군사를 일으켜 사람의 길을 저버리는 임금을 치려 하고 있다. 네 어찌 겁도 없이 내 뜻을 거스르느냐!"

사마소는 무사들을 시켜 등돈을 끌어내 목을 베어 죽이라 했다. 조금 있자 등돈의 머리가 뜰아래에 놓여졌다. 사람들은 모두 질려 낯빛이 바뀌었다.

사마소가 말했다.

"난 동쪽을 치러 갔다 온 뒤로 육 년을 쉬었소. 그동안 군사들을 훈련시키고 갑옷이며 무기를 손보아 모든 준비를 다 끝내놓았소. 오와 촉을 치고자 한 지도 오래되었소. 이제 먼저 서촉을 치고, 그다음에 흐르는 물처럼 기운을 몰아 물과 뭍으로 함께 나아가 동오를 아울러 삼키려 하오. 이는 바

로 괵나라를 치고 나서 우나라까지 빼앗은 방법을 쓰자는
거요. 내 짐작건대, 서촉의 장수와 군사는 성도를 지키는 이
가 팔구만 명, 나라 멀리 나가 지키는 이가 사오만 명쯤 될
성싶소. 또 강유가 거느리고 농사짓는 군사도 육칠만 명에
지나지 않소. 내 이미 등애더러 관외와 농우의 십만 명 남짓
되는 군사를 거느리고 답중으로 가게 했소. 이는 강유를 답
중에 붙들어놓음으로써 동쪽을 돌보지 못하게 하기 위해서
요. 또 종회에게 관중의 날랜 군사 이십삼만 명을 거느리고
곧장 낙곡으로 간 뒤 세 길로 나누어 한중을 덮치도록 했소.
촉 임금 유선은 흐리터분하고 어리석기 짝이 없는 사람이
오. 멀리 밖에 있는 성이 무너지고 백성들이 안에서 두려워
허둥대면 그 사람은 반드시 무너지고 마오.”
　모두들 엎드려 절을 했다.

　한편 종회는 진서장군 도장을 받고 촉을 치기 위해 군사
를 일으켰다. 혹시라도 비밀스런 일이 새나갈까봐 겉으론
오를 친다고 하면서 청주·연주·예주·형주·양주 등 다섯
고을에 명령을 내려 커다란 배를 만들도록 했다. 또 당자를
등주와 내주 등 바다 가까운 고을로 보내 배를 모아놓게 했
다. 사마소는 왜 그러는지를 알 수 없어 종회를 불러 물었다.
　“그대는 뭍길로 해서 서천을 치러 가야 하는데, 배는 어디

에 쓰려고 만드는 거요?"

종회가 대답했다.

"촉은 우리가 대군을 몰고 쳐들어간다는 소문을 들으면 반드시 동오에 도와달라고 합니다. 그래서 먼저 오를 칠 듯이 소문을 내면 오는 틀림없이 함부로 움직이지 못합니다. 일 년 안에 촉을 무찌르고 나면 배도 다 만들어질 테니, 그때 오를 치면 매끄럽지 않겠습니까?"

사마소는 아주 마음에 들어 하며 떠날 날을 잡도록 했다.

위 경원 4년 가을 7월 초사흘에 종회는 군사를 이끌고 떠났다. 사마소는 성 밖 10리까지 나가 배웅하고 돌아왔다.

서조연 소제가 사마소에게 가만히 말했다.

"지금 주공께서는 종회를 시켜 십만 군사를 이끌고 가 촉을 치게 하셨습니다. 그런데 제가 어리석은 생각을 하는지 모르지만 매우 걱정스럽습니다. 종회는 뜻이 크고 속으로 욕심이 많습니다. 그러니 혼자서 큰 힘을 다 거머쥐게 해서는 안 됩니다."

사마소가 웃었다.

"내 어찌 그것을 모르겠소?"

소제가 다시 말했다.

"주공께서 이미 알고 계시다면 어째서 다른 사람과 함께 그 자리를 나누어 맡도록 하지 않으십니까?”

사마소가 여러 말을 늘어놓기 시작했다. 소제는 비로소 께름칙했던 마음이 풀어졌다.

군사를 몰고 나간 바로 그날

이미 장군의 엉뚱한 마음 헤아렸다네

과연 사마소가 한 말은 무엇인지…….

촉을 치러 가는 길

종회는 한중 길에서 군사를 나누어 나아가고
제갈량의 모습이 정군산에 나타나다

사마소가 서조연 소제에게 자기 속내를 털어놓았다.

"조정의 신하들 모두 아직 촉을 칠 수 없다고 말하는데 이는 속으로 두려워하기 때문이오. 그러니 억지로 싸우게 하면 반드시 지고 마오. 지금 종회는 혼자서 촉을 칠 계획을 세우고 있었소. 이는 두려워하는 마음이 없기 때문이오. 두려움만 갖지 않는다면 틀림없이 촉을 깰 수 있소. 촉이 무너지면 촉나라 백성들 마음은 찢어질 듯이 아플 거요. '싸움에 진 장수는 씩씩함을 들먹일 수 없고, 망한 나라의 높은 벼슬아치들은 앞날을 꾀할 수 없다'는 말이 있소. 만약에 종회가 딴 뜻을 품고 있더라도 촉나라 백성들이 어찌 그 사람을 도울 수 있겠소? 또 위군들은 싸움에 이기면 돌아가고 싶은 마음에 종회를 따라 배반하지 않소. 그러니 조금도 걱정하지 않아도 되오. 지금까지 한 말은 그대와 나만 알고, 절대 새어나가면 안 되오."

소제는 엎드려 절을 했다.

한편 종회는 영채를 다 세우고 나자 명령을 내리기 위해 막사로 장수들을 다 불러모았다. 감군인 위관과 호군인 호열을 비롯하여 대장인 전속과 방회·전장·원정·구건·하후함·왕매·황보개·구안 등 80명 넘는 장수들이 모였다.

종회가 장수들을 보며 입을 열었다.

"반드시 대상 한 사람이 앞상서서 산을 만나면 길을 열고, 물을 만나면 다리를 놓아야 하오. 누가 어려움을 무릅쓰고 맡아보겠소?"

한 사람이 선뜻 나섰다.

"제가 맡겠습니다."

종회가 그를 바라보았다. 호랑이 같은 장수로 이름을 떨쳤던 허저의 아들 허의였다.

뭇사람이 입을 모아 거들었다.

"앞장설 사람으로 이 사람이 가장 마땅합니다."

종회가 허의를 불러 말했다.

"그대는 호랑이처럼 씩씩하고 사나운 장수로, 아버지와 아들이 다 이름을 떨쳐 지금 모두들 그대가 마땅하다고 추천하였소. 앞장서는 장수 도장을 걸고 말 탄 군사 오천 명과 일반 군사 천 명을 거느리고 바로 한중으로 나아가시오. 군사를 세 길로 나누어 그대는 가운데 길 군사를 맡아 야곡으로 나아가고, 왼쪽 군사는 낙곡으로, 오른쪽 군사는 자오곡으로 나아가도록 하시오. 갈 곳 모두 산이 험한 땅이오. 그러니 군사들을 시켜 땅을 메워 길을 닦고 다리를 고치며, 산을 뚫고 바위를 깨뜨려 막히는 데가 없도록 해야 하오. 지금 말한 바를 어기면 반드시 군법으로 다스리겠소."

허의는 명령을 받자 군사를 거느리고 떠났다.

종회는 그 뒤를 따라 10만 명 넘는 군사를 거느리고 그날 밤에 길을 떠났다.

한편 등애는 농서에서 촉을 치라는 조서를 받자 바로 사마망을 시켜 강족을 막도록 했다. 이어 옹주 자사 제갈서를 비롯하여 천수 태수 왕기, 농서 태수 견홍, 금성 태수 양흔에게 저마다 본부 군사를 이끌고 와 명령을 받도록 했다. 이에 여기저기서 군사들이 구름처럼 모여들었다.

이때 등애는 밤에 자다가 꿈을 하나 꾸었다. 높은 산에 올라가 한중을 내려다보는데 갑자기 발아래에 샘이 하나 생

   박상률 완역 삼국지 10

기면서 물이 마구 솟아오르는 꿈이었다. 놀라서 깨어보니 온몸에 땀이 흘러 있었다. 등애는 그대로 앉아서 날이 새기를 기다렸다가 아침이 되자 호위 원소를 불러 물어보았다. 원소는 주역에 밝은 사람이었다. 등애가 간밤에 꾼 꿈 이야기를 들려주자 원소가 꿈풀이를 했다.

"주역에선 산 위에 물이 있는 걸 건괘로 나타냅니다. 건괘는 육십사괘 가운데 하나로, 이 괘를 풀이할 땐 서남쪽이 좋고 동북쪽은 좋지 않다고 합니다. 공자께서는 '건괘가 나오면 서남쪽이 좋아 그쪽으로 가면 공을 이룰 수 있지만, 동북쪽은 좋지 않아 그쪽 길은 막힌다'고 했습니다. 장군께서 이번에 가시면 반드시 촉을 무찌를 겁니다. 그러나 안타깝게도 돌아올 길은 막히겠습니다."

등애는 그 말을 듣자 답답하고 꺼림칙했다. 그때 갑자기 종회가 보낸 글이 왔다. 군사를 일으켜 한중에서 만나자는 내용이었다. 등애는 옹주 자사 제갈서를 시켜 군사 1만 5천 명을 이끌고 가서 먼저 강유의 돌아갈 길을 끊게 하였다. 이어 천수 태수 왕기는 군사 1만 5천 명을 이끌고 왼쪽으로 해서 답중으로 쳐들어가도록 했다. 또 농서 태수 견홍은 군사 1만 5천 명을 이끌고 오른쪽으로 해서 답중으로 쳐들어가도록 했으며, 금성 태수 양흔은 군사 1만 5천 명을 이끌고 감송에서 강유의 뒤를 치도록 했다. 등애 자신은 군사 3

만 명을 이끌고 오가며 돕기로 했다.

종회가 군사를 거느리고 떠날 때 문무 벼슬아치들은 성 밖까지 나가 배웅했다. 깃발들이 나부껴 해를 가리고, 갑옷은 마치 서리가 반짝이는 듯했다. 군사와 말 모두 씩씩한 모습으로 의젓하고 든든해 보였다. 사람들 모두 칭찬을 하며 부러워하는데, 오로지 상국참군 유식만이 픽 웃을 뿐 아무 말도 하지 않았다. 태위 왕상은 유식이 차갑게 비웃는 걸 보고 말 위에서 손을 내밀어 잡으며 물었다.

"종회와 등애 두 사람이 이번에 가면 촉을 무너뜨릴 수 있겠소?"

유식이 대답했다.

"반드시 촉을 깨기는 하오. 그렇지만 둘 다 돌아오지 못할까봐 그게 걱정이오."

왕상이 그 까닭을 물었으나 유식은 웃기만 할 뿐 아무런 대답을 하지 않았다. 그래서 왕상은 더 묻지 않았다.

위군이 떠나자 염탐꾼은 재빨리 이 사실을 답중의 강유에게 보고했다. 강유는 곧장 글을 써서 유선에게 보냈다.

좌거기장군 장익은 군사를 거느리고 가 양안관을 지키고, 우거기장군 요화는 군사를 거느리고 가 음평교를 지키도록 하는 조서를 내려주십시오. 이 두 곳이 가장 중요한 길목입니다. 만약에 그 두 곳을 잃으면 한중을 지켜낼 수 없습니다. 그러는 한편 동오로 사람을 보내 도와달라고 하십시오. 저는 답중의 군사를 일으켜 적을 막도록 하겠습니다.

이때 유선은 경요 6년을 염흥 첫해로 바꾸고, 날마다 환관 황호와 더불어 궁중에서 노는 일만 즐기고 있었다. 느닷없이 강유의 글이 날아들자 유선은 황호를 불러 물었다.

"지금 위나라가 종회와 등애를 시켜 군사를 크게 일으켜 길을 나누어 쳐들어오고 있다 하오. 어떡하면 좋겠소?"

황호가 대답했다.

"이선 상유가 공을 세우고 이름을 날리고 싶어 올린 글입니다. 폐하께서는 마음 푹 놓으시고 아무런 걱정도 하지 마십시오. 제가 듣자니 성 안에 한 신을 잘 섬겨 좋고 나쁨을 잘 알아맞히는 용한 무당이 있답니다. 한번 불러 물어보시면 좋겠습니다."

유선은 그 말을 좇아 뒷궁전에다 향과 꽃과 종이와 초를 비롯해 제사 물건을 마련해놓도록 했다. 이어 황호에게 무당을 조그마한 수레에 태워 궁으로 데려오라 하여 임금 자리에 앉혔다. 유선이 향을 피우고 빌기를 마치자 무당이 갑자기 머리를 풀어헤치고 맨발로 몇십 번을 펄쩍펄쩍 뛰더니 제사상을 맴돌며 춤을 추었다.

황호가 말했다.

"지금 신이 내렸습니다. 주위를 물리치시고 폐하께서 직접 비십시오."

유선은 곁사람들을 모두 물러가게 한 뒤 절을 두 번 하며 빌었다.

무당이 큰소리로 외쳤다.

"나는 서천 땅의 신이오. 폐하께서는 크게 편안히 즐기시면서 무슨 일을 더 물으시려 하십니까? 몇 년 뒤면 위나라 땅도 죄다 폐하께 돌아옵니다. 폐하께서는 아무런 걱정을 하지 마십시오."

말을 마치자 무당은 정신을 잃고 바닥에 쓰러졌다가 한참 뒤에야 깨어났다.

유선은 아주 흐뭇해하며 상을 두둑이 내렸다. 이때부터 유선은 무당의 말을 깊이 믿어 강유의 말은 끝내 듣지 않았다. 날마다 궁 안에서 잔치를 열어 마시고 즐기기만 했다. 강유는 여러 차례에 걸쳐 다급함을 알리는 글을 올렸으나 그때마다 모두 황호가 감추고 유선에게는 알리지 않았다. 이리하여 마침내 큰일을 그르치고 말았다.

한편 종회의 대군은 끝없이 줄을 지어 한중을 바라고 나아갔다. 이때 맨 앞쪽에서 앞장서서 간 허의는 첫 공을 세우려고 먼저 군사를 이끌고 남정관에 이르렀다.

허의가 부하 장수들에게 말했다.

"이 관만 지나면 곧바로 한중이오. 관 위에 군사가 많지 않으니 우리가 힘을 떨쳐 관을 빼앗아야 하오."

장수들은 명령을 받자 한꺼번에 힘을 모아 앞으로 나아갔다.

그 관을 지키고 있는 촉나라 장수는 노손이었다. 그는 일찌감치 위군이 쳐들어올 줄 알고 미리 관 앞 나무다리 왼쪽·오른쪽에 군사를 숨어 있게 했다. 이어 제갈량이 남긴, 한 번에 화살 10대가 계속 나가는 쇠뇌를 마련해놓고 있었다.

허의의 군사가 들이치자 나무막대기로 만는 딱딱이 소리가 크게 한 번 울리더니 화살과 돌이 빗발치듯 했다. 허의는 급히 군사를 뒤로 물러가게 했으나 벌써 말 탄 군사 수십 명이 화살과 돌에 맞아 쓰러졌다. 마침내 위군은 크게 지고 말았다.

허의는 돌아가 종회에게 보고했다. 종회는 단단히 무장하고 말 탄 군사를 1백 명 남짓 이끌고 가서 직접 살펴보았다. 과연 쇠뇌 화살이 마구 쏟아지고 있었다.

종회가 말을 돌리는데 관 위에서 노손이 군사 5백 명을 이끌고 쳐내려왔다. 종회는 말을 힘껏 몰아 다리를 건너고자 했다. 그러나 다리 위에 쌓인 흙이 내려앉는 바람에 말의 말굽이 다리 틈 사이로 쑥 빠져버렸다. 하마터면 종회는 말에서 굴러떨어질 뻔했다. 말은 발버둥을 쳤지만 발이 빠지지 않아 끝내 일어나지 못했다. 종회는 말을 버리고 맨몸으로 뛰어갈 수밖에 없었다. 다리 아래로 마구 달려가는데 노손이 뒤쫓아와 창으로 찌르려 했다. 바로 그때였다. 위군 속에서 순개가 몸을 돌리더니 노손에게 화살 한 대를 쏘았다. 노손은 그만 말 아래로 고꾸라지고 말았다. 종회는 이 틈을 놓치지 않고 관 앞으로 군사를 몰아쳤다. 관 위 군사들은 관 앞에 촉군이 있어 함부로 활을 쏘지도 못했다. 종회는 그대로 들이쳐 촉군을 흐트러뜨리고 마침내 산 위의 관을 빼앗았다.

종회는 바로 순개를 호군으로 삼고, 안장을 얹은 말과 갑옷을 상으로 내렸다.

그런 뒤 허의를 막사로 불러 꾸짖었다.

"너는 앞장을 섰으니 마땅히 산을 만나면 길을 열고 물을 만나면 다리를 놓으면서, 오로지 다리와 길을 고치는 일에 마음과 힘을 쏟아 군사들이 지나가기에 편하게 만들어놓았어야 한다. 그런데 내가 다리 위에 겨우 올라서자마자 말굽이 빠져 다리에서 떨어질 뻔했다. 만약 순개가 아니었으면 나는 벌써 죽었다! 너는 이미 군법에 따른 명령을 어겼으니 마땅히 군법으로 다스리겠다!"

이어 허의를 끌어내다 목을 베라고 호통쳤다.

여러 장수들이 나서서 말렸다.

"허의의 아버지 허저는 나라에 많은 공을 세웠으니, 아버지를 봐서라도 부디 도독께서는 노여움을 푸십시오."

그러나 종회는 화를 풀지 않았다.

"군법에 밝지 않으면 어떻게 군사를 다스릴 수 있겠는가?"

종회는 끝내 허의의 목을 베어 머리를 내다 걸게 했다. 이를 보고 놀라지 않는 장수가 없었다.

이때 촉의 장수 왕함은 낙성을 지키고, 장빈은 한성을 지키고 있었다. 이들은 위군의 힘이 워낙 거세어 나가 싸울 엄두를 내지 못한 채 성 문을 닫아걸고 지키고만 있었다.

종회가 명령을 내렸다.

"군사는 귀신처럼 잽싸야 한다. 잠깐이라도 꾸물거려선 안 된다."

종회는 앞쪽을 맡은 이보가 낙성을 에워싸게 하고, 호군 순개는 한성을 에워싸게 했다. 그런 뒤 자신은 대군을 이끌고 양안관을 치러 갔다.

양안관을 지키던 촉의 장수 부첨은 부장 장서와 더불어 싸울지 지킬지를 의논하고 있었다.

장서가 말했다.

"위군은 워낙 많아 그 힘을 해볼 수 없습니다. 굳게 지키는 게 가장 낫겠습니다."

부첨이 고개를 저었다.

"그렇지 않소. 위군은 멀리서 왔기에 반드시 지쳐 있소. 군사가 많다 하더라도 두려워할 것 하나도 없소. 게다가 우리가 관을 내려가 싸우지 않으면 한성과 낙성 두 곳은 바로 무너지고 마오."

장서는 입을 다문 채 아무 말도 하지 않았다.

그때 위의 대군이 벌써 관 앞에 이르렀다는 급한 보고가 들어왔다. 장서와 부첨은 관 위로 올라가서 살펴보았다.

종회가 채찍을 쳐들고 외쳤다.

"나는 지금 십만 대군을 이끌고 왔다. 빨리 나와서 항복하라. 그러면 저마다 벼슬자리에 맞춰 자리를 높여주겠지만, 끝까지 멍청한 짓이나 하며 항복하지 않으면 관을 깨부수고, 좋은 놈 나쁜 놈 가리지 않고 죄다 쓸어버리겠다!"

부첨은 화가 뻗쳐올랐다. 장서에게 관을 지키라 한 뒤 직접 군사 3천 명을 이끌고 관에서 뛰쳐나갔다. 종회는 바로 달아났다. 위군들은 모두 물러나기 시작했다. 부첨은 틈을 놓치지 않고 기운을 몰아 뒤쫓았다. 그러나 그새 위군은 다시 모여 들이치기 시작했다. 부첨이 군사를 물려 관으로 들어가려 하는데, 관 위에는 이미 위군 깃발이 꽂혀 펄럭였다.

장서가 내려다보며 외쳤다.

"내 이미 위에 항복했다!"

부첨은 화를 벌컥 내며 목소리를 가다듬어 꾸짖었다.

"은혜를 잊고 의리를 저버리는 역적놈아! 네 무슨 낯짝으로 세상 사람들을 보려 하느냐!"

부첨은 다시 말을 돌려 위군과 싸웠다. 위군들은 사방에서 몰려들어 부첨을 에워싸 한가운데로 몰아넣었다. 부첨은 이리 치고 저리 치며 죽을힘을 다해 싸웠으나 빠져나갈 수가 없었다. 거느리고 있는 군사들 가운데 열에 여덟아홉은 이미 다치거나 죽었다.

부첨은 하늘을 우러르며 긴 한숨을 내쉬었다.

"내 살아서 촉나라 신하였으니, 죽어서도 마땅히 촉나라 귀신이 되겠다!"

부첨은 다시 말을 몰아 닥치는 대로 치고받았다. 마구 날아든 창에 몸 여기저기가 찔려 웃옷과 갑옷이 피로 붉게 물들었다. 타고 있던 말마저 쓰러졌다. 이에 부첨은 스스로 목을 찔러 죽고 말았다.

나중에 어떤 사람이 한숨 어린 시를 읊었다.

끓어오르는 충성스러움 하루에 다 내뿜어

오래오래 우러를 의로운 이름이여

차라리 부첨처럼 죽을 일이지
장서처럼 살아 무엇하나

종회는 마침내 양안관을 차지했다. 관 안에 식량이며 말먹이, 무기가 무척 많았다. 종회는 아주 좋아라 하며 모든 군사를 배불리 먹였다.

그날 밤 위군들이 양안관에서 묵는데 갑자기 서남쪽에서 아우성치는 소리가 크게 들려왔다. 종회는 부리나케 막사 안에서 나와 살펴보았다. 그러나 아무런 움직임도 보이지 않았다. 위군들은 밤새 두려워 잠을 이룰 수가 없었다.

그다음 날 한밤중이었다. 서남쪽에서 또다시 아우성치는 소리가 크게 들려왔다. 종회는 놀랍고 께름칙하여 새벽녘에 사람을 보내 알아보게 했다. 알아보러 간 사람이 돌아와 보고했다.

"멀리 십 리도 넘게 나가 살펴보았지만 사람 하나 보이지 않았습니다."

종회는 놀랍고 께름칙한 마음이 가시지 않아 말 탄 군사 수십 명을 단단히 무장시켜 직접 이끌고 서남쪽을 살펴보러 나갔다. 한 산 앞에 이르니 사방에서 사람을 죽일 듯한 기운이 뻗쳐올랐다. 으스스한 기운이 도는 구름이 모여들어 하늘을 덮고, 안개가 산꼭대기를 가득 덮고 있었다.

종회는 말을 멈춰세운 뒤 길잡이에게 물었다.

"이 산 이름이 무엇인가?"

"정군산이라 합니다. 예전에 하후연이 여기에서 죽었습니다."

종회는 그 말을 듣자 순간 멍해지면서 마음이 무거워져 이윽고 말 머리를 돌렸다. 산언덕을 막 돌아 나오는데 난데없이 거센 바람이 미친 듯이 휘몰아치며 뒤쪽에서 말 탄 군사 수천 명이 바람 따라 마구 들이쳤다. 종회는 소스라치게 놀라 군사들을 이끌고 말을 몰아 달아났다. 셀 수 없이 많은 장수들이 말에서 떨어졌다. 그러나 양안관에 이르러 살펴보니 죽은 사람도 없고 다친 말도 없었다. 그저 얼굴을 조금 다쳤거나 투구를 잃어버렸을 뿐이었다.

어찌 된 일인가 싶은데 모두들 똑같은 말을 했다.

"으스스한 기운이 도는 구름 가운데에서 군사들이 뛰쳐나와 들이쳤습니다. 그런데 가까이 와서는 사람을 다치게 하지 않고 한바탕 불고 마는 회오리바람으로 바뀌어버렸습니다."

종회는 항복한 장수 장서에게 물었다.

"정군산에 죽은 사람을 모신 사당이 있는가?"

장서가 대답했다.

"사당은 없고 제갈무후의 무덤은 있습니다."

종회는 깜짝 놀랐다.

"아, 보니 틀림없이 제갈무후가 나타났네! 내 마땅히 직접 가서 제사를 지내야겠네."

이튿날 종회는 제사 물건을 마련한 뒤 소와 양과 돼지를 잡아 직접 제갈량의 묘 앞에서 두 번 절하고 제사를 지냈다. 제사를 마치고 나자 미친 듯이 거세게 휘몰아치던 바람이 자고, 으스스한 기운이 도는 구름도 사방으로 흩어졌다. 갑자기 맑은 바람이 불어오고 가랑비가 보슬보슬 내리는가 싶더니 곧 하늘이 맑게 개었다. 위군들은 크게 기뻐하며, 모두들 제갈량의 묘 앞에서 절을 하며 고마움을 나타낸 뒤 영채로 돌아갔다.

그날 밤 종회는 막사 안에서 책상에 엎드려 깜빡 잠이 들었다. 느닷없이 맑은 바람이 한 줄기 지나가더니 한 사람이 나타났다. 윤건을 쓰고 깃털 부채를 들었으며 학창의를 입었고, 하얀 신발에 검은 띠를 두른 차림이었다. 얼굴은 관옥처럼 아름답고 입술은 붉었으며, 눈썹은 깨끗하고 눈은 맑았다. 키는 8자쯤 되어 보이는데, 가벼이 날아오르는 듯한 모습이 마치 신선 같았다.

그 사람이 막사 안으로 걸어들어왔다.

종회가 일어나 맞으며 물었다.

"공은 누구신지요?"

제갈량의 혼이 나타나다.

"오늘 아침에 나를 잘 돌보아주어, 내 그대에게 몇 마디 이를 말이 있어서 왔네. 한나라의 운수가 다해 하늘의 뜻을 어길 수는 없네. 하지만 동천과 서천의 백성들은 엉뚱하게 싸움에 휩쓸려 참으로 안타까운 일일세. 그대는 촉의 땅에 들어간 뒤 함부로 백성을 죽이지는 말게나."

말을 마치자 소매를 떨치며 가버렸다. 종회가 그를 붙들며 말리려다가 놀라 깨보니 꿈이었다. 종회는 제갈량의 혼이 나타났음을 알고 놀라움과 이상야릇함을 떨칠 수 없었다. 그래서 앞쪽 군사에게 명령을 전해 '나라를 보호하여 지키고 백성을 편안하게'라는 글씨가 쓰여진 흰 깃발을 내세우도록 했다. 그러면서 이르는 곳마다 백성을 한 사람이라도 함부로 죽이면 바로 자기 목숨으로 그 죄를 갚도록 하겠다고 했다. 이에 한중 백성들은 모두 성 밖으로 나와 절을 하며 맞았다. 종회는 하나하나 어루만지며 다독거릴 뿐 조금도 괴롭히지 않았다.

나중에 어떤 사람이 이를 기리는 시를 읊었다.

귀신 군사 수만 명이 정군산에 눌러 있으며

종회를 시켜 신령에게 절을 하게 했네

살아서는 방법을 짜내 유씨를 떠받들고

죽어서는 말을 남겨 촉 땅 백성 보호했네

이때 강유는 답중에서 위의 대군이 몰려온다는 보고를
받았다. 바로 요화와 장익, 동궐에게 글을 보내 군사를 거느
리고 나가 도우라 했다. 그러는 한편 자신은 군사와 장수를
나누어 펼쳐놓고 적이 오기를 기다렸다. 위군이 이르렀다
는 급한 보고가 들어오자 강유는 군사를 이끌고 싸우러 나
갔다. 위군의 우두머리 대장은 천수 태수 왕기였다.

왕기가 말을 타고 나와 큰소리로 외쳤다.

"우리는 지금 백만 대군과 으뜸가는 장수 천 명이 스무
갈래로 나누어 와서 벌써 성도에도 이르렀다. 너는 빨리 항
복할 생각은 않고 해보겠다고 버티려 하는구나. 어찌 그리
도 하늘의 뜻을 모르느냐!"

강유는 화가 치밀어올라 창을 꼬나들고 말을 달려 곧바
로 왕기에게 달려들었다. 채 3합도 싸우지 못하고 왕기가
크게 져서 달아나기 시작했다. 강유는 군사를 몰고 그 뒤를
들이쳤다. 20리를 쫓아갔을 때 징 소리, 북소리가 한꺼번에
울리더니 군사 한 무리가 쏟아져나와 앞을 가로막았다. 깃
발을 보니 '농서 태수 견흥'이라고 크게 쓰여 있었다.

강유는 픽 웃었다.

"이런 쥐새끼 같은 놈이 나를 해보려 하다니!"

강유는 군사들을 다그쳐 다시 10리를 더 뒤쫓아갔다. 그
때 등애가 군사를 이끌고 뛰쳐나왔다. 양군은 서로 뒤섞여

싸웠다. 강유는 정신을 바짝 차리고 등애와 10합 넘게 싸웠다. 이기고 짐을 가르지 못하고 있는데 뒤쪽에서 징 소리, 북소리가 또 울렸다. 강유가 급히 물러나는데 뒤쪽 군사가 와서 보고했다.

"감송의 여러 영채를 금성 태수 양흔이 모조리 불태워버렸답니다."

강유는 소스라치게 놀랐다. 다급히 부장을 시켜 자신의 거짓 깃발을 내세워 등애를 막도록 했다. 그런 뒤 자신은 뒤쪽 군사를 거두어 밤을 도와 감송을 구하러 갔다. 마침내 양흔과 마주쳤다. 양흔은 두려워 싸우지 못하고 산길로 달아났다. 강유는 그 뒤를 쫓았다. 커다란 바위 아래에 이르자 바위 위에서 나무와 돌이 빗발치듯 했다. 강유는 앞으로 나아갈 수가 없어 바로 돌아서 왔다. 절반쯤 와서 보니 촉군은 이미 등애한테 크게 져서 많이 남아 있지 않았다. 그런데 위군이 또 많은 군사를 몰고 와 강유를 에워싸버렸다. 강유는 말 탄 군사들을 이끌고 겹겹으로 에워싼 데를 뚫고 본부 영채로 달려들어갔다. 그런 뒤 굳게 지키며 구하러 오는 군사가 오기만을 기다렸다.

염탐꾼이 다급하게 달려와 보고했다.

"종회가 양안관을 무너뜨렸습니다. 관을 지키던 장서는 항복하고, 부첨은 싸우다 죽어 한중은 이미 위가 차지하고 말았습니다. 낙성을 지키던 장수 왕함과 한성을 지키던 장수 장빈도 한중이 이미 무너진 줄 알고 역시 문을 열어 항복하고 말았습니다. 호제는 적을 막을 수 없자 도와달라고 하기 위해 성도로 달아났습니다."

강유는 소스라치게 놀라 곧장 영채를 거두라고 일렀다. 그날 밤으로 군사를 거느리고 출발해 강천 어귀에 이르렀다. 앞쪽에 군사 한 무리가 버티고 막아섰다. 앞장선 위의 장수는 바로 금성 태수 양흔이었다. 강유는 화를 벌컥 내며 말을 달려 양흔에게 달려들었다. 겨우 1합 만에 양흔은 져서 달아났다. 강유는 활을 들어 연거푸 세 대를 쏘아 날렸으나 모두 빗나가버렸다. 강유는 화가 나 활을 꺾어버린 뒤 창을 꼬나들고 뒤쫓았다. 그런데 타고 있던 말이 발을 헛디녀 고꾸라지는 바람에 강유는 저만치 땅바닥에 내동댕이쳐지고 말았다. 양흔이 말을 돌려 쫓아와 강유를 죽이려 했다. 강유가 벌떡 일어나 창을 내질러 말 머리 가운데를 찔렀다. 그러자 뒤쪽에서 위군이 몰려와 양흔을 구해 돌아갔다.

강유는 다시 말을 타고 달려 그 뒤를 쫓으려 했다. 그때 갑자기 뒤쪽에서 등애가 군사를 이끌고 들이친다고 했다. 강유는 머리와 꼬리가 서로 돌볼 수 없게 되자 마침내 군사를 거두어 한중을 되찾으러 가고자 했다. 그때 염탐꾼이 와서 보고했다.

"옹주 자사 제갈서가 이미 돌아갈 길을 끊어버렸습니다."

강유는 험한 산을 끼고 영채를 세웠다. 위군은 음평 다릿목에 머물렀다.

강유는 나아갈 길도, 물러설 길도 없어 긴 한숨을 내쉬었다.

"하늘이 나를 버리시는구나!"

부장 영수가 말했다.

"위군이 비록 음평 다릿목을 끊고 있으나 옹주에는 틀림없이 군사가 많지 않을 겁니다. 장군께서 만약에 공함곡으로 해서 바로 옹주를 치시면, 제갈서는 반드시 음평을 지키던 군사를 거두어 옹주를 구하러 갈 겁니다. 그때 장군께서는 군사를 이끌고 검각으로 달려가셔서 그곳을 지키십시오. 그러면 한중도 다시 찾을 수 있습니다."

강유는 그 말을 좇아 바로 군사를 이끌고 공함곡으로 들어가 옹주를 칠 듯이 했다.

염탐꾼이 이러한 사실을 알아다 보고하자 제갈서는 깜짝 놀랐다.

"옹주는 바로 내가 지켜야 할 땅이다. 거기를 잃으면 조정에서 내 죄를 반드시 묻는다."

제갈서는 급히 대군을 거두어 남쪽 길로 해서 옹주를 구하러 갔다. 다릿목엔 군사 한 무리만 남겨 지키도록 했다.

강유는 북쪽 길로 들어가 30리쯤 가다가 이제쯤 위군이 옹주를 바라고 떠났으리라 짐작하고 곧바로 군사를 돌렸다. 이에 뒤쪽을 앞쪽으로 삼아 바로 다릿목으로 갔다. 과연 위의 대군은 떠나고 얼마 되지 않는 군사만 남아 지키고 있었다. 강유는 한 번에 몰아쳐 흐트러뜨리고 영채도 모조리 불살라버렸다.

제갈서는 다릿목에 불이 났다는 보고를 받자 다시 군사를 이끌고 왔다. 그때는 이미 강유의 군사가 지나간 지 한나절이 넘은 뒤여서 함부로 뒤를 쫓을 수도 없었다.

강유가 다릿목을 지나 한창 가고 있을 때였다. 앞쪽에서 군사 한 무리가 달려왔다. 좌장군 장익과 우장군 요화였다.

강유가 어떻게 알고 왔는지 묻자 장익이 대답했다.

"황호가 무당 말만 믿고 군사를 보내지 않았습니다. 그러는 때에 한중이 위험하다는 소식이 들려 제가 군사를 일으켜 갔으나 양안관은 이미 종회한테 빼앗긴 뒤였습니다. 또 듣자니 장군께서 어려움을 겪고 계시다기에 일부러 도우러 왔습니다."

마침내 군사들을 한데 모으고 백수관으로 나아갔다.

요화가 말했다.

"지금 사방이 다 적으로 차 있어 식량길도 막혔습니다. 일단 검각으로 물러가 지키면서 다시 좋은 방법을 찾읍시다."

강유는 어찌해야 좋을지 몰라 망설이며 결정을 내리지

못했다. 그때 갑자기 종회와 등애가 군사를 여남은 갈래로
나누어 쳐들어온다는 보고가 들어왔다. 강유는 장익·요화
와 함께 군사를 나누어 맞아 싸우려 했다.

요화가 말했다.

"백수는 땅이 비좁고 길이 많아 싸움을 벌일 만한 데가
못 됩니다. 차라리 물러가서 검각을 구하는 게 낫습니다. 만
약에 검각을 잃으면 돌아갈 길이 아주 끊어지고 맙니다."

강유는 그렇게 하기로 하고 군사를 이끌고 검각으로 갔
다. 관 앞에 거의 이르렀을 때였다. 느닷없이 북소리, 나팔
소리가 함께 울려퍼지며 아우성치는 소리가 크게 일었다.
관 위에 깃발들이 두루 꽂히며 군사 한 무리가 관 어귀를 막
아섰다.

한중의 험한 길목 이미 다 잃어버렸는데
검각에서 느닷없는 바람 또 거세게 이는가

과연 어느 나라 군사인지…….

마천령 고개 넘는 등애

등애는 몰래 음평을 지나가고
제갈첨은 면죽에서 싸우다 죽다

보국대장군 동궐은 위군이 여남은 갈래로 나누어 나라 안으로 쳐들어온다는 소식을 듣자 곧장 군사 2만 명을 이끌고 검각으로 와 지키고 있었다.

그날 먼지가 자욱이 크게 이는 것을 보고 혹시 위군이 아닌가 싶어 급히 군사를 이끌고 관 어귀로 나와 막을 준비를 하고 있었다. 동궐이 직접 군사들 앞에 나아가 살펴보니 강유와 요화와 장익이었다. 동궐이 크게 기뻐하며 그들을 관 위로 맞아들였다. 인사를 마치고 나자 울며 유선과 황호의 일을 털어놓았다.

강유가 애써 달랬다.

"공은 걱정하지 마시오. 이 강유가 있는 한 절대로 위가 우리 촉을 집어삼키게 가만두지는 않겠소. 우선 검각을 지키고 있으면서 천천히 적을 물리칠 방법을 생각해봅시다."

동궐이 말했다.

"이 관은 비록 지켜낼 수 있다 하더라도 성도에는 쓸 만한 사람이 없습니다. 그러니 적이 들이치면 그대로 무너지고 맙니다."

강유가 말했다.

"성도는 둘러싼 산이며 텃자리가 험해 쉽게 들이칠 수 없으니 너무 걱정하지 않아도 됩니다."

이런 이야기를 나누고 있을 때 갑자기 제갈서가 군사를 이끌고 관 아래로 쳐들어왔다는 보고가 들어왔다. 강유는 크게 화를 내며 급히 군사 5천 명을 이끌고 관 아래로 쳐내려갔다. 곧장 위군 속으로 뛰어들더니 이리 치고 저리 치며 마구 헤집어놓았다. 제갈서는 크게 져서 달아나 10리 밖에다 영채를 세웠다. 위군 가운데 죽은 이가 셀 수 없이 많았다. 촉군은 말이며 무기를 많이 빼앗았다. 강유는 군사를 거두어 관으로 돌아갔다.

이때 종회는 검각에서 25리 떨어진 곳에 영채를 세워놓고 있었다. 제갈서가 스스로 와서 죄를 물어달라고 했다.

종회가 화를 벌컥 냈다.

"내 너에게 음평 다릿목을 지켜 강유가 돌아갈 길을 끊으라 했는데 어찌하여 잃었느냐? 게다가 내 명령도 없이 멋대로 군사를 이끌고 나가 이렇게 지고 오다니!"

제갈서가 더듬거렸다.

"강유는 꾀가 워낙 많습니다. 저는 강유가 거짓으로 옹주를 치는 척하는 줄 모르고 그저 옹주를 잃을까봐 군사를 이끌고 구하러 갔습니다. 강유는 그 틈에 빠져나가고 말았습니다. 그래서 저는 그 뒤를 쫓아 관 아래까지 갔는데 뜻밖에 또 지고 말았습니다."

종회는 더욱 화를 내며 무사들에게 끌어내 목을 베라고 하였다.

감군 위관이 말렸다.

"제갈서에게 비록 죄가 있지만 정서장군 등애 아래에 있는 사람입니다. 장군께서 죽이시면 안 됩니다. 자칫 사이가 나빠질 수 있습니다."

종회가 소리쳤다.

"나는 천자의 조서와 진공의 명령을 받들어 촉을 치러 왔소. 등애라도 죄가 있으면 마땅히 목을 베겠소!"

모두들 힘껏 말렸다. 마침내 종회는 제갈서를 죄인을 싣는 수레에 태워 낙양으로 보내 진공 사마소가 알아서 하도록 했다. 제갈서가 거느리던 군사는 모두 자기 아래로 거두어버렸다.

누가 이 일을 등애에게 알렸다. 등애는 화가 머리끝까지 치밀어올랐다.

"나나 저나 벼슬자리 높이가 똑같다. 더더구나 나는 오랫동안 나라 멀리 나와 지키며 나라에 공을 많이 세웠다. 그런데 어찌하여 혼자서 겁도 없이 함부로 그렇게 잘난 척한단 말이냐!"

아들 등충이 조심스레 달래었다.

"'작은 일을 참지 못하면 크게 꾀하는 일을 그르친다'고 했습니다. 아버님께서 그 사람과 사이가 나빠지면 틀림없이 나라의 큰일을 그르치게 되고 맙니다. 그러니 부디 참으시기 바랍니다."

등애는 아들의 말을 받아들였다. 그러나 가슴속의 노여움이 풀리지 않아 말 탄 군사 여남은 명을 거느리고 종회를 보러 갔다.

종회는 등애가 왔다는 말을 듣고 곁에 있는 이에게 물었다.

"등애가 군사를 얼마나 데리고 왔는가?"

"겨우 말 탄 군사 여남은 명입니다."

종회는 막사 위아래에 무사 수백 명을 늘어 세워두었다. 등애는 말에서 내려 들어가보았다. 종회가 그를 맞아들이며 인사를 했다. 등애는 군사들이 질서와 묵직함을 갖추고 있는 것을 보자 마음이 불안해졌다. 그래서 종회를 떠보기 위해 슬쩍 한마디 던져보았다.

"장군이 한중을 빼앗았으니 나라를 위해 더할 나위 없이 좋은 일이오. 빨리 검각을 빼앗을 좋은 방법을 찾으시지요."

종회가 대꾸했다.

"장군에게 좋은 생각이 있으신지요?"

등애는 자신은 잘 모르겠다며 두 번 세 번 거듭 뺐다. 그런데도 종회는 말해달라고 다그쳤다. 이에 등애는 어쩔 수 없이 대답했다.

"내 어리석은 생각으로는 군사 한 무리를 이끌고 음평 좁은 길로 해서 한중 덕양정으로 나가 곧상 성도를 덮치는 게 좋겠소. 그러면 강유가 틀림없이 군사를 거두어 구하러 오겠지요. 그 틈을 놓치지 않고 장군이 들이치면 공을 이룰 수 있으리라 생각하오."

종회가 크게 기뻐했다.

"장군의 생각이 참으로 기가 막히오! 바로 군사를 이끌고 떠나시지요. 나는 여기서 좋은 소식 오기를 기다리겠소."

두 사람은 술을 마시고 헤어졌다.

종회는 본부 막사로 돌아와 여러 장수들에게 말했다.

"사람들이 모두들 등애가 뛰어나다고 하는데, 오늘 보니 보잘것없는 재주밖에 없구먼!"

모두들 그 까닭을 물었다.

종회가 대답했다.

"음평 좁은 길은 모두 높은 산, 험한 고갯길이오. 만약에 촉군이 백 명 조금 넘는 군사로 험한 길목을 지키며 돌아갈 길을 끊으면 등애의 군사는 모두 굶어 죽고 마오. 나는 오직 큰길로만 가겠소. 촉을 깨지 못할 게 뭐 있겠소!"

종회는 높다란 구름사다리와 포를 얹는 받침대 따위를 놓은 뒤 검각관을 치기 시작했다.

한편 등애는 영채 문을 나와 말에 오른 뒤 뒤따라오는 이를 돌아보며 물었다.

"종회가 나를 어떻게 보는 성싶더냐?"

"말할 때 얼굴에 드러나는 걸 보니, 장군의 말씀을 몹시 못마땅하게 여기면서 입으로만 억지로 맞장구를 치는 듯했습니다."

등애가 웃었다.

"그 사람은 내가 성도를 빼앗지 못할 줄 알지만 나는 기어코 무너뜨리고 말겠다!"

등애가 본부 영채로 돌아오자 사찬과 등충을 비롯해 여러 장수가 맞으며 물었다.

"오늘 진서장군 종회와 좋은 말씀을 나누셨습니까?"

　　　　　　　　　　　　

등애가 손을 내저었다.

"나는 마음속에 지닌 생각을 그대로 말했는데, 그 사람은 나를 보잘것없는 재주밖에 없는 사람으로 여기는 성싶었소. 지금 한중을 얻었다고 엄청난 공을 세운 듯이 굴지만, 내가 답중에 머물며 강유를 붙들어두지 않았더라면 제가 어찌 공을 이룰 수 있었겠소! 내가 이제 성도를 무너뜨리면 한중을 무너뜨린 것보다 더 낫소!"

등애는 그날 밤 바로 명령을 내려 군사들이 영채를 모두 거두어 음평 좁은 길로 나아가게 했다. 그런 뒤 검각에서 7백 리 떨어진 곳에 영채를 세웠다. 어떤 이가 이런 사실을 종회에게 알려주었다.

"등애가 성도를 치러 갔습니다."

종회는 등애를 어리석은 사람이라며 비웃었다.

등애는 비밀 편지를 써서 사마소에게 보고하는 한편 여러 장수를 막사에 모아놓고 물었다.

"내 이제 적의 빈틈을 타서 성도를 무너뜨리고 여러분과 함께 오래 갈 공을 세워 이름을 떨치고자 하오. 여러분은 기꺼이 나를 따르겠소?"

장수들이 입을 모아 대답했다.

"명령대로 따르겠습니다. 만 번 죽어도 괜찮습니다!"

등애는 먼저 아들 등충에게 날래고 씩씩한 군사 5천 명을 주면서 모두 갑옷을 벗고 저마다 도끼와 정 같은 연장을 지니도록 했다. 그러면서 험하고 위험한 곳을 만나면 산을 뚫어 길을 내고 다리를 놓아 군사들이 쉽게 지나갈 수 있게 하라고 일렀다. 이어 등애 자신은 군사 3만 명을 뽑아 저마다 마른 식량과 밧줄을 갖추도록 한 뒤 떠났다. 1백 리 남짓 갔을 때 3천 명을 뽑아 영채를 세우고 머무르게 했다. 다시 1백 리 남짓 간 뒤 또 3천 명을 뽑아 영채를 세우게 했다.

그해 10월 음평에서 군사를 거느리고 떠나 깎아지른 절벽과 험한 골짜기에 이르도록 20일 남짓 되는 동안 7백 리를 넘게 갔다. 모두 사람이 살지 않는 땅이었다. 이렇게 가는 길에 계속 군사를 머물게 하며 영채를 여럿 세웠기 때문에 마지막으로 남은 군사는 2천 명뿐이었다. 가다 보니 앞에 마천령이라는 높다란 고개가 나타났는데, 말은 올라갈 수 없었다. 등애는 맨몸으로 걸어서 고갯마루까지 올라갔다. 올라가서 보니 등충과 길을 내던 군사들이 모두 울고 있었다.

등애가 우는 까닭을 묻자 등충이 대답했다.

"이 고갯마루 서쪽은 모두 깎아지른 절벽이라 길을 낼 방법이 없습니다. 지금까지 헛고생만 한 듯싶어 울고 있었습니다."

등애가 말했다.

   박상률 완역 삼국지 10

"우리 군사는 여기까지 칠백 리를 넘게 왔다. 여기만 지나면 바로 강유 땅인데 어찌 물러갈 수 있겠느냐?"

이어 등애는 모든 군사들을 불러놓고 말했다.

"호랑이 굴에 들어가지 않고 어떻게 호랑이 새끼를 얻을 수 있겠소? 내 여러분과 함께 여기까지 왔소. 이번에 공을 이루면 모두들 살기 좋아지고 자리도 같이 높아지오."

이에 모두들 입을 모아 외쳤다.

"장군의 명령대로 하겠습니다!"

등애는 먼저 무기 따위를 모두 절벽 아래로 던지도록 했다. 이어 털옷으로 몸을 감싼 뒤 먼저 굴러 내려갔다. 부장들 가운데에 털옷이 있는 이는 그것으로 몸을 감싼 뒤 굴러 내려가고, 털옷이 없는 이는 서바나 밧줄로 허리를 묶이 나무를 부여잡고 매달리면서 두름에 엮인 생선 모양으로 절벽을 내려갔다. 마침내 등애와 등충을 비롯하여 군사 2천명과 길을 내는 군사들까지 모두 마천령을 넘어갔다. 고갯마루에서 던져 떨어뜨려놓았던 옷과 갑옷과 무기 등을 거두어 정리한 뒤 다시 길을 갔다.

흘긋 보니 길가에 돌비석 하나가 세워져 있었다. '승상 제갈무후가 쓰다'라고 쓰여 있었다.

두 불이 처음 일어날 때

등애의 군사들이 절벽을 내려가다.

여기 넘는 이가 있으리

두 선비 서로 다투다

머지않아 스스로들 죽으리

등애는 비석에 새겨진 글을 보고 나서 소스라치게 놀랐다. 두 불은 불(火) 자가 둘 들어간 염(炎)을 뜻하고, 일어난다는 말은 바로 일어날 흥(興)으로, 촉 임금 유선이 새로 바꾼 연호 염흥을 뜻하는데, 바로 올해가 그 첫해로 '두 불이 처음 일어날 때'라는 말과 딱 들어맞았다. 또 두 선비라는 말은 자신과 종회를 뜻하는 듯싶었다. 자신의 자가 선비 사(士) 자 들어간 사재(士載)인데, 종회의 자 역시 선비 사 자가 들어간 사계(士季)였다. 그런데 머지않아 죽을 것이라 했으니 놀라지 않을 수 없었다. 등애는 허겁지겁 비석에 절을 두 번 하며 말했다.

"무후께서는 참으로 신 같은 분이십니다. 제가 스승으로 섬기지 못해 너무나 안타깝습니다!"

나중에 어떤 사람이 남긴 시가 있다.

음평 험한 고개 하늘에 맞닿아

오래 살아 검어진 학도 빙빙 돌며 날아 넘기 꺼리는데

등애는 털옷으로 몸을 감싸고 굴러 내려왔다네

제갈량이 먼저 알고 있을 줄 뉘 알았으리

등애는 몰래 음평을 지나 군사를 이끌고 계속 나아갔다. 가다 보니 텅 비어 있는 영채가 하나 있었다.

곁에 있는 이들이 말했다.

"들기론, 무후가 살아 있을 때에는 여기에 군사 천 명을 두어 험한 길목을 지키게 했답니다. 그런데 지금은 촉 임금 유선이 다 그만두게 해서 이 꼴이 났습니다."

등애는 놀라 마지않으며 모두에게 말했다.

"우리는 지나온 길은 있어도 돌아갈 길은 없소! 앞에 있는 강유성 안에는 먹을거리가 넉넉하여 여러분이 나아가면 살고 물러가면 죽게 되오. 모두 힘을 합쳐 치시오!"

모두들 소리쳤다.

"죽기로 싸우겠습니다!"

등애는 2천 명 남짓 되는 군사들을 이끌고 밤낮을 가리지 않고 이틀 길을 하루에 걸으며 강유성을 치러 갔다.

이때 강유성을 지키고 있는 장수는 마막이었다. 그는 동천이 이미 무너졌다는 소식을 듣고 나름대로 준비를 한다고 했지만 그건 큰길만을 지키는 거였다. 또 강유가 모든 군사를 이끌고 검각관을 지키고 있기에 그것만 믿고 군사 사정이 어떻게 돌아가는지는 중요하게 여기지도 않았다.

그날도 군사 훈련을 마치고 집에 돌아오자 아내 이씨와 함께 화로를 끼고 앉아 술을 마셨다.

그의 아내가 물었다.

"나라 먼 데 사정이 좋지 않다는 소문이 자주 들리던데 장군께서는 조금도 걱정스런 빛을 나타내지 않으시니, 왜 그러시는지요?"

마막이 대꾸했다.

"큰일은 다 강백약이 맡아서 하고 있는데 내가 그런 일에 끼어들어서 무엇하겠소?"

"비록 그렇더라도 장군께서 맡아 지키시는 성만큼은 잘 지켜내야 합니다."

"천자께서 황호의 말만 믿고 술과 계집에만 빠져 지내시니, 내 보기에 화가 멀지 않았소. 만약에 위군이 오거든 항복해버리면 그만인데 무얼 걱정하겠소?"

이씨는 그 말에 화를 벌컥 내더니 마막의 얼굴에다 침을 탁 뱉었다.

"당신은 남자로 태어났으면서 미리부터 충성할 생각도 내지 않고 의로움을 거스를 생각만 품고 있습니다. 그러면서도 나라에서 주는 벼슬에다 녹을 받고 있으니 내 무슨 낯짝으로 당신을 보겠소!"

마막은 부끄러워 아무 말도 할 수가 없었다.

그때 갑자기 집안 사람이 부리나케 뛰어들어오며 외쳤다.

"위나라 장수 등애가 어디로 해서 왔는지 이천 명 좀 더 되는 군사를 이끌고 나타나 성 안으로 밀고 들어옵니다!"

마막은 소스라치게 놀라 허둥지둥 나가더니 항복해버렸다.

마막이 관아 아래에 엎드려 울며 절을 했다.

"저는 항복할 마음을 먹은 지 오래입니다. 성 안 백성들과 본부 군사를 데리고 장군께 항복하겠습니다."

등애는 마막의 항복을 받아주었다. 이어 강유성의 군사를 모두 자기 아래로 거두고 마막은 길잡이로 삼았다.

갑자기 마막의 아내가 목을 매어 죽었다는 보고가 들어왔다. 등애가 그 까닭을 묻자 마막이 사실대로 털어놓았다. 등애는 그 어짊에 감동하여 장사를 잘 갖추어 지내도록 이르며 직접 가서 제사를 지냈다. 이 소문을 들은 위군들도 모두 놀라 마음에 깊이 느끼는 바가 컸다.

나중에 어떤 사람이 이를 기리는 시를 지어 읊었다.

촉 임금이 흐리터분하여 한나라 넘어지니

하늘은 등애를 보내 서천을 치게 하네

슬프다, 촉에 이름난 장수 많다지만

누구도 강유 땅 이씨 부인만큼 되지 않는구나

등애는 강유성을 빼앗고 나자 음평 좁은 길에 머물게 했던 군사들을 모두 강유성에 모이게 했다.

등애가 바로 부성을 치러 가려 하자 부하 장수 전속이 말렸다.

"우리 군사는 험한 데를 지나왔기 때문에 몹시 지쳐 있습니다. 먼저 며칠 쉬게 한 뒤 나아가는 게 마땅합니다."

등애가 화를 벌컥 냈다.

"군사를 부릴 땐 귀신처럼 빨라야 한다. 네 어찌 군사들 마음을 어지럽히느냐!"

등애는 무사들에게 전속을 끌어내다 목을 베라 하였다. 뭇 장수들이 어렵사리 말려 가까스로 목숨을 건지게 했다.

등애는 직접 군사를 몰아 부성으로 쳐들어갔다. 성 안 벼슬아치며 백성들은 등애의 군사가 하늘에서 내려왔나 싶을 정도로 깜짝 놀라며 모두 다 항복해버렸다.

촉군이 나는 듯이 성도로 달려가 보고했다. 유선은 이 소식을 듣자 부리나케 황호를 불러 물었다.

황호가 말했다.

"이건 다 거짓으로 꾸며 아뢴 소식입니다. 신께서는 절대로 폐하를 잘못되게 하지 않으실 겁니다."

유선은 또 무당을 불러 물어보려 했다. 그러나 무당은 어디로 가버렸는지 알 수 없었다.

이때부터 멀고 가까운 데서 다급함을 알리는 글이 눈발 날리듯 날아들었다. 소식을 들고 오고 가는 이도 끊이지 않았다. 유선은 조회를 열어 의논했다. 그러나 벼슬아치들 모두 서로 얼굴만 바라볼 뿐 아무 말도 하지 않았다.

극정이 나서며 말했다.

"일이 이미 급하게 되어버렸습니다! 폐하께서 무후의 아드님을 부르시어 적을 물리칠 일을 의논하시면 좋겠습니다."

제갈량의 아들 제갈첨의 자는 사원이다. 어머니 황씨는 바로 황승언의 딸이었다. 황씨는 얼굴은 몹시 못생겼으나 특별한 재주가 있어 위로는 하늘의 현상을 꿰뚫고 아래로는 땅의 이치를 잘 살폈다. 게다가 군사 부리는 책인《육도삼략》과 둔갑술을 다룬 책에 이르기까지 두루 꿰었다.

제갈량은 남양에 있을 때 황씨가 뛰어나다는 소문을 듣고 아내로 맞아들였다. 제갈량의 배움과 앎도 아내에게서 도움받은 게 많았다. 제갈량이 세상을 뜬 뒤 얼마 안 되어 그의 아내도 세상을 떴다. 황씨는 세상을 뜰 때 아들에게 이르기를, 오로지 충성하고 효도하는 일에 힘쓰라고 했다.

제갈첨은 어려서부터 똑똑했다. 자라서 유선의 딸과 결혼해 부마도위가 되고, 나중에 아버지 무향후의 자리를 물려받았다. 경요 4년에는 행군호위장군이 되었다. 그러나 이때부터 황호가 모든 일을 손에 쥐고 흔들자 병을 핑계로 나가지 않았다.

유선은 극정의 말을 좇아 곧바로 조서를 세 번 연거푸 내려 제갈첨을 불렀다. 제갈첨이 궁전 아래에 이르자 유선이 울며 말했다.

"등애가 군사를 몰고 와 이미 부성에 머물고 있어 성도가 위태롭게 되었네. 그대는 돌아가신 아버님의 낯을 보아서라도 내 목숨을 구해주게."

제갈첨도 울며 말했다.

"저희 부자는 모두 돌아가신 황제의 두터운 은혜와 폐하의 특별한 아낌을 받았습니다. 그러니 간과 뇌를 땅바닥에 흩뿌리며 죽는다 해도 다 갚을 길이 없습니다. 부디 폐하께서는 성도의 군사를 모두 저에게 내주십시오. 제가 기꺼리고가 한번 죽기로 싸워보겠습니다."

유선은 바로 성도에 있는 군사 7만 명을 제갈첨에게 주었다. 제갈첨은 유선과 헤어져 군사를 가다듬은 뒤 장수들을 모아놓고 물었다.

"누가 두려움을 무릅쓰고 앞장서겠소?"

말이 미처 끝나기도 전에 어린 장수 하나가 썩 나섰다.

"아버님이 군사를 맡으셨으니 제가 앞장서겠습니다."

모두들 그를 바라보았다. 제갈첨의 맏아들인 제갈상이었다. 제갈상은 이제 겨우 19살이었지만 군사 다스리는 책을 널리 읽고 무예도 많이 닦았다.

제갈첨은 아주 흐뭇해하며 제갈상을 앞장서게 하였다. 이어 바로 그날로 대군을 이끌고 성도를 떠나 위군을 맞아 싸우러 갔다.

이때 등애는 마막으로부터 땅 생김새가 그려진 책 한 권을 받았다. 부성에서 성도에 이르는 360리 길의 산이며 내며 길은 물론, 넓고 좁음과 험한 것 따위가 하나하나 뚜렷하게 그려져 있었다. 등애는 그 책을 보다가 깜짝 놀랐다.

'만약에 부성만 지키고 있다가 촉군이 앞산을 차지해버리면 어떻게 공을 이룰 수 있겠는가? 이렇게 날을 끌다가 강유의 군사가 이르면 우리 군사가 위험에 빠지고 말겠구나.'

등애는 급히 사찬과 아들 등충을 불렀다.

"군사 한 무리를 이끌고 밤을 새워 면죽으로 바로 가서 촉군을 막으라. 내 곧 뒤따라가겠다. 절대로 꾸물거려서는 안 된다. 만약에 촉군이 먼저 험한 길목을 차지해버렸으면 반드시 너희들 목을 베겠다!"

사찬과 등충 두 사람은 군사를 거느리고 면죽에 이르자 바로 촉군을 만났다. 양쪽 군은 진을 펼쳤다. 사찬과 등충은 말을 타고 나가 문기 아래 서서 보았다. 촉군은 8진을 쳐놓았다. 북소리가 세 번 크게 울리더니 문기가 양쪽으로 열리며 장수 수십 명이 네 바퀴 수레 한 대를 에워싸고 나왔다. 수레 위에는 한 사람이 바르게 앉아 있었다. 윤건을 쓰고 깃털 부채를 들었으며, 옷자락이 네모진 학창의를 입고 있었다. 수레 곁에 노란 깃발이 하나 펄럭이는데, '한 승상 제갈무후'라고 쓰여 있었다. 사찬과 등충 두 사람은 너무 놀라 온몸에 땀을 뻘뻘 흘리며 군사들을 돌아보았다.

"공명이 아직도 살아 있다니! 우린 이제 죽었다!"

급히 군사를 돌리려는데 촉군이 마구 무찌르며 달려들었다. 위군은 크게 져서 달아났다. 촉군이 그대로 20리 넘게 쫓아가는데 등애가 군사를 이끌고 도우러 오고 있었다. 양쪽은 저마다 군사를 거두었다.

등애는 막사에 앉아 사찬과 등충을 불러 꾸짖었다.

"너희 둘은 왜 싸우지도 않고 물러났느냐?"

등충이 대답했다.

"촉군 진 안에서 제갈공명이 군사를 부리고 있었습니다. 그래서 서둘러 달아나 돌아왔습니다."

등애가 화를 벌컥 냈다.

"공명이 다시 살아왔다 하더라도 나는 하나도 두렵지 않다! 너희들은 가벼이 물러났기에 지고 말았다. 곧장 너희 목을 베어 군법을 바로잡겠다!"

여러 사람이 달려들어 애써 말린 까닭에 등애는 겨우 노여움을 가라앉혔다.

등애가 사람을 보내 살펴보게 하였다. 그 사람이 돌아와 보고하기를, 제갈량의 아들 제갈첨이 대장이고, 제갈첨의 아들이 앞장섰다고 했다. 수레 위에 앉아 있던 것은 나무로 깎아 만든 제갈량의 조각상이었다고 했다.

다 듣고 난 등애가 사찬과 등충에게 일렀다.

"성공이냐 실패냐는 이 한 번의 싸움에 달려 있다. 너희 둘이 또 이기지 못하고 오면 그땐 반드시 목을 베겠다!"

사찬과 등충 두 사람은 군사 1만 명을 거느리고 또 싸우러 갔다.

제갈상이 홀로 말을 타고 창 하나만 들고 나왔다. 정신을 가다듬어 두 사람과 싸워 물리쳤다. 이어 제갈첨은 왼쪽과 오른쪽 군사를 거느리고 나와 위군 진 안으로 들어가 이리 치고 저리 치며 마구 무찔렀다. 그렇게 수십 차례나 들락거리며 휘젓는 바람에 위군은 크게 져 죽어 나자빠지는 이가 셀 수도 없이 많았다. 사찬과 등충도 몸을 다친 채 달아났다. 제갈첨은 군사를 몰아 그 뒤를 20리 넘게 뒤쫓아간 뒤 영채를 세웠다.

사찬과 등충은 등애에게 돌아갔다. 등애는 두 사람 다 몸에 상처를 입은 걸 보자 뭐라고 더 꾸짖을 수도 없었다.

등애는 여러 장수들과 함께 의논했다.

"촉의 제갈첨이 자기 아버지의 뜻을 잘 이어받아 두 번 싸움에서 우리 군사를 만 명 넘게 무찔렀소. 만약에 서둘러 깨부수지 않으면 나중에 반드시 골칫거리가 되겠소."

감군 구본이 말했다.

"편지 한 통을 보내 꾀어내지요."

등애는 그 말을 좇아 편지 한 통을 써서 촉군 영채로 보냈다. 문지기가 편지를 받아 막사에 갖다 바쳤다. 제갈첨이 편지를 뜯은 뒤 읽어내려갔다.

정서장군 등애가 행군호위장군 제갈사원 아래에 편지를 보내오. 애써 살펴보건대, 가까운 시대에 뛰어난 사람을 꼽아보자면 아직까지 공의 아버님 같은 분이 없소. 옛직에 오두막집에서 나오실 때부터 이미 천하가 셋으로 나뉠 줄 알고 그걸 말씀하셨소. 이어 형주와 익주를 무찔러 가라앉힌 뒤 천하를 다스리기 시작하셨으니 예나 지금이나 따를 만한 이가 없소. 나중에 여섯 번씩이나 기산으로 나오시게 되었지만, 슬기와 힘이 달려서 그런 게 아니라 하늘의 뜻이 따라주지 않아서였소. 지금 촉 임금은 흐리터분하고 어리석어서 왕의 기운이 이미 다하였소. 등애는 천자의 명령을 받들어 대군을 거느리고 와 촉을 쳐서 이미 그 땅을 모두 얻었소. 성도가 무너지는 일은 아침이 될지, 저녁이 될지 모르게 눈앞에 닥쳤소. 그런데 공은 어찌하여 하늘과 백성의 뜻에 따라 의롭게 항복하려 하지 않으시오?
등애 이 사람은 마땅히 글을 올려 공을 낭야왕으로 삼아 조상
들을 빛나도록 하겠소. 이는 결코 빈말이 아니니 잘 헤아려 살
펴보시기 바라오.

다 읽고 난 제갈첨은 화가 치밀어올라 편지를 박박 찢어
버렸다. 이어 무사들을 시켜 편지를 가져온 사람의 목을 벤
뒤 따라온 사람에게 위군 영채로 머리를 들려보내 등애가
보도록 했다.

등애가 화를 크게 내며 바로 싸우러 나가려 했다.

구본이 말렸다.

"장군께서는 가벼이 나가시면 안 됩니다. 마땅히 꾀를 써
서 군사를 써야 이길 수 있습니다."

등애는 그 말을 좇았다. 바로 천수 태수 왕기와 농서 태수
견홍에게 군사를 뒤쪽에 숨겨두게 한 뒤 군사를 이끌고 나
갔다.

이때 제갈첨은 싸움을 걸려고 하는 참이었다. 그때 등애
가 직접 군사를 이끌고 왔다는 보고가 들어왔다. 제갈첨은
화를 벌컥 내며 바로 군사를 끌고 나가 위군 진 안으로 쳐들
어갔다. 등애가 져서 달아나자 제갈첨은 그 뒤를 쫓아 들이
쳤다. 갑자기 양쪽에 숨어 있던 군사가 뛰쳐나왔다. 촉군은

크게 져서 면죽으로 물러나 들어갔다. 등애는 면죽성을 둘러싸라는 명령을 내렸다. 위군들은 한꺼번에 아우성을 치며 면죽성을 쇠로 만든 통처럼 조금도 빈틈없이 에워싸버렸다.

성 안의 제갈첨은 일이 급하게 되자 팽화를 시켜 편지를 가지고 에워싼 데를 뚫고 나가 동오로 가서 도움을 부탁하도록 했다. 팽화는 동오에 이르자 오 임금 손휴에게 다급한 사정을 알리는 편지를 바쳤다. 손휴가 편지를 보고 나더니 여러 신하들과 의논했다.

"촉이 다급하게 되었는데 내 어찌 구하지 않고 앉아서 보고만 있겠소?"

바로 노장 정봉을 주된 장수로 삼고, 또 다른 아랫장수 정봉과 손이를 부장으로 삼아 군사 5만 명을 이끌고 가 촉을 구하도록 했다.

정봉은 명령을 받들어 군사를 일으켰다. 부장 정봉과 손이에게 군사 2만 명을 이끌고 면중으로 나아가게 한 뒤 자신은 3만 명을 이끌고 수춘으로 나아갔다. 동오군은 이렇듯 세 길로 나누어 도우러 갔다.

한편 제갈첨은 도와주러 오는 군사가 없자 여러 장수들에게 말했다.

"오래 지키고만 있는 건 좋은 방법이 아니오."

제갈첨은 아들 제갈상과 상서 장준은 남아 성을 지키게 한 뒤, 자신은 갑옷을 입고 말에 올라 군사들을 모두 이끌고 세 성 문을 활짝 열어젖힌 채 뛰쳐나갔다.

등애는 촉군이 나오자 군사를 거두어 물러갔다. 제갈첨은 그 뒤를 힘껏 몰아쳤다. 갑자기 쾅 소리 한 방이 나더니 사방에서 군사가 모여들어 제갈첨을 한가운데로 몰아넣으며 에워싸버렸다. 제갈첨은 군사들을 이끌고 이리 치고 저리 치며 수백 명을 죽였다. 마침내 등애가 군사들에게 활을 쏘도록 하여 촉군을 사방으로 흩어지게 했다. 제갈첨은 화살을 맞고 말에서 떨어지자 큰소리로 외쳤다.

"내 힘은 이미 다했다. 마땅히 한 번 죽어 나라의 은혜를 갚겠노라!"

그런 뒤 칼을 빼어 스스로 목을 찔러 죽고 말았다. 제갈첨의 아들 제갈상은 성 위에서 아버지가 싸우다 죽는 걸 보자 화를 누를 길이 없어 갑옷을 걸치고 말에 올랐다. 이를 본 장준이 말렸다.

"어린 장군은 가벼이 나가지 마시오!"

제갈상이 한숨을 내쉬었다.

"우리는 할아버님 때부터 모두 나라의 두터운 은혜를 입었습니다. 아버님이 이미 적과 싸우다 돌아가셨는데 내 살아서 무엇하겠소!"

제갈상은 끝내 말을 채찍질하여 뛰쳐나가 싸우다 죽고 말았다.

나중에 어떤 사람이 시를 지어 두 부자를 기렸다.

충신이 그저 꾀가 없어 그런 게 아니라
하늘이 유씨를 끝낼 뜻을 가졌기 때문이네
그때 제갈량은 훌륭한 자손을 두었으니
꿋꿋함과 의로움, 참으로 무후를 이을 만했네

등애는 그 충성스러움을 가엾이 여겨 두 부자를 한곳에 묻어주게 했다.

그런 뒤 빈틈을 노려 면죽성을 들이쳤다. 장준·황승 이구 세 사람이 저마다 군사 한 무리씩을 이끌고 뛰쳐나왔다. 그러나 촉군은 얼마 되지 않고 위군은 많아 세 사람 모두 싸우다 죽고 말았다. 마침내 등애는 면죽을 차지했다. 등애는 군사들을 위로하고 나더니 바로 성도를 치러 갔다.

유선이 위험에 빠진 날을 보라
그 옛날 유장이 몰리던 때와 다르지 않네

과연 성도를 어떻게 지켜낼는지……

촉나라 끝나다

유심은 할아버지 사당에서 운 뒤 죽어 효도를 하고
서천으로 들어간 등애와 종회는 서로 공을 다투다

성도의 촉 임금 유선은 등애가 면죽을 무너뜨리고, 제갈첨 부자가 싸우다 죽었다는 소식을 듣고 소스라치게 놀랐다. 그래서 문무 벼슬아치를 급히 불러 의논했다.

가까이에서 모시는 이가 말했다.

"성 밖 백성들은 지금 늙은이는 부축하고 어린아이는 끌고서 울며불며 살길을 찾아 도망가고 있습니다."

유선은 놀라 허둥대며 어찌해야 할 줄을 몰랐다.

갑자기 말을 탄 염탐꾼이 달려와 위군이 머지않아 성 아래에 이르리라는 보고를 했다.

뭇 벼슬아치들이 의논 끝에 입을 모았다.

"군사도 많지 않고 장수도 몇 안 되니 적을 맞아 싸우기 어렵습니다. 빨리 성도를 버리고 남중의 월수·주제·운남·장가·건녕·흥고·영창 등 일곱 개 군이 있는 곳으로 옮겨 가면 좋겠습니다. 거기는 땅이 험해 스스로 지킬 수 있습니다. 나중에 남만 군사를 빌려 다시 찾으러 와도 늦지 않을 겁니다."

광록대부 초주가 말렸다.

"그건 안 됩니다. 남만 사람들은 오랫동안 우리와 등지고 있었습니다. 우리도 그 사람들한테 평소에 은혜를 베푼 게 없습니다. 이러니 만약에 찾아갔다간 반드시 큰 화를 입게 될지 모릅니다."

뭇 벼슬아치들이 또 말했다.

"촉과 오는 손을 잡고 지내기로 다짐한 사이입니다. 지금 일이 급하게 되었으니 그쪽으로 가면 좋겠습니다."

초주가 또 말렸다.

"예부터 다른 나라에 몸을 기대고 지낸 천자는 없었습니다. 제가 생각하기에 위는 오를 삼킬 수 있으나 오는 위를 삼킬 수 없습니다. 만약에 오에 신하 노릇을 하겠다고 굽히고 들면 폐하께서는 한 번 욕을 보셔야 합니다. 만약에 위가 오를 삼키면 다시 위에 신하 노릇을 하겠다고 굽혀야 하니,

이렇게 되면 폐하께서는 두 번 욕을 보시게 됩니다. 그러느니 처음부터 오로 가지 말고 위에 항복하시는 쪽이 더 낫습니다. 위는 틀림없이 폐하께 땅을 떼어줄 겁니다. 그리하면 위로는 왕실의 사당을 지킬 수 있고 아래로는 백성들을 편안하게 할 수 있습니다. 부디 폐하께서는 잘 헤아리시기 바랍니다.”

유선은 결정을 하지 못하고 물러나 궁 안으로 들어가버렸다.

다음 날도 이런저런 의견은 많이 나왔지만 결론을 맺지 못했다. 초주는 일이 급하게 돌아가자 다시 글을 올려 권했다. 유선이 초주의 말을 좇아 항복하러 나가려 할 때였다. 갑자기 병풍 뒤에서 한 사람이 나오며 목소리를 가다듬어 초주를 꾸짖었다.

“살고 싶어 안달하는 썩은 선비야, 어찌 함부로 나라의 큰일을 들먹이느냐! 예부터 항복한 천자가 어디 있다더냐!”

유선이 바라보았다. 다섯째 아들 북지왕 유심이었다.

유선은 아들을 7명 두었다. 맏이는 유선이고, 둘째는 유요, 셋째는 유종, 넷째는 유찬, 다섯째는 유심, 여섯째는 유순, 일곱째는 유거였다. 아들 7명 가운데 유심이 어려서부터 가장 머리가 좋고 뛰어나게 똑똑했다. 나머지 형제들은 모두들 물러터진 채 착하기만 했다.

유선이 유심에게 말했다.

"지금 대신들이 모두 항복하는 게 마땅하다고 얘기하고 있는데 너 혼자만 끓는 피를 누르지 못하고 씩씩함을 내세우는데, 성 안을 온통 피로 물들이고 싶어서 그러느냐?"

유심이 말했다.

"돌아가신 황제께서 살아 계시던 옛적엔 초주가 나랏일에 끼어들지 못했습니다. 지금 함부로 어지러운 말을 하고 있는데, 이는 바람직한 일이 아닙니다. 제가 보기에 성도에는 아직도 군사가 수만 명 있고, 또 강유의 모든 군사가 다 검각에 있습니다. 만약에 위군이 궁궐로 쳐들어오는 걸 알면 반드시 구하러 옵니다. 그때 안팎으로 치면 크게 이길 수 있습니다. 어찌하여 썩어빠진 선비의 말만 들으시고 돌아가신 황제께서 이루신 터전을 가벼이 버리려 하십니까?"

유선이 꾸짖었다.

"너같이 어린 게 어찌 하늘의 때를 알겠느냐!"

유심은 머리를 조아리며 울었다.

"만약에 기운이 다하고 힘이 달려 곧 화가 닥치면 마땅히 아비와 아들이, 임금과 신하가 성을 등지고 한바탕 싸워 함께 나라를 위해 죽어서 돌아가신 황제를 뵈어야 합니다. 그런데 어찌하여 항복한단 말입니까!"

유선은 유심의 말을 듣지 않았다. 이에 유심은 목을 놓아 울었다.

"돌아가신 황제께서 이 나라의 터전을 쉽게 닦으신 게 아닌데 오늘 하루아침에 버리시니, 저는 차라리 죽을지언정 욕되게 살지는 않겠습니다!"

유선은 가까이 모시는 이들에게 유심을 끌어내 궁 문 밖으로 쫓아버리라 했다. 그런 뒤 초주를 시켜 항복하는 문서를 꾸미도록 했다. 이어 사서시중 장소와 부마도위 등량에게 내주며 초주와 함께 옥새를 가지고 낙성으로 가 항복을 하도록 했다.

이때 등애는 날마다 단단히 무장하고 말을 탄 군사 수백 명을 성도로 보내 살펴보게 하였다. 등애는 그날 성 위에 항복하는 깃발이 내걸렸다기에 기뻐하고 있는데, 얼마 안 되어 장소 무리가 왔다고 했다. 등애는 사람을 시켜 그들을 맞아들이게 했다.

세 사람은 뜰아래에 엎드려 절을 하고 항복 문서와 옥새를 바쳤다. 등애는 항복 문서를 펼쳐보고 무척 기뻐했다. 옥새를 받은 뒤 장소·초주·등량 들을 잘 대접했다. 등애는 답장으로 보내는 문서를 써준 뒤, 세 사람에게 성도로 돌아가 백성들 마음이 편안해지게 잘 다독거리도록 했다.

세 사람은 등애에게 절을 하고 성도로 돌아왔다. 유선에게 들어가 답장 문서를 바친 뒤 등애가 잘 대접해주더라는

장소·초주·등량이 등애에게 항복 문서와 옥새를 바치다.

얘기를 자세히 했다. 유선은 등애의 답장 문서를 뜯어본 뒤 아주 좋아라 했다. 바로 태복 장현에게 조서를 주며 강유에게 가서 빨리 항복하라 이르도록 했다. 이어 상서랑 이호를 시켜 문서와 장부를 등애에게 갖다 바치도록 했다.

문서와 장부를 살펴보니 모두 28만 집에 남녀 합쳐 94만 명이고, 무장한 장수와 군사가 10만 2천 명에 벼슬아치가 4만 명이었다. 여기에 창고의 식량이 40만 섬 남짓, 금과 은이 2천 근씩 남아 있었다. 또 여러 빛깔의 비단과 무늬가 있는 비단과 아름다운 빛깔에 무늬가 있는 비단이 20만 필씩 남아 있었다. 창고에는 미처 헤아리지 못한 물건들도 많이 남아 있었다.

마침내 12월 초하룻날을 잡아 임금과 신하가 나가 항복하기로 했다.

이러한 소식을 듣자 북지왕 유심은 하늘을 찌를 듯한 화를 억누를 길이 없어 칼을 차고 궁으로 들어갔다. 그의 아내 최부인이 놀라 물었다.

"오늘 대왕의 낯빛이 다른 때와 다릅니다. 무슨 이유가 있으신지요?"

유심이 대답했다.

"위군이 가까이 쳐들어오고 있소. 아버님께서는 이미 항복 문서를 바치셨소. 내일 임금과 신하가 항복하러 나간다 하오. 나라는 이제 다 무너지고 말았소. 나는 차라리 미리 죽어 저세상으로 가 돌아가신 황제를 뵙고자 하오. 남에게 무릎 꿇고 살 수는 없소!"

최부인이 말했다.

"참으로 훌륭하고 훌륭하십니다! 죽을 자리를 제대로 얻으셨군요! 제가 먼저 죽기를 바랍니다. 그런 뒤 대왕께서 죽어도 늦지 않습니다."

"부인은 왜 죽으려 하오?"

"대왕께서 아버님 때문에 죽으려 하시는 뜻이나, 지어미가 지아비를 위해 죽으려 하는 뜻이나 그 속은 똑같습니다. 지아비가 죽으면 지어미도 마땅히 죽어야지, 굳이 물으실 까닭이 있겠습니까!"

말을 마치자 최부인은 기둥에 머리를 들이받아 죽고 말았다. 유심은 자기 손으로 아들 셋을 죽이고 아내의 머리를 베어 든 다음 유비를 모신 소열묘로 가 바닥에 엎드려 울었다.

"저는 애써 닦은 나라의 터전이 남에게 넘어가는 모습을 보기가 부끄럽고 부끄럽습니다. 그래서 먼저 아내와 자식들을 죽여 마음에 걸리는 게 없이 해놓았습니다. 이제 한목숨 끊어 할아버님께 갚으려 합니다! 할아버님의 영혼이 계시다면 이 손자의 마음을 굽어 살펴주십시오!"

유심은 한바탕 목을 놓아 울었다. 눈에서 피눈물이 흘러 내렸다. 마침내 유심은 스스로 목을 찔러 죽었다. 촉나라 백성들은 이 소식을 듣자 몹시 애달파하며 슬퍼했다.

나중에 어떤 사람이 시를 지어 기렸다.

임금과 신하들 모두 기꺼이 무릎 꿇을 때

아들 하나 홀로 남아 애달파하며 슬퍼했네

서천 일은 이제 죄다 끝나버렸지만

씩씩하고 갸륵하도다, 북지왕이여

제 한 몸 던져 할아버지께 갚고자

스스로 머리 감싸안고 하늘에 울음 우니

거리낌없이 우뚝한 그 모습 마치 살아 있는 듯한데

한나라 이미 스러졌다고 말하는 이 누구인가

유선은 북지왕이 스스로 목을 찔러 죽었다는 소식을 듣자 사람을 보내 장사 지내주도록 했다.

다음 날 위군이 크게 들이닥쳤다. 유선은 태자를 비롯하여 여러 왕과 문무 벼슬아치 60명 남짓을 거느리고 나갔다. 항복한다는 뜻으로 얼굴은 앞을 보고, 손은 뒤로 하여 묶고, 수레 위에다 관을 실은 채 북문 10리 밖으로 나가 항복했다.

등애는 유선을 붙들어 일으키며 직접 묶은 걸 풀어주었다. 이어 싣고 온 관을 태워버린 뒤 나란히 수레를 타고 성으로 들어왔다.

나중에 어떤 사람이 한숨 어린 시를 읊었다.

위군 수만 명이 서천으로 들어오자

촉 임금은 목숨 아까워 스스로 죽지도 못했네

황호가 끝내 나라 속일 뜻 지니고 있었으니

세상 건질 만한 강유의 재주 헛되고 마네

충성과 의로움 다한 마음들 얼마나 굳세고 세찼나

꿋꿋함 지킨 왕의 후손, 그 뜻도 애달프구나

소열황제, 나라 다스린 일 쉽지 않았는데

공들여 세운 터전, 하루아침에 모두 재가 되고 마네

성도의 백성들은 모두 향과 꽃을 들고 나와 맞았다.

등애는 유선을 표기장군으로 삼고, 그 밖의 문무 벼슬아치들도 자기 자리의 높고 낮음에 따라 알맞은 벼슬을 주었다. 이어 유선에게 궁으로 돌아가도록 한 뒤, 방을 내붙여 백성들이 마음을 놓게 하고, 모든 창고를 물려받았다. 또 태상 장준과 익주별가 장소를 시켜 여러 고을의 군사와 백성

들을 달래게 했다. 이어 강유에게 사람을 보내 달래서 항복
하도록 했다. 그러는 한편 낙양으로도 사람을 보내 보고하
도록 했다.

등애는 황호가 간사스럽고 음흉하며 불량스럽다는 걸 알
고 죽이려 했다. 그러나 황호는 등애 가까이 있는 사람들에
게 금은보석을 싸다 바치고서 가까스로 목숨을 건졌다. 이
리하여 마침내 한나라는 끝났다.

나중에 어떤 사람이 한나라가 망한 것을 보고 제갈량을
떠올리며 시를 읊었다.

물고기와 새들도 군사 명령장을 두려워했고
바람과 구름도 길이 영채 울타리를 감싸주었지
으뜸 장수, 신처럼 붓을 놀렸건만 헛되어
끝내 항복한 임금이 수레 달리는 꼴 보고 마네
관중과 악의 같은 재주 욕되게 하지 않았지만
관우와 장비 죽고 없으니 어찌할 수 없었네
나중에 금리 땅 사당 앞을 지나며
양보음 읊는 속에 한스러움만 끝없이 남는구나

한편 태복 장현은 검각에 이르러 강유에게 들어가 유선
의 명령을 전하며 항복하라고 말했다. 강유는 까무러치게

놀라 할 말을 잃었다. 막사에 있던 장수들도 그 말을 듣자 모두들 원한이 가슴속에 사무쳤다. 이에 이를 뿌드득 갈고 눈을 부릅뜨니 수염과 머리카락이 모두 꼿꼿이 섰다. 저마다 칼을 뽑아 들고 돌을 내리치며 소리를 질렀다.

"우리는 죽기로 싸우고 있는데 어찌하여 미리 항복해버린단 말이냐!"

울부짖는 소리가 수십 리 밖에까지 들렸다.

강유는 한나라를 생각하는 사람들 마음을 보고 좋은 말로 달래었다.

"모두들 걱정 마시오. 내게 한나라 황실을 다시 일으킬 수 있는 방법이 하나 있소."

모두들 그게 뭔지 궁금해했다. 강유는 장수들 귀에 대고 조그마한 목소리로 자신이 생각하고 있는 방법을 들려주었다.

강유는 바로 검각관 위에 항복하는 깃발을 둘러 꽂게 한 뒤 먼저 종회의 영채에 사람을 보냈다. 강유 자신이 장익·요화·동궐 등과 함께 항복하러 가겠다고 알리도록 했다. 종회는 무척 기뻐하며 사람을 보내 강유를 막사로 맞아들이도록 했다.

종회가 말했다.

"백약은 어찌하여 이리 늦게 왔소?"

강유는 낯빛을 고쳐 종회를 똑바로 바라보며 눈물을 주

르륵 흘렸다.

"나라의 군사를 모두 내가 맡고 있는 터라 오늘 왔는데, 이도 오히려 빠르지요."

종회는 그 말에 아주 묘한 느낌이 들었다. 그래서 자리에서 내려가 서로 맞절을 하며 강유를 아주 귀한 손님으로 대접했다.

강유가 종회에게 말했다.

"내 들으니, 장군은 회남 싸움 때부터 계획이 하나도 빗나가지 않았다더군요. 사마씨가 저렇듯 일어날 수 있었던 것 모두 장군의 힘이라고 들었소. 따라서 내가 기꺼운 마음으로 고개를 숙이는 바이오. 만약에 등사재였다면 마땅히 죽기로 한바탕 싸웠지, 어찌 이렇게 항복했겠소?"

종회는 곧바로 화살을 꺾으며 강유와 의형제를 맺기로 다짐했다. 두 사람은 더욱 가까워져 정이 깊어졌다. 종회는 강유에게 그 전처럼 군사를 그대로 다 거느리도록 했다. 강유는 속으로 무척 좋아라 하며 장현을 성도로 돌려보냈다.

한편 등애는 사찬을 익주 자사로 삼고, 견홍과 왕기 등에게도 저마다 주와 군을 거느리게 해주었다. 이어 면죽에다 싸움에서 세운 공을 기념하기 위한 대를 쌓은 뒤 촉의 모든 벼슬아치를 불러 잔치를 크게 열었다.

　　　　　　　　　박상률 완역 삼국지 10

등애는 술기운이 올라오자 뭇 벼슬아치들을 손가락으로 가리키며 지껄였다.

"여러분들은 다행스럽게도 나를 만났기에 오늘 여기에 있소. 만약에 다른 장수를 만났으면 틀림없이 다 죽고 말았을지도 모르오."

많은 벼슬아치들이 자리에서 일어나 절을 하며 고마워했다. 그때 장현이 들어와 강유가 종회에게 스스로 항복한 일을 보고했다. 이 말을 듣자 등애는 종회가 아주 밉고 싫었다. 마침내 글을 써서 낙양의 진공 사마소에게 보냈다.

사마소가 글을 받아 읽어내려갔다.

저 등애가 생각하건내, 싸움은 먼서 소리쳐 알리고 나서 진짜로 쳐 보여주어야 합니다. 지금 촉을 쳐 가라앉혔으니, 그 기운을 몰아 오를 치면 마치 자리를 말듯 휩쓸 수 있는 때입니다. 그러나 지금은 큰일을 치른 뒤끝이라 장수와 군사들 모두 지쳐 있어 바로 쓸 수 없습니다. 농우 군사 2만 명과 촉군 2만 명을 남겨 소금을 굽고 쇠를 달구고 배를 짓게 해야 합니다. 그렇게 물을 따라 내려갈 준비를 다 한 뒤 사람을 보내 좋고 나쁨을 들먹이며 달래면 오를 치지 않고도 가라앉힐 수 있을 겁니다.

지금은 마땅히 유선에게 잘해주면서 손휴를 구슬릴 때입니다. 만약에 유선을 낙양으로 끌어올리면 오나라 사람들은 틀림없이 의심하는 마음을 품게 됩니다. 그러면 우리 쪽으로 마음을 돌릴 수 없습니다. 그러니 유선을 그대로 촉에 두었다가 내년 겨울쯤에 낙양으로 불러들이십시오. 지금 바로 유선을 부풍왕으로 삼으시고 재물을 내리시어 곁에 있는 이들에게 주도록 하십시오. 그 아들들도 공후로 삼아 항복한 사람에게 은혜를 베푸는 걸 드러내도록 하십시오. 그래야 오나라 사람들도 우리의 무게를 두려워하고 덕스러움에 깊이 느끼어 소문만 듣고도 따르게 됩니다.

사마소는 글을 읽고 나자 등애가 제멋대로 힘을 휘두르지 않나 하는 마음이 들었다. 그래서 먼저 직접 글을 써서 감군 위관에게 주고, 이어 등애에게 벼슬을 내리는 황제의 조서를 보냈다.

정서장군 등애는 기운을 뽐내고 힘을 떨쳐 적의 땅 깊숙이 들어가 멋대로 임금이라고 하는 이의 목을 옭아매어 항복시켰다. 군사들이 때를 넘기지 않고 날이 저물기 전에 싸움을 끝내 마치 구름이 걷히고 자리를 말듯이 파와 촉을 깨끗이 쓸어버렸다. 백기가 강한 초나라를 깨뜨리고 한신이 단단한 조나라를 이겼는데, 그대는 그보다 더 큰 공을 세웠다. 이에 등애를 태위로 삼아 세금을 거두어 쓸 수 있는 집 2만 호를 더해주고, 두 아들도 정후로 삼으며 세금을 거두어 쓸 수 있는 집을 저마다 1천 호씩 주노라.

등애가 조서를 받고 나자 감군 위관은 사마소가 직접 써 보낸 글을 등애에게 주었다. 내용은, 등애가 저번에 말한 일은 조정에 보고해야 하니 마음대로 하지 말라는 거였다.

등애가 툴툴거렸다.

"장수가 밖에 있을 때에는 임금의 명령도 받지 않을 수 있다고 했소. 내 이미 조서를 받들어 싸우는 일을 모두 맡아 다스리고 있는데 어찌하여 하지 못하게 막으시는 거요?"

등애는 또 글을 써서 지금 온 사람에게 주며 낙양으로 가져가도록 했다.

이때 조정에서는 온통 등애가 배반할 뜻을 품고 있는 게 틀림없다는 말들이 나돌고 있었다. 이에 사마소는 한층 더 꺼림칙하게 여기며 꺼리는 마음을 먹고 있었다. 그때 등애에게 갔던 사람이 돌아와 등애의 글을 바쳤다. 사마소가 글을 펼쳐보았다.

등애는 명령을 받들어 서촉을 쳐서 벌써 못된 무리의 우두머리를 거꾸러뜨렸습니다. 일에 따라 마땅한 힘을 써야 이제 막 항복해온 사람들의 마음을 놓게 할 수 있습니다. 만약에 나라의 명령을 기다리다 보면 먼 길을 오고 가느라 날을 너무 많이 잡아먹고 맙니다. 《춘추》에 이르기를, "나라 밖에 나가 있는 장수는 조정을 편안하게 하고 나라에 도움이 되는 일이면 모든 일을 알아서 해도 좋다"고 했습니다. 아직 오나라는 항복하지 않았고, 더구나 촉과 손을 같이 잡고 있던 사이라 일반적인 방법에 따라 일을 보다 보면 그만 기회를 놓칠 수도 있습니다. 군사 부리는 책에도 보면 "나아갈 때는 이름나기를 바라지 말고, 물러설 때는 죄를 피하지 말라"고 하였습니다. 등애가 비록 옛사람 같은 꿋꿋함은 없으나 제가 받을 의심 때문에 나라에 잘못을 끼칠 사람은 아닙니다. 먼저 이렇게 알려드리니 지켜보아주시기 바랍니다.

다 읽고 난 사마소는 소스라치게 놀랐다. 급히 가충을 불러 의논했다.

"등애가 자기가 세운 공만 믿고 잘난 척하며 제멋대로 굴고 있소. 아무래도 배반할 뜻을 드러내고 있는 성싶은데 어찌하면 좋겠소?"

가충이 도리어 되물었다.

"주공께서는 어찌하여 종회의 벼슬을 높여 등애를 억누르게 하지 않으십니까?"

사마소는 그 말을 받아들였다. 바로 조서를 지닌 사람을 종회한테 보내 종회를 사도로 삼고, 위관이 양쪽 군사를 모두 감독하도록 하였다. 또 위관에게는 따로 직접 쓴 편지를 보내 종회와 함께 등애를 몰래 잘 살펴 그가 엉뚱한 일을 일으키지 않도록 하였다. 종회가 조서를 받아 읽었다.

진서장군 종회는 가는 곳마다 막아설 이가 없어, 그대를 해볼 강한 적은 없다. 여러 성을 눌러 다스리고, 달아나는 이들을 모두 그물 치듯 하여 잡아들였다. 이에 촉의 가장 뛰어난 장수는 얼굴을 들고 손을 뒤로 묶어 스스로 항복해왔다. 계획을 세워 어긋남이 없고, 싸움을 벌여 공을 세우지 않은 때가 없다. 이에 종회를 사도로 삼아 현후로 높이고 세금을 거두어 쓸 수 있는 집 1만 호를 더해주고, 두 아들도 정후로 삼으며 세금을 거두어 쓸 수 있는 집을 저마다 1천 호씩 주노라.

종회는 벼슬을 받고 나자 바로 강유를 불러 의논했다.

"등애는 나보다 공이 커서 또 태위 벼슬을 받았소. 그런데 지금 사마공은 등애가 배반할 뜻이 있지 않나 의심하여 위관을 감군으로 삼고, 내게 조서를 내려 억누르게 하고 있소. 백약은 뭐 좋은 생각이 떠오르지 않소?"

강유가 대답했다.

"등애는 보잘것없이 태어나 어려서는 농사짓는 집에서

송아지나 쳤다고 들었소. 이번에 뜻밖에도 운 좋게 음평의 비탈진 샛길로 해서 나무를 붙잡고 벼랑에 매달린 끝에 이렇듯 큰 공을 세웠소. 이는 꾀가 좋아서가 아니라 사실은 나라의 커다란 복에 힘입은 거지요. 만약에 장군이 검각에서 나와 겨루고 있지 않았다면 등애가 어찌 이런 공을 이룰 수 있었겠소? 지금 촉 임금을 부풍왕으로 삼으려 하는 바는 바로 촉나라 백성들의 마음을 크게 얻으려는 뜻이오. 그 사람이 배반하려는 속내는 말을 하지 않아도 환히 들여다보이오. 진공이 의심할 만도 하오."

종회는 강유의 말을 듣고 아주 좋아라 했다.

강유가 다시 말했다.

"곁에 있는 사람들을 물려주시오. 내 가만히 드릴 말씀이 있소."

종회가 곁에 있는 이들을 다 물러가라 하였다. 강유가 소매 속에서 지도 그림 한 장을 꺼내 종회에게 주었다.

"옛적에 무후께서 오두막집에서 나오실 때 이 그림을 돌아가신 황제께 바치면서 '익주는 기름진 들녘이 천 리에 펼쳐 있고, 백성도 많고 나라 살림도 넉넉하니 터전으로 삼을 만합니다'라고 하셨다고 들었소. 이에 돌아가신 황제께서 성도에 밑자리를 마련하셨지요. 지금 등애가 이런 좋은 데에 가 있으니 어찌 좋아서 미치지 않을 수 있겠소?"

종회는 아주 좋아라 하며, 손가락으로 산과 내를 가리키며 그 생김새 따위를 물었다. 강유는 하나하나 밝혀가며 말해주었다.

종회가 다시 물었다.

"등애를 없애려면 어떤 방법을 쓰면 좋겠소?"

강유가 대답했다.

"지금 진공이 의심하고 꺼리고 있으니, 이런 때를 타서 서둘러 글을 올려 등애가 배반하려 한다고 알리시오. 그러면 진공은 틀림없이 장군더러 등애를 치라고 하겠죠. 그러면 단박에 사로잡을 수 있소."

종회는 그 말을 좇아 글을 써서 바로 낙양으로 보냈다. 등애가 힘을 마음대로 휘두르면서 족나라 사람들과 사까이 지내니 머지않아 틀림없이 배반하리라고 썼다. 조정의 문무 벼슬아치들은 모두 놀랐다. 종회는 또 사람을 시켜 중간에서 등애의 글을 빼앗았다. 그런 뒤 등애의 글씨체를 흉내 내 글의 내용을 뻣뻣한 말투로 바꾸어 보냈다. 이렇게 하여 종회 자신이 보낸 글이 사실로 보이게 했다.

사마소는 등애의 글을 받아 읽자 화를 크게 내며 바로 사람을 보내 종회에게 등애를 잡아들이라 했다. 또 가충은 군사 3만 명을 이끌고 야곡으로 들어가도록 하고, 사마소 자신은 위 임금 조환과 함께 임금 수레를 몰고 직접 치러 가기로 했다.

서조연 소제가 말렸다.

"종회의 군사는 등애의 군사보다 여섯 배나 많습니다. 종회더러 등애를 잡아들이라 하면 그만인데 무엇 때문에 명공까지 나서서 가시려고 그럽니까?"

사마소가 웃었다.

"그대는 전에 한 말을 잊었소? 그대가 일찍이 말하기를, 종회가 나중에 틀림없이 배반하리라고 했소. 내 이참에 가는 건 등애를 잡기 위해서가 아니라 사실은 종회를 잡기 위해서요."

소제도 웃었다.

"저는 혹시라도 명공께서 잊지나 않으셨는지 걱정스러워 여쭤보았습니다. 이제 그렇게 하실 뜻이라면 꼭 비밀로 하시고 새어나가지 않도록 하십시오."

사마소는 그 말대로 하기로 했다. 마침내 사마소는 대군을 일으켜 떠났다. 이때 가충도 종회가 일을 일으킬지 모른다는 의심이 들어 사마소에게 몰래 말했다.

사마소가 말했다.

"만약에 그대를 보내면 그때는 또 그대를 의심해야 하오? 내가 장안에 이르고 보면 모든 게 뚜렷해지오."

염탐꾼은 사마소가 벌써 장안에 이르렀다는 소식을 재빨

리 알아다 종회에게 보고했다. 종회는 급히 강유를 불러 등
애를 사로잡을 일을 의논했다.

　　이제 막 항복한 서촉 장수들 거두는 모습 보았는데

　　또다시 장안에서 대군이 움직이는 것 보게 되네

과연 강유는 등애를 어떻게 잡을는지…….

황제가 된 사마염

거짓 항복하여 기막힌 꾀를 냈으나 다 헛일이 되고
황제 자리 빼앗는 짓 예전 그대로 본떠서 하다

종회는 강유를 불러들여 등애를 사로잡을 일을 의논했다.

강유가 말했다.

"먼저 감군 위관더러 등애를 사로잡으라 하시오. 만약에 등애가 위관을 죽이려 들면 그게 바로 배반할 뜻이 있다는 속내지요. 장군은 그때 군사를 일으켜 치면 되오."

종회는 아주 흐뭇해했다. 바로 위관을 시켜 군사 수십 명을 이끌고 성도로 들어가 등애 부자를 잡으라 했다. 위관의 부하 하나가 위관을 말렸다.

"이건 바로 종사도가 등정서를 시켜 장군을 죽이게 하여

배반을 하려는지 아닌지를 밝히려고 벌이는 일입니다. 절
대 가시면 안 됩니다."

위관이 말했다.

"내게도 다 생각이 있네."

위관은 바로 글을 2, 30통 써서 보냈다.

**조서를 받들어 등애를 잡으니, 그 밖의 사람들에게는 아무런
죄도 묻지 않겠다. 빨리 와서 따르면 벼슬과 상이 그대로이나,
건방지게 나오지 않는 이는 이 집 저 집의 모든 일가붙이까지
다 죽이겠다.**

위관은 바로 죄수를 싣는 수레 누 대를 마련하여 밤새 성
도로 갔다.

새벽닭이 울 때쯤 성도에 이르렀다. 등애의 부하 장수들
가운데에 위관의 글을 본 사람들은 모두 나와 위관의 말 앞
에서 절을 했다.

이때 등애는 부중에서 아직 일어나지 않고 있었다. 위관
은 군사 수십 명을 이끌고 들이닥치며 큰소리로 외쳤다.

"조서를 받들어 등애 부자를 잡으러 왔다!"

등애는 까무러치게 놀라 자리에서 굴러떨어지듯이 내려
왔다. 위관은 무사들에게 등애를 꽁꽁 묶어 수레에 싣도록

했다. 등애의 아들 등충이 무슨 일인가 싶어 나왔다가 역시 잡혀서 꽁꽁 묶인 채 수레에 실렸다.

부중의 장수와 벼슬아치들은 깜짝 놀라 저마다 손을 놀려 등애 부자를 빼앗으려 했다. 그러나 벌써 먼지가 자욱하게 이는 게 보이며 말을 탄 군사 하나가 달려와 소리쳤다. 종회가 대군을 이끌고 왔다고 했다. 사람들은 모두 사방으로 흩어져버렸다.

종회와 강유는 말에서 내려 함께 부중으로 들어갔다. 등애 부자가 이미 묶여 있는 게 보였다. 종회가 채찍으로 등애의 머리를 후려치며 욕을 했다.

"송아지나 치던 하잘것없는 놈이 어찌 겁도 없이 이런 짓을 했느냐!"

강유 역시 욕을 했다.

"보잘것없는 놈이 운 좋게 험한 데를 넘어왔으면서 오늘 이런 꼴이나 보여주느냐!"

등애 역시 마구 욕설을 퍼부어댔다.

종회는 등애 부자를 낙양으로 보내도록 했다. 이윽고 성도로 들어와 등애가 거느리던 군사와 말까지 모두 자기 아래로 거두어버림으로써 그 힘을 크게 떨쳤다.

종회가 강유에게 말했다.

"내 오늘에야 평생 소원을 이루었소!"

강유가 말했다.

"옛적에 한신은 괴통으로부터 한나라 유방을 등지고 홀로 서면 좋겠다는 말을 듣고도 따르지 않았소. 그러다가 도리어 유방으로부터 버림을 받고 속임수에 빠져 마침내 미앙궁에서 죽고 말았소. 문종은 범려와 함께 월나라 왕 구천을 도와 오나라를 무찔렀소. 일이 끝나자 범려는 구천이 즐거움을 함께 나눌 만한 사람이 아니라고 생각해 월나라를 떠나 오호로 가버렸소. 이때 문종에게도 떠나는 게 좋겠다고 했으나 문종은 떠나지 않았소. 마침내 문종은 구천의 괴롭힘을 받아 칼을 물고 엎어져 죽어야 했소. 이 두 사람 다 빛나는 공을 세웠지만, 이것저것을 따질 줄 모르고 일이 어찌 돌아가는지를 미처 헤아리지 못해 그렇게 되었소. 지금 공은 이미 큰 공을 세워 주인까지 떨게 할 정도요. 그러니 쪽배를 띄워 자취를 감추어 아미산에나 올라가 신선 적송자나 따라 노는 게 좋지 않겠소? 한나라를 세울 때 주된 신하였던 장량이 나중에 유방을 피해 자신을 지켰듯이 말이오."

종회가 웃었다.

"그 말씀은 옳지 않소. 내 나이 아직 마흔도 되지 않았소. 그러니 앞으로 나아갈 생각을 해야지, 어찌 물러나 한가로이 노니는 일이나 따라해야겠소?"

강유가 말했다.

"만약에 물러나 한가로이 지낼 생각이 아니면 빨리 좋은 방법을 꾀해야 하오. 그건 명공의 슬기와 힘으로 너끈히 할 수 있는 일이니, 이 늙은이가 구태여 더 말씀드리지 않아도 되오."

종회가 손뼉을 치며 껄껄 웃었다.

"백약이 내 마음을 알고 계시는구려."

이때부터 두 사람은 날마다 만나 큰일을 의논했다. 그 사이에 강유는 유선에게 몰래 편지를 보냈다.

부디 폐하께서는 며칠만 더 괴로움을 참아주시기 바랍니다. 제가 반드시 나라에 닥친 어려움을 풀고 다시 편안하게 하겠습니다. 어두워졌던 해와 달이 다시 빛나도록 하여 반드시 한나라 황실이 끊어지지 않게 하겠습니다.

종회는 강유와 함께 배반할 일을 꾀하고 있던 가운데에 사마소의 갑작스런 편지를 받았다. 종회가 사마소의 편지를 펼쳐 읽어보았다.

나는 사도가 등애를 사로잡지 못할까 걱정되어 직접 군사를 이끌고 와 장안에 머물고 있소. 머지않아 만나겠지만 미리 알려두는 바이오.

종회는 소스라치게 놀랐다.

"내 군사가 등애 군사보다 몇 배나 많소. 그러니 등애 잡는 일은 내게 맡겨두면 되오. 그건 진공도 알고 있을 텐데 지금 직접 군사를 이끌고 왔다는 건 바로 나를 의심하기 때문이오!"

종회는 강유와 함께 어떻게 할지를 의논했다.

강유가 말했다.

"임금이 신하를 의심하기 시작하면 그 신하는 반드시 죽게 되어 있소. 등애가 어떻게 되는지 보았지 않소?"

종회가 두 주먹을 불끈 쥐었다.

"내 뜻은 이미 결정되었소! 일이 이루어지면 천하를 얻고, 이루어지지 않더라도 서촉에 물러앉아 지난날의 유비만큼은 되오."

"요새 들으니 곽태후가 막 세상을 떴다고 하더군요. 그러니 태후가 사마소를 쳐서 임금을 죽인 죄를 밝히라는 조서를 남겼다고 거짓으로 둘러대면 되겠소. 명공의 재주면 중원도 자리 말듯이 거뜬히 손에 넣을 수 있소."

"백약이 마땅히 앞장서주셔야겠소. 일이 이루어지고 나면 우리 함께 복을 누리고 높아지도록 합시다."

"개나 말 정도의 하찮은 힘일지라도 다하겠소. 하지만 모든 장수들이 따르지 않으면 어떡하나 하는 걱정스런 마음은 드오."

"내일이 마침 정월 대보름이오. 옛 궁에 등불을 환히 밝히고 장수들을 불러 잔치를 베풀어 마시면서 알아보겠소. 만약에 따르지 않겠다는 이가 있으면 다 죽여버리겠소."

강유는 속으로 무척 좋아라 했다.

다음 날 종회와 강유 두 사람은 장수들을 불러 술을 마셨다. 술잔이 몇 차례 돌자 종회가 술잔을 잡고 목놓아 울었다. 장수들이 놀라 그 까닭을 묻자 종회가 대답했다.

"곽태후께서 돌아가시면서 남기신 조서가 여기 있소. 사마소가 궁궐 남문에서 임금을 죽인 일은 사람으로서 할 수 없는 막된 짓인데다, 나아가 머지않아 위나라까지 빼앗으려고까지 하니 그냥 둘 수 없다시면서 나더러 치라고 명령하셨소. 그러니 여러분들은 저마다 이름을 쓰고 함께 일을 이루도록 합시다."

모두들 깜짝 놀라 서로 얼굴만 바라볼 뿐이었다.

종회가 칼을 뽑아 들며 말했다.

"명령을 어기는 이는 목을 베겠노라!"

모두들 두려워서 어쩔 수 없이 따르는 척했다. 장수들이 이름을 다 적고 나자 종회는 그들을 모두 궁 안에 가두고 단단히 지키도록 하였다.

강유가 말했다.

"내 보기에 장수들은 따르지 않소. 구덩이를 파서 묻어버리면 좋겠소."

종회가 말했다.

"내 이미 궁 안에 구덩이를 하나 파놓게 했소. 커다란 몽둥이도 수천 개 마련해두라 했으니, 만약에 따르지 않는 이가 있으면 쳐죽여서 구덩이에 묻어버리겠소."

이때 종회가 마음 깊이 믿는 장수인 구건이 곁에 있었다. 그는 바로 호군 호열의 옛 부하였다. 이때 호열도 궁에 갇혀 있었다. 구건은 몰래 들어가 종회가 한 말을 알려주었다.

호열이 소스라치게 놀라 울면서 말했다.

"내 아들 호연이 군사를 거느리고 밖에 있으니 어찌 종회가 이런 마음을 품고 있는 줄 알겠는가? 자네가 옛정을 생각해서 이 소식을 전해준다면 나는 죽어도 한이 없겠네."

구건이 대답했다.

"주공께서는 걱정하지 마십시오. 제가 어떻게 해보겠습니다."

구건은 밖으로 나와 종회에게 말했다.

"주공께서 가두어두신 장수들이 안에 있어 물과 음식을 먹기가 불편합니다. 사람 하나를 시켜 들락거리면서 돌보도록 하면 좋겠습니다."

종회는 본디 구건의 말을 곧잘 들었다. 그렇게 하라고 하면서 구건에게 잘 살피라고 단단히 일렀다.

"내 자네에게 아주 중요한 일을 맡겼으니 절대 새나가지 않도록 조심해야 하네."

구건이 대답했다.

"주공께서는 편히 마음 놓으십시오. 제가 단단히 챙기겠습니다."

구건은 아무도 모르게 호열이 가까이 믿는 사람 하나를 안으로 들여보냈다. 호열은 그 사람에게 비밀 편지를 주었다. 그 사람은 비밀 편지를 가지고 급히 호연의 영채로 가 이 일을 자세히 알리며 비밀 편지를 내놓았다. 호연은 깜짝 놀랐다. 바로 여러 영채에 그 편지를 두루 돌리며 이 사실을 알렸다. 뭇 장수들이 크게 화를 내며 급히 호연의 영채로 몰려와 의논했다.

"우리가 설령 죽는다 해도 어찌 배반한 역적을 따를 수 있겠소?"

호연이 말했다.

"정월 열여드렛날 모두들 궁 안으로 몰려들어갑시다."

그러면서 호연은 어떻게 할지를 말했다. 감군 위관은 호연의 계획을 아주 좋게 생각하여 바로 군사를 살펴본 뒤, 구건을 시켜 호열에게 알려달라고 하였다. 호열은 갇혀 있는 장수들에게 알렸다.

종회가 강유를 불러 물었다.

"내 지난밤에 커다란 뱀 수천 마리한테 물리는 꿈을 꾸었소. 좋은가요, 나쁜가요?"

강유가 대답했다.

"꿈에 용이나 뱀을 보면 다 좋은 일이 일어납니다."

종회는 좋아라 하며 그 말을 믿었다.

"일 처리할 물건들이 다 준비되었으니 장수들을 끌어내 물어보면 어떻겠소?"

강유가 대답했다.

"그놈들은 다 따르지 않을 마음을 품고 있소. 그대로 두었다간 나중에 반드시 해를 입힐 테니 이런 때에 일찌감치 죽여버리는 게 낫소."

종회는 그 말을 받아들였다. 곧바로 강유에게 무사들을 이끌고 가서 위나라 장수들을 다 죽여버리라 했다.

강유는 명령을 받자 바로 일어나 움직였다. 그때 갑자기 가슴 한쪽이 쑤시고 아파 꼼짝 못 하다가 그만 정신을 잃고 쓰러져버렸다. 곁에 있던 사람들이 부축해서 일으켰지만 반나절이나 지나서야 깨어났다.

이때 궁 밖에서 사람들 소리가 물 끓듯이 인다는 보고가 갑자기 들어왔다. 종회가 사람을 시켜 알아보게 하려는데, 외침 소리가 크게 일며 사방팔방에서 군사들이 걷잡을 수 없이 몰려들었다.

강유가 말했다.

"이건 틀림없이 갇혀 있는 장수들이 못된 짓을 하려고 들고일어난 거요. 서둘러 죽여버려야 좋겠소."

그때 군사들이 안으로 들이쳤다고 했다. 종회는 궁전 문을 닫으라고 명령했다. 이어 군사들더러 궁전 지붕 위로 올라가 기왓장을 벗겨 던지라고 했다. 양쪽에서 수십 명이 죽어 자빠졌다. 궁 밖 사방에서 불길이 일면서 바깥쪽 군사들이 문을 깨부수며 들이쳤다. 종회는 칼을 빼어 들고 휘둘러 그 자리에서 여러 명을 죽였지만 어지러이 날아드는 화살을 맞고 고꾸라졌다. 뭇 장수들이 달려들어 종회의 목을 벤 뒤 머리를 들어올렸다. 강유는 칼을 뽑아 들고 궁전을 이리저리 뛰어다니며 닥치는 대로 무찔렀다. 그러나 그때 또 가슴이 쑤시며 아프기 시작했다.

강유는 하늘을 우러러 큰소리를 내질렀다.

"내 계획을 이루지 못한 게 다 하늘의 뜻이구나!"

마침내 강유는 스스로 목을 찔러 죽고 말았다. 이때 그의 나이 59살이었다. 궁 안에서 죽은 사람은 수백 명이나 되었다.

위관이 말했다.

　　　　　　　　　　　

"모든 군사는 자기 영채로 돌아가 왕명을 기다리라."

위나라 군사들은 원수를 갚겠다고 서로 다투듯이 달려들어 강유의 배를 갈랐다. 쓸개가 달걀만큼이나 컸다. 장수들은 강유의 가족도 모조리 잡아 죽였다.

등애의 부하로 있던 이들은 종회와 강유가 죽자 등애를 빼앗아 살리기 위해 밤낮없이 뒤쫓아갔다. 누군가가 이런 사실을 재빨리 위관에게 알렸다.

위관이 말했다.

"내가 바로 등애를 잡았다. 지금 만약에 살려두면 나는 죽어도 묻힐 땅이 없게 된다."

호군 전속이 말했다.

"지난번에 등애가 강유성을 들이쳤을 때 나를 죽이러 했으나, 여러 사람이 빌어서 겨우 살아났습니다. 오늘 내가 그 원한을 갚아주어야겠습니다!"

위관은 아주 좋아라 하며 전속에게 군사 5백 명을 주며 쫓아가도록 했다. 전속이 면죽에 이르렀을 때 등애 부자를 만났다. 죄수 수레에서 풀려나 성도로 돌아가려 하고 있었다. 등애는 그저 본부 군사가 온 줄 알고 아무런 준비도 하지 않고 있었다. 막 뭔가 물어보려고 하는 참에 전속이 한칼에 등애를 죽이고 말았다. 등충도 어지러운 군사들 틈 속에서 죽고 말았다.

나중에 어떤 사람이 등애를 두고 한숨 어린 시를 읊었다.

어릴 때부터 계획을 잘 세웠고

꾀가 많아 군사도 잘 썼다네

한 번 들여다보면 땅의 생김새 꿰뚫었고

얼굴 들어 우러르면 하늘도 잘 살폈네

말이 이르면 산줄기 벋어나간 곳이 끊기고

군사가 이르면 자갈길도 열렸네

공을 이루고 나니 몸이 죽어

그 넋은 구름 되어 한강 위에 떠도네

종회를 두고 아쉬워하며 읊은 시도 있다.

어려서부터 슬기롭다 일컬어지더니

일찌감치 비서랑을 지냈다네

기가 막힌 계획에 사마소가 귀 기울이고

그 시대의 자방이라는 말 들었다네

수춘에서 여러 차례 뛰어남을 드날리고

검각에서 높이 나는 매 같은 씩씩함 떨치었네

범려처럼 숨어 사는 법 배우지 못해

떠도는 넋 되어 고향 그리며 슬퍼하네

강유를 두고 아쉬워하는 시도 있다.

천수 땅이 자랑하던 뛰어난 인물
양주가 낳은 빼어난 재주꾼
집안으로 보면 강태공의 후손이고
군사 쓰는 법으로는 제갈량을 이어받았네
배짱 좋고 씩씩하여 두려운 게 없고
끄떡 않는 마음에서 나온 다짐 바뀌지 않았네
성도에서 그 몸 죽던 날
한나라 장수로 슬픔 그득했네

강유와 종회와 등애는 이렇게 죽어갔다. 장익 무리도 어지러이 싸우는 속에 죽었다. 태자 유선과 한수정후 관이도 모두 위군의 손에 죽고 말았다. 어지러운 싸움 속에 서로 밟고 밟히어 죽어 나자빠진 군사와 백성의 수도 셀 수 없이 많았다.

열흘 뒤 가충이 먼저 이르러 방을 내붙여 백성들을 달래자 그제야 좀 가라앉았다. 가충은 위관더러 일러 성도에 남아 지키게 하고, 유선을 낙양으로 올려보냈다. 상서령 번건, 시중 장소, 광록대부 초주, 비서랑 극정 등 몇 사람만이 그 뒤를 따라갔다. 요화와 동궐은 병을 핑계 대고 따라가지 않

있는데, 나중에 모두 화병으로 죽고 말았다.

때는 위 경원 5년이었는데, 이를 함희 첫해로 바꿨다. 봄 3월에 오나라 장수 정봉은 촉이 이미 무너졌기에 군사를 거두어 오나라로 돌아갔다.

중서승 화핵이 오 임금 손휴에게 말했다.

"오와 촉은 곧 입술과 이 같은 사이였습니다. 입술이 없으면 이가 시린 법입니다. 제가 생각하기에는 사마소가 오를 치러 올 날이 멀지 않았습니다. 부디 폐하께서는 막을 준비를 단단히 하시기 바랍니다."

손휴는 그 말을 받아들였다. 육손의 아들인 육항을 진동대장군 및 형주목으로 삼아 강어귀를 지키게 하고, 좌장군 손이는 남서의 여러 길목을 지키게 했다. 또 장강 가까이에 영채 수백 개를 세워 군사들을 머물게 하고, 노장 정봉이 모두 맡아 위군을 막도록 했다.

이때 건녕 태수 곽익은 성도가 무너졌다는 소식을 듣자 흰옷을 입고 서쪽을 바라보며 사흘 동안 목을 놓아 울었다.

여러 장수들이 물었다.

"이미 한나라 임금이 자리를 잃었는데 어찌하여 빨리 항복하지 않으십니까?"

곽익이 울며 말했다.

"길이 멀어 우리 임금이 편히 계시는지 어쩐지를 알 수가 없소. 만약에 위나라 임금이 우리 임금을 예의를 갖추어 대접한다면 성을 바치며 항복해도 늦지 않소. 하지만 만에 하나라도 우리 임금을 업신여기고 깔본다면, 임금이 욕을 보면 신하는 마땅히 죽어야 한다고 했거늘 어찌 항복할 수 있겠소?"

장수들은 모두 그 말을 옳게 여겼다. 그래서 낙양으로 사람을 보내 유선의 소식을 알아보게 했다.

한편 유선이 낙양에 이르렀을 때는 사마소도 이미 조정으로 돌아와 있었다.

사마소가 유선을 꾸짖었다.

"공은 술과 계집에 빠져 사람이 할 일을 돌보지 않으면서 어진 신하들을 쫓아내고 나랏일을 잘못 보았으니 마땅히 죽어야 하오."

유선은 얼굴이 흙빛으로 바뀌며 어찌할 줄을 몰랐다.

문무 벼슬아치들이 나섰다.

"촉 임금이 나라의 질서를 흐트러뜨리긴 했지만 다행히도 빨리 항복했으니 용서해주시면 좋겠습니다."

이에 사마소는 유선을 안락공으로 삼아 집을 주고 다달이 쓸 물건들을 대주도록 했다. 게다가 비단 1만 필을 내렸으며, 사내종과 계집종 1백 명을 거느리게 해주었다. 유선

의 아들 유요와 신하 반건·초주·극정 들은 모두 제후로 삼
았다.

유선은 은혜를 베풀어주어 고맙다고 한 뒤 나왔다.

사마소는 황호가 나라를 좀먹고 백성들을 괴롭혔다며 무
사들더러 저잣거리로 끌고 나가 머리·몸·손·팔다리를 토
막 내어 죽이게 했다.

곽익은 유선을 안락공으로 삼았다는 소식을 듣자 비로소
부하 군사들을 거느리고 와 항복했다.

다음 날 유선은 직접 사마소의 부중으로 고마움의 절을
하러 갔다. 사마소는 잔치를 베풀어 대접했다. 먼저 위나라
음악과 춤을 잔치 자리에서 펼치도록 했다. 촉의 벼슬아치
들은 모두 마음이 아파 슬퍼하였다. 그러나 유선은 혼자서
기쁜 빛을 드러냈다. 이어 촉나라 사람들을 앞으로 내보내
촉나라 음악을 들려주었다. 이에 촉나라 벼슬아치들은 모
두들 눈물을 흘리는데, 유선은 뭐가 그리 즐거운지 혼자 웃
으면서 좋아라 했다.

술기운이 제법 오르자 사마소가 가충에게 말했다.

"사람이 저렇게도 정이 없다니! 비록 제갈공명이 살아 있
다 해도 저런 사람은 제대로 도울 수 없었겠소. 하물며 강유
가 어찌해보았겠소?"

사마소가 유선에게 물었다.

유선이 나라를 빼앗기고도 슬퍼하지 않다.

“촉 생각이 무척 나지 않소?”

유선이 대답했다.

“여기서 지내는 게 즐거워 촉 생각이 나지 않습니다.”

조금 뒤 유선은 자리에서 일어나 변소에 갔다. 극정이 복도로 따라와 말했다.

“폐하께서는 어찌하여 촉 생각이 나지 않는다고 대답하셨습니까? 만약에 다시 묻거든 울면서 ‘조상의 무덤이 멀리 촉 땅에 있어 서쪽만 바라보아도 마음이 아파 촉 생각을 하지 않는 날이 하루도 없습니다’라고 대답하십시오. 그러면 진공은 틀림없이 폐하를 촉으로 돌려보내드릴 겁니다.”

유선은 그렇게 하기로 단단히 마음먹고 자리로 돌아갔다.

술자리가 더욱 무르익자 사마소가 또 물었다.

“촉 생각이 무척 나지 않소?”

유선은 극정이 일러준 대로 대답했다. 그러나 아무리 울려고 해도 눈물이 나지 않아 눈을 감아버렸다.

사마소가 말했다.

“어째서 극정이 한 말과 똑같소?”

유선이 눈을 뜨고 놀라 바라보았다.

“참으로 말씀하신 바와 똑같습니다.”

사마소와 곁에 있는 이들 모두 웃었다. 사마소는 이때부터 유선이 앞뒤가 콱콱 막힌 사람임을 알고 마음을 놓으며 더는 의심하지 않았다.

나중에 어떤 사람이 한숨 어린 시를 읊었다.

즐기는 일만 쫓아 얼굴에 웃음 가득하니

나라 잃은 설움, 손톱만큼도 없구나

다른 나라에서 즐기느라 자기 나라 잊었으니

유선이 얼마나 못난 사람인 줄 마침내 알겠네

조정 대신들은 사마소가 촉을 거두는 데 공이 있다 하여 그를 높여 왕으로 삼기로 하고 위 임금 조환에게 글을 올렸다. 이때 조환은 이름만 천자일 뿐 자기 힘으론 아무것도 할 수 없었다. 나랏일노 모두 사마씨를 거쳐 오므로 두려워 따르지 않을 수 없었다. 이윽고 진공 사마소를 진왕으로 삼고, 그의 아버지 사마의는 선왕, 형 사마사는 경왕이라고 했다.

사마소의 아내는 왕숙의 딸로, 아들 둘을 낳았다. 맏아들은 사마염으로, 몸집이 커서 서 있으면 머리카락이 땅에까지 닿을 정도였고, 두 팔도 무릎 아래까지 내려왔다. 똑똑하고 무예에도 뛰어났으며, 배짱도 남보다 두둑했다. 둘째 아들 사마유는 성질이 부드럽고 따뜻했으며, 자기를 낮출 줄 알고 수수했다. 또한 효성스럽고 형제 사이의 정도 두터이 여겼다. 사마소는 둘째 아들을 무척 사랑했다. 그러나 형 사마사에게 아들이 없어 사마유가 그 뒤를 잇게 하였다.

사마소는 틈만 나면 늘 이렇게 말했다.

"천하는 바로 우리 형님 것이다."

그래서 자기가 진왕이 되자 사마유를 세자로 세우려 했다.

이에 산도가 말렸다.

"맏이를 내치고 작은아들을 세우는 건 예법에 어긋나 좋지 않은 일입니다."

가충·하증·배수 들도 나서서 말렸다.

"맏아드님의 똑똑함과 뛰어난 무예 실력은 세상 사람들의 재주를 훨씬 넘어섭니다. 그래서 사람들이 바라는 바가 크고 하늘의 뜻을 지니고 계신다 할 수 있습니다. 그러니 남의 신하 노릇을 할 분이 아니십니다."

사마소는 어찌할지 몰라 결정을 내리지 못하고 있었다.

태위 왕상과 사공 순의가 또 나섰다.

"예전에 보면 아우를 세웠다가 나라가 어지러움에 빠진 적이 많습니다. 부디 전하께서는 깊이 생각해보시기 바랍니다."

이에 사마소는 마침내 맏아들 사마염을 세자로 삼았다.

대신 한 사람이 나서서 말했다.

"올해 양무현에 하늘에서 사람 하나가 내려왔답니다. 키는 두 길이 넘고, 발자국 길이만도 석 자 두 치나 되었답니다. 머리카락은 희고 수염은 푸르스름했는데, 누런 홑옷을 입고 머리엔 누런 수건을 두르고 명아줏대 같은 지팡이를 짚고 있었답니다. 그 사람은 '나는 바로 백성들의 왕이다. 지금 너희들에게 알릴 일이 있어 왔노라. 천하의 임금이 바뀌면 곧장 편안해진다'라고 말하며 저잣거리를 사흘 동안 돌아다니다 갑자기 어디론가 사라져버렸답니다. 이는 바로 전하께 좋은 일이 생기리라는 뜻입니다. 전하께서는 열두 줄 면류관을 쓰시고 천자 깃발을 세우십시오. 또 들고 나실 때에는 사람들이 오가지 못하게 하시고, 여섯 마리 말이 끄는 황제 수레를 타십시오. 그리고 왕비를 왕후로 삼으시고 세자를 태자로 삼으십시오."

사마소는 속으로 무척 좋아라 했다. 궁 안으로 놀아와 음식을 먹으려 하는데 갑자기 중풍에 걸려 말도 하지 못하게 되었다. 다음 날 병이 깊어지자 태위 왕상을 비롯해 사도 하증, 사공 순의 등 대신들이 궁으로 들어와 어떠한지를 살폈다. 사마소는 아무 말도 하지 못한 채 손가락으로 태자 사마염을 가리키고 나서 죽었다. 때는 8월 신묘날이었다.

하증이 말했다.

"천하의 큰일이 모두 진왕께 달려 있으니, 태자를 진왕으로 모신 뒤 장례를 치르면 좋겠습니다."

바로 그날로 사마염은 진왕 자리에 올랐다. 사마염은 하증을 진승상으로 삼고, 사마망은 사도로, 석포는 표기장군으로, 진건은 거기장군으로 삼았다. 또 아버지 사마소는 문왕으로 했다.

장례를 치르고 나자 사마염은 가충과 배수를 궁으로 불러 물었다.

"조조가 일찍이 '만약에 하늘의 뜻이 내게 있다면 나는 주나라 문왕처럼 되겠다'고 말했다는데, 과연 그런 일이 있었소?"

가충이 대답했다.

"조조가 대대로 한나라 녹을 받아먹은지라 사람들로부터 황제 자리를 빼앗은 사람이라는 말을 들을까봐 그런 말을 했습니다. 이는 바로 조비를 천자로 삼으려고 그랬습니다."

사마염이 말했다.

"그렇다면, 나의 아버님이신 돌아가신 왕을 조조와 견주면 어떻소?"

가충이 대답했다.

"조조의 공이 비록 천하를 덮었다지만, 백성들은 그 힘을 두려워했을 뿐이지 그 덕은 우러르지 않았습니다. 아들 조비가 그 뒤를 이었으나 나라에서 시키는 일은 많고 싸움 때문에 동으로 서로 몰려다녀야 했기에 편한 날이 없었습니다. 나중에 우리의 사마의 선왕과 사마소 경왕께서 여러 차례 큰 공을 세우셔서 은혜와 덕을 베풀고 펴신 까닭에 천하의 인심이 오랫동안 돌아와 있습니다. 이제 막 돌아가신 문왕께서는 서촉을 아우르시어 그 공이 천하를 뒤덮었습니다. 어찌 조조 따위와 견주겠습니까?"

사마염이 말했다.

"조비 같은 사람도 한나라 뒤를 이어받았는데, 나라고 어찌 위의 뒤를 이어받을 수 없겠소?"

가충과 배수 두 사람은 절을 두 번 했다.

"전하께서는 마땅히 조비가 한나라를 물려받은 옛일을 본받아 수선대를 다시 쌓으시고 천하에 널리 알리시어 황제 자리에 오르십시오."

사마염은 크게 기뻐하며 다음 날 칼을 차고 대궐 안으로 들어갔다. 그때 위 임금 조환은 며칠째 조회도 열지 않고 있었다. 그저 마음이 뒤숭숭하여 몸을 놀려 하는 모든 짓이 뒤죽박죽이었다. 그러한 때에 사마염이 곧장 뒷궁으로 들어왔다. 조환은 허둥대며 자리에서 내려와 사마염을 맞았다.

사마염이 자리에 앉기가 무섭게 물었다.

"위나라 천하가 된 게 누구 힘입니까?"

조환이 대답했다.

"모두 다 진왕의 아버지와 할아버지가 주셨지요."

사마염이 웃었다.

"내 보기에 폐하는 도를 들먹일 만한 글 배움도 없고, 나라를 이끌 만한 무예도 갖추지 못했소. 그런데도 어찌하여 재주와 덕을 갖춘 사람에게 자리를 물려주지 않으시오?"

조환은 소스라치게 놀라 입을 열어 말을 할 수가 없었다.

곁에 있던 황문시랑 장절이 큰소리를 내질렀다.

"진왕의 말씀은 잘못되었소! 옛적에 위무조 황제께서는 동을 쓸어버리시고 서를 없애시며 남을 무찌르시고 북을 치시었소. 천하를 쉽게 얻지 않았소. 지금 천자께서는 덕을 지니셨고 아무런 죄도 없소. 그런데 어찌하여 자리를 내놓으라고 하시오?"

사마염이 화를 벌컥 냈다.

"이 나라는 본디 대 한나라였다. 조조가 천자를 끼고 제후들에게 명령하여 스스로 위왕이 되어 한나라 황실을 빼앗았다. 우리 집안은 할아버님 때부터 삼 대를 내려오며 위를 도왔다. 조씨가 천하를 얻었지만, 그건 조씨가 잘해서가 아니라 사마씨가 힘을 다했기 때문이다. 세상이 다 아는 사실이다. 내 오늘 어찌 위의 천하를 이어받지 못하겠느냐!"

장절이 다시 소리쳤다.

"그런 짓은 나라를 빼앗는 역적질이다!"

사마염은 화가 더욱 치밀어올랐다.

"나는 한나라의 원수를 갚을 뿐이다. 그런데 안 될 게 뭐 있느냐!"

사마염은 무사들에게 장절을 뜰아래로 끌고 가 몽둥이로 마구 패서 죽이라 했다. 조환은 눈물을 흘리며 무릎을 꿇고 앉아 빌었다. 사마염은 자리에서 벌떡 일어나 나가버렸다.

조환이 가충과 배수에게 말했다.

"일이 다급하게 되었소. 어찌하면 좋겠소?"

가충이 대답했다.

"하늘의 뜻이 다했습니다. 폐하께서는 하늘의 뜻을 거스르지 마시고 마땅히 한나라 헌제의 옛일을 본받으십시오. 수선대를 다시 쌓고 큰 행사의 예법을 갖추시어 진왕에게 자리를 넘겨주십시오. 그게 위로는 하늘의 뜻에 맞는 일이고, 아래로는 백성들의 바람에 따르는 일입니다. 그래야 폐하께서도 아무런 걱정 없이 지내실 수 있습니다."

조환은 그렇게 하기로 하고 가충에게 수선대를 쌓으라 했다. 12월 갑자날이었다. 조환은 문무 벼슬아치들이 모두 모인 가운데 직접 옥새를 받들고 수선대 위에 섰다.

나중에 어떤 사람이 한숨 어린 시를 읊었다.

위나라는 한나라를 삼키고, 진나라는 위나라를 삼키었네
하늘의 운수는 돌고 도니 벗어날 길 없네

나라 위해 죽은 장절 불쌍하지만

한 주먹으로 어찌 태산을 막을 수 있겠는가

조환은 진왕 사마염을 수선대 위로 오르게 한 뒤 나라의 옥새를 건네주었다. 그런 다음 바로 내려와 벼슬아치 옷을 입고 벼슬아치들 자리로 가 섰다. 사마염이 수선대 위에 흐트러짐 없이 가지런히 앉았다. 가충과 배수가 칼을 들고 왼쪽·오른쪽으로 나누어 서서 조환에게 절을 두 번 하게 한 뒤 바닥에 엎드려 명령을 듣도록 하였다.

가충이 말했다.

"한나라 건안 이십오 년에 위나라가 한나라를 이어받은 지 이미 사십오 년이 지났도다. 이제 하늘이 내린 녹이 아주 다하고, 지금 하늘의 뜻은 진에 있도다. 사마씨의 공과 덕스러움이 높고 높아 하늘에 닿고 땅에 가득하기에 황제 자리를 바르게 하여 위의 뒤를 잇도록 하노라. 이에 그대를 진류왕으로 삼으니 나가서 금용성으로 가 살도록 하라. 지금 바로 떠나되 황제의 부름이 없으면 도읍에 들어오지 말라."

조환은 울며 떠나는 인사를 하고 물러갔다.

태부 사마부가 조환 앞에 울며 절을 했다.

"제 몸은 위나라 신하였으니 끝까지 위나라를 저버리지 않겠습니다."

　　　　　　　　　　　　　

사마염은 사마부의 말과 행동을 보고 오히려 그를 안평 왕으로 삼았다. 그러나 사마부는 마다하고 물러가버렸다.

이날 문무 벼슬아치들은 수선대 아래에서 절을 두 번 하고 황제를 축하하는 만세를 불렀다. 사마염은 위의 뒤를 이어받았으며, 나라 이름을 대진이라 하였다. 연호는 태시 첫해로 바꾸고, 천하에 명령을 내려 죄수들을 풀어주거나 죄를 덜어주게 하였다. 마침내 위나라는 끝났다.

나중에 어떤 사람이 한숨지으며 시를 읊었다.

진나라는 위왕이 한 짓 그대로 본떠 했고

진류왕 뒤끝은 한나라 헌제와 마찬가지네

수선대 앞에서 똑같은 일 되풀이되니

그때를 돌아보면 그저 애달플 뿐이로다

진나라 황제 사마염은 사마의를 선제로 하고, 큰아버지 사마사는 경제로, 아버지 사마소는 문제로 했다. 이어 사당 7개를 세워 조상을 빛냈다. 7개의 사당은 이렇게 이루어졌다. 한나라 정서장군 사마균, 사마균이 낳은 예장 태수 사마량, 사마량이 낳은 영천 태수 사마준, 사마준이 낳은 경조윤 사마방, 사마방이 낳은 선제 사마의, 사마의가 낳은 경제 사마사와 문제 사마소 들이었다.

사마염은 큰일을 마무리짓고 나자 날마다 조회를 열어
오를 칠 일을 의논했다.

촉한의 성은 이미 옛 그대로가 아닌데

오나라 강산도 곧 바뀌려 하네

과연 오를 어떻게 칠는지…….

셋으로 나뉘었던 천하
끝나다

노장 양호는 두예를 추천하며 새 꾀를 바치고
손호가 항복하니 셋으로 나뉜 천하 다시 하나 되다

오 임금 손휴는 사마염이 위나라까지 빼앗아버렸다는 소식을 듣자 그다음엔 틀림없이 오를 치겠거니 생각했다. 그러다 보니 걱정이 되어 병이 나 누운 채 일어나지 못했다. 어느 날 손휴가 승상 복양흥을 궁 안으로 불러들인 뒤 태자 손완더러 절을 하라고 시켰다. 그러더니 손휴는 복양흥의 팔을 잡고 손으로 손완을 가리키며 죽었다.

복양흥은 밖으로 나와 여러 신하들과 의논 끝에 태자 손완을 새 임금으로 세우려 했다. 그러나 좌전군 만욱이 말렸다.

"손완은 어려서 나랏일을 맡아볼 수 없습니다. 오정후 손호를 세우면 좋겠습니다."

좌장군 장포가 거들었다.

"손호는 재주와 앎이 있고 끊고 맺음도 뚜렷하니 임금으로 삼을 만합니다."

복양흥은 결정을 내리기가 쉽지 않자 주태후에게 들어가 물었다.

태후가 말했다.

"나는 한낱 과부일 뿐이오. 어찌 나랏일을 알겠소? 여러 분들이 알아서 세우면 좋겠소."

마침내 복양흥은 손호를 맞아들여 임금으로 삼았다.

손호의 자는 원종으로, 대제 손권의 태자 손화의 아들이었다. 손호는 그해 7월에 황제 자리에 올라 연호를 원흥 첫해로 바꿨다. 손호는 태자 손완을 예장왕으로 삼고, 아버지 손화는 문황제로 했으며, 어머니 하씨는 태후로 높였다. 이어 정봉의 벼슬을 높여 우대사마로 삼았다. 그리고 다음 해에 연호를 다시 감로 첫해로 바꿨다.

손호는 날이 갈수록 거칠고 사나워졌다. 술과 여자에 빠져 허우적댔으며, 중상시 잠혼을 어여삐 여겨 끼고 살았다. 복양흥과 장포가 그러지 말라고 말렸으나 도리어 화를 내며 두 사람의 목을 베고, 나아가 온 일가친척까지 죄다 죽이고 말았다. 이때부터 조정의 신하들은 두려워 입을 다물고 다시는 말리지 않았다.

다음 해에 연호를 보정 첫해로 또 바꾼 뒤 육개와 만욱을 좌우승상으로 삼았다. 이때 손호는 무창에 있었다. 그래서 양주 백성들은 장강을 거슬러 올라가 모든 물건을 대야 했다. 그러자니 괴로움이 이만저만이 아니었다. 게다가 사치스럽기 짝이 없어 나라고 백성이고 모두 쪼들리기 시작했다. 이를 보다 못해 좌승상 육개가 손호에게 입바른 소리를 하는 상소문을 올렸다.

지금 아무런 재앙도 없는데 백성들이 죽어 자빠지고, 하는 일이 없는데도 나라의 살림이 바닥나 저는 몹시 안타깝습니다. 옛적에 한나라 황실이 기울기 시작하여 세 나라가 솥발처럼 버티어 섰습니다. 그러나 지금 조씨와 유씨가 참된 길을 잃어 모두 진이 차지하고 말았습니다. 바로 눈앞에서 뚜렷이 일어난 일입니다. 어리석은 저는 오로지 폐하를 위하고 나라를 안타깝게 여길 뿐입니다. 무창은 땅이 험하고 기름지지 않아 왕이 도읍으로 삼을 만한 곳이 못 됩니다. 아이들 노래에도 이런 게 있습니다.

차라리 건업의 물은 마셔도
무창의 고기는 안 먹을래

차라리 건업으로 돌아가 죽더라도

무창에선 살지 않을래

이야말로 백성들 마음과 하늘의 뜻이 뚜렷이 들어 있다고 할 수 있습니다. 지금 나라에는 한 해 살림도 더 할 수 없을 정도로 모든 물자가 바닥이 드러났습니다. 그런데도 벼슬아치들은 백성들한테서 뭐든지 뜯어내느라 들들 볶아대기만 할 뿐 백성들을 불쌍하게 여기지 않습니다. 대제 때에는 뒷궁에 여자가 1백 명도 되지 않았는데 경제 때부터는 1천 명이 넘습니다. 이는 나라의 살림살이를 그만큼 힘들게 하는 일입니다. 게다가 가까이서 모시는 사람들도 자리에 맞는 사람들이 아닙니다. 그저 끼리끼리 뭉쳐 충성스러운 사람을 해치고 어진 사람을 내쫓고 있습니다.

이러한 짓 모두 나랏일을 망치게 하고 백성들을 병들게 합니다. 부디 폐하께서는 백성들 부리는 일을 줄이시고, 지나치게 뜯어내는 일을 그만두게 하시고, 궁녀들도 내보내 줄이시고, 문무 벼슬아치를 잘 뽑아 쓰도록 하십시오. 그러면 하늘이 기뻐하고 백성들도 따르게 되어 나라가 다 편안해집니다.

상소문을 본 손호는 몹시 언짢았다. 말리든 말든 아랑곳없이 또 토목 공사를 크게 일으켜 소명궁을 짓기 시작했다.

 박상률 완역 삼국지 10

문무 벼슬아치들까지도 산에 들어가 나무를 베어오게 하였다. 또 술사 상광을 불러 점을 쳐 천하를 얻을 일을 알아보라 하였다.

상광이 점을 친 뒤 말했다.

"폐하께 좋은 일이 있으리라는 점괘가 나왔습니다. 경자년에 푸른 해 가리개를 받치고 낙양으로 들어가겠습니다."

손호는 아주 좋아라 하며 중서승 화핵에게 물었다.

"지난번 황제께서는 그대의 말을 받아들여 장수들을 여러 군데로 나누어 보내 장강 가까이에 영채 수백 개를 세워 군사를 머물게 하고, 노장 정봉이 모두 맡아 거느리도록 했소. 내 이제 한나라 땅을 아우르고 촉 임금의 원수를 갚고자 하는데 어디를 먼저 치면 좋겠소?"

그러나 화핵은 말렸다.

"촉나라는 성도를 지키지 못하여 무너졌습니다. 사마염은 틀림없이 오를 집어삼킬 마음을 품고 있습니다. 폐하께서는 마땅히 덕을 베푸시어 백성들을 편안하게 하십시오. 그게 가장 좋은 방법입니다. 만약에 억지로 군사를 움직이시면, 이는 바로 삼베옷 입고 불을 끄려는 일과 같아 도리어 자기 몸을 태우게 됩니다. 부디 폐하께서는 잘 헤아리시기 바랍니다."

손호가 화를 벌컥 냈다.

"내가 좋은 때를 놓치지 않고 옛 터전을 되찾으려 하는데 그대는 어찌하여 이토록 마땅치 않은 소리만 하는가? 만약에 조정에서 오랫동안 신하 노릇을 한 그대 낯을 살피지 않았다면 바로 목을 쳐 저잣거리에 내걸었을 테요!"

손호는 무사들더러 화핵을 궁전 문밖으로 내쫓아버리라고 했다.

화핵은 조정에서 쫓겨나오자 한숨을 길게 내쉬었다.

"안타까운 일이로다. 이 아름다운 강산이 머지않아 남 차지가 되겠구나!"

화핵은 숨어 살며 다시는 나오지 않았다.

손호는 진동장군 육항에게 강어귀에 군사를 거느리고 가 있으면서 양양을 칠 틈을 엿보도록 했다.

이 소식은 일찌감치 낙양으로 알려져, 가까이에서 모시는 신하들이 진 임금 사마염에게 보고했다. 사마염은 육항이 양양을 치려 한다는 보고를 받자 뭇 벼슬아치들과 의논했다.

가충이 나서서 말했다.

"제가 듣기에 오나라 손호는 덕으로 다스리지 않고 막된 짓만 골라 하고 있답니다. 폐하께서는 도독 양호에게 조서를 내리시어 군사를 이끌고 가 막도록 하십시오. 동오에 뭔가 일이 일어나기를 기다렸다가 그 틈을 노려 들이치면 됩니다. 그러면 동오는 손바닥 뒤집듯이 쉽게 얻을 수 있습니다.”

사마염은 크게 기뻐하며 바로 양양의 양호에게 조서를 보냈다. 양호는 조서를 받자 군사와 말을 살펴 가지런히 하여 적을 맞아 싸울 준비를 하였다. 이때부터 양호는 양양에 머물며 지키면서 군사와 백성들의 마음을 깊이 얻었다. 오나라 사람으로 항복했다가 다시 돌아가고 싶어 하면 모두 다 되돌려 보내주었다. 또 서서 지키는 군사와 돌아다니며 살피는 군사들 수를 줄여 밭을 8백 경 넘게 일구었다. 그러했기에 그가 처음 왔을 때는 군사들 먹을 식량이 1백 일 치도 안 되었는데 그해 말에는 10년 먹을 식량이 쌓였다.

양호는 군중에 있을 때는 언제나 가벼운 가죽옷에 널따란 띠를 둘렀으며 갑옷은 입지 않았다. 막사 앞에서 지키는 군사도 여남은 명밖에 되지 않았다.

어느 날 부하 장수가 막사로 들어와 말했다.

“염탐꾼이 와서 그러는데, 오군이 모두 풀어져 있답니다. 막을 준비를 게을리하고 있는 이때를 타서 들이치면 반드시 크게 이길 수 있습니다.”

양호가 웃었다.

“그대들에겐 육항이 아주 우습게 보이는 모양이오. 그 사람은 슬기며 꾀가 뛰어나오. 예전에 그 사람이 오 임금의 명령을 받아 서릉을 쳤소. 그때 보천을 비롯해 장수와 군사들 수십 명을 베었는데, 나도 구하지 못하고 말았소. 그 사람이 장수로 있으니, 우리는 지키기만 하면서 그 나라 안에 무슨 일이 일어나기만을 기다렸다가 칠 틈을 엿보아야 하오. 만약에 돌아가는 판을 살피지 않고 가벼이 나아가면 그것이 바로 지는 길로 가는 거요.”

장수들은 모두 그 말에 느껴지는 바가 많아 오로지 굳게 지키기만 했다.

양호가 장수들을 이끌고 사냥을 하러 나간 날이었다. 마침 그때 육항도 사냥을 하고 있었다.

양호가 명령을 내렸다.

“우리 군사는 우리 땅을 벗어나지 않도록 조심하라.”

장수들은 그 명령에 따라 진나라 땅 안에서만 사냥을 할 뿐 오나라 땅을 넘어가지 않았다.

육항이 이를 보고 한숨을 내쉬었다.

“양장군의 군사는 질서가 잡혀 있어 함부로 해볼 수가 없겠구나!”

날이 저물자 사냥터에서 다 물러났다. 양호는 군중으로 돌아가자 잡은 짐승들 가운데 오나라 군사가 쏜 화살을 먼저 맞았다가 이쪽으로 넘어와 잡힌 짐승은 죄다 추려내어

돌려보냈다. 오나라 군사들이 모두 좋아하면서 육항에게
보고했다.

육항이 짐승을 가지고 심부름 온 사람을 불러 물었다.

"자네 대장도 술을 드시는가?"

"좋은 술이 생길 때만 드십니다."

육항이 웃으며 말했다.

"내가 오랫동안 간수하고 있던 술이 한 말쯤 있네. 자네에
게 줄 테니 가져가서 도독께 드리게. 이 술은 육 아무개가
직접 담가두고 마시던 것인데, 어제 사냥터의 정을 생각하
여 얼마 안 되지만 특별히 보내드린다고 여쭈게나."

심부름 온 사람은 술을 가지고 돌아갔다.

곁에 있던 이들이 육항에게 물었나.

"장군께서 저쪽에 술을 보내신 까닭이 있으십니까?"

"그쪽에서 내게 덕을 베풀었는데 내 어찌 갚지 않을 수
있겠소?"

그 말에 모두들 깜짝 놀랐다.

심부름 갔던 이가 돌아와 양호에게 육항이 물은 말과 술
을 가져온 일을 자세히 보고했다.

양호가 웃었다.

"그 사람도 내가 술을 마시는 줄 알고 있더란 말이지!"

양호는 곧장 술독 뚜껑을 열고 마시려 했다. 이에 부하 장

수 진원이 말렸다.

“혹시라도 허튼짓을 해놓지 않았는지 모를 일입니다. 도독께서는 서둘러 마시지 마십시오.”

양호가 웃었다.

“육항은 남에게 독을 먹일 사람이 아니오. 쓸데없이 의심하지 마시오.”

양호는 술독을 기울여 따라 마셨다.

이때부터 양호와 육항은 서로 사람을 보내 늘 왔다 갔다 하게 했다.

어느 날 육항이 양호에게 사람을 보내 어떻게 지내는지를 물었다.

이에 양호가 온 사람에게 물었다.

“육장군께서도 편안하신가?”

“장군께서는 지금 병이 나셔서 며칠째 누워 계시면서 나오지 못하십니다.”

“육장군께서도 나와 같은 병을 앓으실 거네. 내 이미 지어 놓은 약이 있으니 가져가 드시도록 하게.”

육항이 보낸 사람은 약을 가지고 육항에게 돌아갔다.

뭇 장수들이 말렸다.

“양호는 우리의 적입니다. 그 약은 틀림없이 좋은 약이 아닐지도 모릅니다.”

육항이 손을 내저었다.

"양숙자는 사람에게 독을 먹일 사람이 아니오! 그대들은 아무런 의심을 하지 마시오."

그런 뒤 그 약을 먹었다. 다음 날 육항의 병이 나아 장수들이 모두 축하 인사를 했다.

육항이 말했다.

"저쪽에서는 오로지 덕으로 우리를 대하는데 우리가 사납게만 나가면 안 되오. 그러면 미처 싸우기도 전에 저쪽한테 우리가 끓리고 마오. 지금은 마땅히 서로 자기 땅을 지키기만 하면 되지, 자잘한 데서 뭔가를 얻으려 해서는 안 되오."

장수들은 모두 그 명령에 따랐다. 그때 갑자기 오 임금이 보낸 사람이 왔다는 보고가 들이왔다. 육항이 맞아들여 물으니 그 사람이 대답했다.

"천자께서 장군께 빨리 군사를 몰고 나아가 진나라 군사가 먼저 쳐들어오지 못하도록 하라고 이르셨습니다."

육항이 말했다.

"그대는 먼저 돌아가시오. 내 곧 상소문을 올려 아뢰겠소."

그 사람이 돌아가자, 육항은 곧장 상소문을 써서 사람을 시켜 건업으로 보냈다. 가까이 모시는 신하가 상소문을 바치자 손호가 펼쳐 읽어보았다. 진나라를 아직 칠 수 없는 이유가 들어 있었다. 이어 임금에게 권하는 말이 들어 있었다. 덕을 닦고 벌주기를 조심스럽게 하여 나라 안을 편안하게 해야지, 함부로 싸움을 하려 하면 안 된다고 했다.

손호는 다 읽고 나자 화가 치밀어올랐다.

"내 들으니 육항이 만날 바깥쪽에 있으면서 적과 서로 오간다더니, 인제 보니 맞는 말이었구먼!"

손호는 육항에게 바로 사람을 보내 군사 다스리는 힘을 쓰지 못하게 하고, 벼슬도 사마로 깎아내렸다. 이어 좌장군 손익더러 그 군사를 대신 맡아 거느리도록 했다. 신하들은 두려워 아무도 말리지 못했다.

손호는 연호를 건형이라고 바꾼 뒤 봉황 첫해에 이르기까지 모든 일을 제멋대로 하였다. 게다가 군사들을 오랫동안 멀리 내보내 머물러놓고 있으니 위고 아래고 투덜대지 않는 이가 없었다.

승상 만욱을 비롯해 장군 유평과 대사농 누현은 손호가 막되게 구는 것을 그냥 두고만 볼 수 없어 바른말을 하며 말리다가 모두 죽고 말았다. 앞뒤로 10년 남짓 되는 세월 동안 손호는 충신을 40명 넘게 죽였다. 손호는 들고 날 때는 항상 단단히 무장한 말 탄 군사 5만 명을 거느리고 다녔다. 이에 신하들은 두려움에 떨며 어찌해볼 생각도 못 냈다.

한편 양호는 육항이 군사 다스리는 힘을 빼앗기고 손호

가 덕을 다 잃은 걸 알고 이 틈을 타 오를 쳐야 한다고 생각했다. 그래서 글을 써서 낙양으로 올려보내며 오를 치게 해달라고 했다.

무릇 일을 할 수 있는 알맞은 때와 운은 하늘이 주시지만 공은 반드시 사람이 이룹니다. 장강과 회수가 험하다 해도 검각만큼 험하지는 않습니다. 그러나 손호의 사나움은 유선보다 더합니다. 이에 오나라 백성들의 괴로움은 파와 촉의 백성들보다 더 큽니다. 대 진나라의 군사는 지난날보다 더욱 세졌습니다. 이러한 때에 천하를 하나로 아우르지 않고 그저 군사를 눌러두며 계속 지키고만 있으라 하면 안 됩니다. 그러면 천하가 먼 곳을 지키는 일에 지쳐 어려움을 겪게 되고 마침내 모든 세 나 사그라지고 맙니다. 그러니 오래 기다릴 수 없습니다.

사마염은 글을 보고 아주 좋아라 하며 바로 군사를 일으키려 했다. 그러나 가충을 비롯해 순욱과 풍담 세 사람이 힘써 말리는 바람에 그만두고 말았다. 양호는 위에서 자기의 뜻을 받아들여주지 않자 한숨을 내쉬었다.

"세상에 뜻대로 되지 않는 일이 열에 여덟아홉이지. 하지만 지금은 하늘이 주시는데도 받을 수 없으니 어찌 안타깝지 않겠는가!"

함녕 4년에 양호는 조정으로 들어갔다. 벼슬을 내놓고 고향으로 돌아가 병을 다스리기 위해서였다.

사마염이 물었다.

"그대는 내게 나라를 편안하게 할 방법을 가르쳐줄 수 없겠소?"

양호가 대답했다.

"손호가 백성을 거칠고 사납게 다루며 괴롭히는 일이 이제 더할 수 없는 데까지 이르렀습니다. 그러므로 싸우지 않고도 이길 수 있습니다. 만약에 운 나쁘게도 손호가 죽고 어진 임금이 들어서면 폐하께서는 오나라를 얻으실 수 없습니다."

사마염은 크게 깨달았다.

"지금 다시 그대가 군사를 끌고 가 오를 치면 어떻겠소?"

"저는 지금 늙고 병들어 그 일을 맡기에 마땅치 않습니다. 폐하께서는 슬기롭고 씩씩한 장수를 고르십시오."

양호는 사마염에게 인사를 하고 돌아갔다. 그해 11월, 양호의 병이 깊어지자 사마염은 수레를 타고 직접 그의 집으로 병문안을 갔다. 누워 있는 자리까지 사마염이 들어오자 양호는 눈물을 흘렸다.

"저는 만 번 죽어도 폐하의 크나큰 은혜를 다 갚지 못하겠습니다."

사마염도 울었다.

"나는 그대가 오를 치자고 할 때 그리하지 않은 게 두고 두고 뉘우쳐지오. 이제 누가 그대의 뜻을 이을 만하오?"

양호가 계속 눈물을 글썽이며 말했다.

"저는 이제 죽습니다. 제 어리석은 생각이나마 마음을 다 해 말씀드리겠습니다. 우장군 두예가 그 일을 맡기에 마땅합니다. 오를 치시려거든 그 사람을 쓰십시오."

"바르고 어진 사람을 추천하는 일은 아름답소. 그런데 그대는 조정에 사람을 추천할 때마다 어찌하여 추천장을 태워버려 남이 알지 못하게 하셨소?"

"벼슬은 조정에서 받는데 추천해주었다고 개인적으로 집에 찾아와 고맙다고 히는 걸 지는 마땅치 않다고 여겼기 때문입니다."

양호는 말을 마치자 숨을 거두었다. 사마염은 목을 놓아 울며 궁으로 돌아와 양호를 태부 거평후로 삼았다.

양호가 세상을 떴다는 소식을 들은 남주 백성들은 가게 문을 닫고 울었다. 강남 땅을 지키던 장수와 군사들도 모두들 울었다. 양양 사람들은 양호가 살아 있을 때 늘 현산에서 노닐던 일을 떠올려 그곳에 사당을 짓고 비석을 세운 뒤 철마다 제사를 지냈다. 오고 가다 그 비석의 글을 본 사람 가운데 눈물을 흘리지 않는 이가 없었다. 그래서 그 비석을 눈물 흘리게 하는 비석이라는 뜻으로 '타루비'라 불렀다.

나중에 어떤 사람이 양호를 기리는 시를 읊었다.

새벽에 언덕에 올라 진나라 신하 생각하네
옛 비석은 초라해도 현산은 봄이어라
소나무 사이로 쉼 없이 떨어지는 이슬 방울
그때 사람들이 흘렸던 눈물인가 싶네

사마염은 양호의 말에 따라 두예를 진남대장군으로 삼아 형주의 모든 일을 맡아보도록 했다. 두예는 일을 다루는 데 있어 무르익을 대로 익어 빈틈이 없고, 학문을 닦는 일에도 게으름을 피우지 않았다. 특히 좌구명의 《춘추전》을 즐겨 읽어 앉으나 누우나 늘 손에 책을 들고 있었다. 또 들고 날 때면 언제나 사람을 시켜 《좌전》을 들고 말 앞에 나아가게 했다. 이에 사람들은 그를 《좌전》에 미친 사람이라 하여 '좌전벽'이라 불렀다. 두예는 사마염의 명령을 받들어 양양에서 백성들을 살피고 군사를 기르면서 오를 칠 준비를 했다.

이때 오나라에서는 정봉과 육항이 모두 죽고 없었다. 오 임금 손호는 날마다 신하들과 함께 술자리를 열어 신하들이 잔뜩 취할 때까지 마시도록 했다. 또 황문랑 10명을 시켜 벼슬아치들의 잘못을 뒤지게 하였다. 그들은 술자리가 끝날 때마다 저마다 신하들의 잘못을 알리는 일을 했다. 그들에게 잘못한 일이 있다고 찍힌 사람은 얼굴 가죽을 벗기거나 눈알을 파내게 했다. 이에 나라 안 사람들은 모두 두려움에 벌벌 떨었다.

진나라의 익주 자사 왕준은 상소문을 올려 오를 치자고 했다.

손호는 술과 계집에 빠져 막된 짓만 골라 하는 역적이니 마땅히 서둘러 무찔러야 합니다. 만약에 하루아침에 손호가 죽고, 어진 임금이 다시 들어서면 강한 적이 되고 맙니다. 제가 배를 만든 지 7년이나 되어 하루가 다르게 낡아가고 있습니다. 또 제 나이도 70이라 언제 죽을지 모릅니다. 이 셋 가운데 하나라도 어그러지면 꾀하기가 어려워집니다. 부디 폐하께서는 기회를 잃지 않도록 하시기 바랍니다.

사마염은 상소문을 보고 나서 신하들과 의논했다.

"왕공의 말은 양도독의 뜻과도 같소. 나는 결정했소."

그러나 시중 왕혼이 말렸다.

"제가 듣자니, 손호가 북쪽으로 쳐들어오기 위해 군사를 이미 다 가다듬어 씩씩함과 기운이 한창 올라 있어 싸우기 어렵다 합니다. 다시 일 년만 더 기다렸다가 그쪽이 지칠 때

치면 공을 이룰 수 있습니다.”

사마염은 그 말을 좇아 조서를 내려 군사를 움직이지 못하게 했다. 그런 뒤 뒷궁으로 들어가 비서승 장화와 함께 심심풀이로 바둑을 두었다.

가까이 모시는 이가 들어와 나라 멀리서 글이 왔다고 했다. 사마염이 받아 펼쳐보니 두예가 보낸 글이었다.

예전에 양호 장군은 조정의 신하들과 널리 의논하지 않고 폐하께만 살짝 계획을 알렸기에 조정의 신하들 의견이 갈리고 말았습니다. 모름지기 일이란 좋고 나쁜 것을 따져서 해야 합니다. 이번에 일을 벌이면 좋은 건 열에 여덟아홉이고, 좋지 않은 건 거의 없습니다. 지난가을부터 적을 칠 준비를 하는 우리 쪽 모습이 많이 드러났습니다. 만약 여기서 그만둔다면 손호는 겁을 먹어 무창으로 도읍을 옮기고, 강남의 모든 성을 제대로 고쳐 백성들을 옮겨 살게 하겠지요. 그리되면 성을 칠 수도 없고 들에 털어 먹을 곡식도 없게 됩니다. 지금 기회를 놓치면 내년에도 계획을 이루기 어렵습니다.

사마염이 글을 다 보고 나자 장화가 자리에서 벌떡 일어나 바둑판을 밀치더니 두 손을 모으고 말했다.

“폐하께서는 밝고 뛰어나신데다 씩씩하셔서 나라도 넉넉

하고 백성들도 굳세기 짝이 없습니다. 오 임금은 하는 짓이 지저분하고 거칠어 백성들은 걱정에 빠져 허우적대고 나라는 엉망진창입니다. 지금 쳐들어가면 그다지 힘들이지 않고 가라앉힐 수 있습니다. 부디 폐하께서는 아무런 의심을 하지 마시기 바랍니다."

사마염이 말했다.

"그대 말이 좋고 나쁨을 다 꿰뚫고 있는데 내 또 무엇을 의심하겠소."

사마염은 곧바로 대궐로 나가 명령을 내렸다. 진남대장군 두예를 대도독으로 삼아 군사 10만 명을 이끌고 강릉으로 나아가게 하고, 진동대장군 낭야왕 사마주는 도중으로, 안동대장군 왕혼은 횡상으로, 건위장군 왕융은 무창으로, 평남장군 호분은 하구로 나아가게 했다. 저마다 군사를 5만 명씩 이끌되 모두 두예의 명령을 받도록 했다. 이어 용양장군 왕준과 광무장군 당빈을 시켜 장강을 따라 동쪽으로 내려가도록 했다. 이러고 보니 물과 뭍의 군사가 모두 20만 명이 넘었다. 또 싸움배가 수만 척이었다. 마지막으로 관군장군 양제는 양양으로 나가 머물면서 모든 길의 군사를 살펴 관리하도록 했다.

이러한 소식은 동오에 재빨리 알려졌다.

오 임금 손호는 소스라치게 놀랐다. 부리나케 승상 장제, 사도 하식, 사공 등순을 불러 적을 물리칠 일을 의논했다.

장제가 말했다.

"거기장군 오연을 도독으로 삼아서 강릉으로 군사를 몰고 나가 두예를 맞아 싸우게 하십시오. 표기장군 손흠은 하구 쪽으로 군사를 몰고 나가 적을 막게 하십시오. 저도 굳세게 마음먹고 장수가 되어 좌장군 심영 및 우장군 제갈정과 함께 군사 십만 명을 거느리고 우저로 나아가 머물며 여러 길의 군사를 돕도록 하겠습니다."

손호는 그의 말을 좇아 장제에게 군사를 거느리고 떠나도록 했다.

손호는 물러나 뒷궁으로 들어갔다. 걱정스런 빛이 얼굴에서 가시지 않았다. 어여삐 여기는 중상시 잠혼이 어인 일인지를 묻자 손호가 대답했다.

"진나라 군사가 크게 몰려와 내 이미 여러 갈래로 군사를 나누어 막게 했네. 그런데 왕준이 군사 수만 명을 이끌고 싸움배까지 갖추어 물을 타고 내려오는 게 걱정이네. 몰려오는 기운이 무척 날카롭다 하니 더욱 걱정일세."

잠혼이 말했다.

"저에게 왕준의 배를 다 가루로 만들어버릴 방법이 하나 있습니다."

손호가 크게 기뻐하며 그 방법이 뭐냐고 묻자 잠혼이 대답했다.

"강남에는 쇠가 많으니 길이가 수백 길 되는 쇠사슬을 백 개 넘게 만들게 하십시오. 고리마다 무게가 이삼십 근씩 나가게 튼튼하게 만들어서 강을 따라가며 중요한 길목마다 가로질러 걸쳐놓도록 하십시오. 또 기다란 쇠말뚝 수만 개를 만들어 강물 속에 박아놓게 하십시오. 그러면 진나라 배들이 바람을 타고 내려오다가도 쇠말뚝을 만나기만 하면 부서져버릴 텐데 어떻게 강을 건너올 수 있겠습니까?"

손호는 아주 마음에 들어 했다. 바로 대장장이들을 모아 강변에서 밤낮없이 쇠사슬과 쇠말뚝을 만든 뒤 알맞은 자리마다 걸쳐놓고 박아놓게 했나.

한편 진나라 도독 두예는 군사를 거느리고 강릉으로 나왔다. 아장 주지더러 수군 8백 명을 이끌고 작은 배로 몰래 장강을 건너 밤에 낙향을 들이치도록 했다. 그런 뒤 숲 우거진 산속에 깃발들을 많이 세워놓은 다음 낮에는 쾅 소리를 내고 북을 치며, 밤에는 여기저기서 횃불을 들어올리라 했다. 주지는 명령을 받자 수군을 이끌고 강을 건너가 파산 속에 숨었다. 다음 날 두예는 대군을 거느리고 물과 뭍 양쪽으로 나아갔다.

앞을 살피던 군사가 와서 보고했다.

"오나라 임금이 오연은 뭍길로 보내고 육경은 물길로 보냈는데, 손흠을 앞장세워 세 길로 나누어 맞아 싸우러 오고 있습니다."

두예는 군사를 거느리고 계속 나아갔다. 손흠의 배가 먼저 이르렀다. 양군이 맞닥뜨리자마자 두예는 군사를 뒤로 물러가게 했다. 손흠이 군사를 이끌고 강언덕으로 올라와 뒤를 쫓았다. 20리도 채 못 갔을 때 갑자기 쾅 소리가 한 방 나더니 사방에서 진군이 뛰쳐나왔다. 오군은 급히 돌아가려 했으나 두예가 기운을 몰아 몰아치는 바람에 죽어 나자빠지는 군사가 헤아릴 수도 없었다. 손흠은 달아나 성 가까이까지 이르렀다. 그때 주지가 이끌고 온 군사 8백 명이 같이 섞이더니 성 안으로 들어가 성 위에서 횃불을 들었다.

손흠이 소스라치게 놀라며 중얼거렸다.

"북쪽에서 온 군사들이 날아서 강을 건넜단 말인가?"

급히 물러가려 하는데 주지가 한소리 크게 내지르며 달려들어 그를 베어 말 아래로 고꾸라뜨렸다.

육경은 배 위에서 강 남쪽 언덕을 바라보았다. 한 줄기 불이 일며 파산 위에 큰 깃발이 하나 나부꼈다. '진 진남대장군 두예'라고 쓰여 있는 깃발이었다. 육경은 깜짝 놀라 강언덕으로 올라가 달아나려 했다. 그러나 진나라 장수 장상이 어느 틈에 말을 달려와 단칼에 육경을 베고 말았다. 오연은 자기 쪽 군사가 다 지자 성을 버리고 달아났다. 그러나 숨어 있던 군사에게 사로잡혀 묶인 채 두예 앞으로 끌려갔다.

두예가 말했다.

"살려둬봐야 쓸 데도 없는 놈이다!"

그러면서 무사들에게 오연을 베어버리도록 했다.

이리하여 마침내 강릉을 손에 넣었다. 그러자 원수와 상수 쪽에서부터 광주의 여러 고을에 이르기까지 고을 우두머리들이 바람결에 소문만 들려도 도장을 들고 달려와 항복했다.

두예는 황제의 믿음을 나타내는 기를 지닌 사람을 보내 백성들을 달래고 어루만지며 손톱만큼도 괴롭히는 일이 없도록 했다.

두예는 군사를 몰고 계속 나아가 무창을 들이쳤다. 무창 역시 항복했다. 두예군의 힘은 갈수록 널리 알려졌다. 마침내 두예는 장수들을 죄다 모아놓고 건업을 칠 일을 의논했다.

호분이 말했다.

"백 년이나 맞서 싸워온 적을 모두 내리누르기는 어렵습니다. 더구나 지금은 봄물이 불어날 때라 오래 머물러 있기도 어렵습니다. 내년 봄을 기다렸다가 다시 군사를 크게 일으키는 게 좋겠습니다."

두예가 손을 내저었다.

"옛적에 악의는 제수 서쪽에서 한판 싸움을 벌여 강한 제 나라를 눌렀소. 지금 우리 군사의 힘이 아주 좋으니 말 그대로 대나무를 쪼개듯이 막힘없이 무찔러 나갈 수 있소. 조금 더 지나면 칼을 대지 않아도 모두 저절로 무너져버리오."

마침내 여러 장수들에게 글을 보내, 날짜를 잡아 만나서 한꺼번에 밀고 나아가 건업을 치기로 했다.

이때 용양장군 왕준은 수군을 거느리고 물을 따라 내려가고 있었다.

앞을 살피던 군사가 보고했다.

"오나라 사람들이 쇠사슬을 만들어 강을 따라 가로질러 걸쳐놓고, 강물 속에는 쇠말뚝을 박아 막을 준비를 하고 있습니다."

왕준은 껄껄 웃더니 커다란 뗏목을 수십 개 만들도록 했다. 그런 뒤 풀을 묶어 만든 허수아비에다 갑옷을 입히고 무기를 들려 뗏목 위에 둘러세운 다음 물을 따라 떠내려보냈다. 이를 본 오군은 모두 산 사람인 줄 알고 달아나기에 바빴다. 물속에 몰래 박아놓았던 쇠말뚝은 뗏목에 걸려 죄다 뽑혀 떠내려가고 말았다. 또 뗏목 위에는 큰 횃불을 만들어 실었는데, 길이는 여남은 길에 둘레는 여남은 아름이나 되었다. 횃불에는 삼씨 기름을 잔뜩 들이부어놓았다. 쇠사슬이 나타나기만 하면 횃불의 불이 쇠사슬을 녹여 잠깐 사이에 다 끊어버렸다. 마침내 진군은 두 길로 나누어 장강을 따라 내려가면서 이르는 곳마다 이겼다.

한편 동오 승상 장제는 좌장군 심영과 우장군 제갈정을 내보내 진군을 맞아 싸우게 했다.

심영이 제갈정에게 말했다.

"강 위쪽 군사들이 제대로 막지 못했으니 틀림없이 진군이 여기까지 옵니다. 그러니 힘을 다해 막아야겠소. 다행히 싸움에 이기면 강남은 저절로 편안해지오. 그러나 강을 건너가 싸우다 불행스럽게 지기라도 하면 모든 일이 다 끝나고 마오."

제갈정이 고개를 끄덕였다.

"맞습니다. 공의 말씀 그대로입니다."

그 말이 미처 끝나기도 전에 보고가 들어왔다. 진나라 군사가 물을 따라 내려오는데 밀어닥치는 걸 막을 방법이 없다고 했다. 두 사람은 깜짝 놀랐다. 부리나케 장제에게 가서 의논했다.

제갈정이 장제에게 말했다.

"동오가 위험합니다. 어찌하여 달아나지 않으십니까?"

장제가 눈물을 흘리며 대답했다.

"오나라가 곧 망하리라는 사실은 똑똑한 사람이든 어리석은 사람이든 다 아는 일이오. 그러나 임금과 신하가 모두 다 항복하고 한 사람도 나라의 큰 난리 속에 죽는 이가 없다면 이 또한 부끄러운 일 아니겠소!"

제갈정도 눈물을 흘리며 떠나갔다.

장제는 심영과 함께 군사를 몰아 적을 막으며 싸웠다. 진군이 한꺼번에 달려들어 에워싸더니 주지가 앞장서서 오군 영채로 쳐들어왔다. 장제는 혼자서 힘을 다해 싸웠으나 어지러이 싸우는 틈 속에서 그만 죽고 말았다. 심영은 주지한테 죽었다. 싸움에 진 동오 군사들은 사방으로 흩어져 달아났다.

나중에 어떤 사람이 장제를 기리는 시를 읊었다.

파산에 두예가 큰 깃발 내세우자

강동의 장제, 충성스럽게 죽어갔네

이미 왕의 기운 남쪽에서 다하였지만

다 알면서도 굳이 살려고 몸부림치지 않았네

진나라 군사는 우저를 빼앗은 뒤 동오 땅 깊숙이 들어갔다. 왕준은 사람을 보내 소식을 알렸다. 보고를 받은 사마염은 무척 좋아라 했다.

가충이 말했다.

"우리 군사들이 밖에서 너무 오랫동안 고생하고 있습니다. 게다가 물과 땅이 맞지 않아 틀림없이 병이 나고 맙니다. 불러들이셨다가 나중에 또 꾀하도록 하십시오."

장화가 반대했다.

"이제 우리 대군이 적의 텃밭 깊숙이 들어가서 동오 사람들 간덩이가 다 떨어졌으니 한 달을 못 넘기고 다 사로잡히고 마오. 이런 때에 가벼이 군사를 불러들이면 지금까지 세운 공이 다 쓸데없이 되고 말지요. 그렇게 되면 참으로 안타깝기 그지없는 일이 됩니다."

사마염이 미처 뭐라고 하기도 전에 가충이 장화를 꾸짖었다.

"그대는 하늘의 때와 땅의 좋고 나쁨을 살피지 않고 함부로 공 세울 일만 생각하여 군사들을 끝없이 고생시키려 하고 있소. 비록 그대 목을 벤다고 하여도 천하의 용서를 받을 수 없소!"

사마염이 말했다.

"이는 바로 나의 뜻이오. 장화의 생각이 내 생각과 같은데 말다툼할 게 뭐 있소!"

그때 두예가 보낸 글이 왔다는 보고가 들어왔다. 사마염이 글을 살펴보니 역시 서둘러 군사를 몰고 나가야 한다는 내용이었다. 사마염은 두 번 생각하지도 않고 끝까지 밀고 나가라는 명령을 내렸다.

왕준 무리는 진 임금의 명령을 받아 물길과 뭍길 양쪽으로 나아갔다. 나아가는 모습이 마치 바람 같고 벼락같아서 오나라 사람들은 깃발만 보여도 항복했다.

오 임금 손호는 이러한 소식을 듣자 소스라치게 놀라 낯빛이 바뀌었다.

여러 신하들이 투덜거렸다.

"북쪽 군사는 나날이 가까이 다가오는데 강남 군사와 백성들은 싸우지도 않고 항복해버리니 앞으로 어찌해야 좋겠습니까?"

손호가 대꾸했다.

"무슨 까닭에 싸우지 않소?"

모두들 입을 모아 대답했다.

"오늘 이렇게 화를 입게 되었는데, 그것은 모두 잠혼의 죄입니다. 부디 폐하께서는 그 사람을 죽이십시오. 그러면 저희들은 성 밖에 나가 죽기로 한번 싸워보겠습니다."

손호가 시큰둥한 표정을 지었다.

"한낱 환관 한 사람이 어떻게 나라를 그르칠 수 있소?"

모두들 소리를 내질렀다.

"폐하께서는 어찌하여 촉을 망친 황호를 떠올리지 못하

십니까!"

마침내 그들은 임금의 명령도 기다리지 않고 한꺼번에 궁 안으로 몰려가 잠혼을 쳐죽이고 그 살을 뜯어 날로 씹어 삼켰다.

도준이 나서서 말했다.

"제가 거느린 싸움배는 모두 작습니다. 군사 이만 명을 큰 배에 태워 싸우면 너끈히 적을 깨부술 수 있습니다."

손호는 그 말을 받아들여 어림군을 빼어 내주며 도준더러 강 위쪽으로 올라가 적을 맞아 싸우도록 했다. 이어 전장군 장상은 수군을 이끌고 강을 내려가 적을 맞아 싸우도록 했다. 두 사람이 군사를 거느리고 막 떠나려 하는데 뜻밖에도 서북풍이 크게 일며 오군 깃발이 죄다 서 있지 못하고 배 안쪽으로 쓰러져버렸다. 이에 군사들은 이를 좋지 않게 여겨 배에서 내려 사방으로 흩어져 달아나버렸다. 장상은 수십 명밖에 안 되는 군사만 데리고서 적을 기다릴 수밖에 없었다.

한편 진나라 장수 왕준은 돛을 높이 올리고 나아갔다. 삼산을 지날 때 배를 맡은 장수가 말했다.

"바람과 물결이 너무 거세어 배가 나아갈 수가 없습니다. 바람이 잦아들기를 기다렸다가 가시지요."

왕준이 화를 벌컥 내며 칼을 뽑아 들고 꾸짖었다.

"내 이제 곧 석두성을 얻을 참인데 어찌 그런 소리를 하느냐!"

왕준은 북을 치며 크게 나아가게 했다. 이때 동오 장수 장상이 군사를 이끌고 와 항복하겠다고 했다.

왕준이 장상에게 말했다.

"참으로 항복하는 거라면 앞장서서 공을 세우도록 하라."

장상은 자기 배로 돌아간 뒤 곧바로 석두성 아래로 가 성문을 열라고 소리쳤다. 그런 뒤 진군을 성 안으로 맞아들였다.

손호는 진군이 성으로 들어왔다는 소식을 듣자 스스로 목을 찔러 죽으려 했다. 그러나 중서령 호충과 광록훈 설영이 말렸다.

"폐하께서는 어찌하여 안락공 유선을 본받지 않습니까?"

손호는 그 말을 좇아, 수레에 관을 싣고 두 손을 뒤로 묶은 채 문무 벼슬아치들을 이끌고 왕준의 군영 앞으로 가서 항복했다. 왕준은 묶은 것을 풀어주고 관을 불사른 뒤 왕의 예법으로 그를 대접했다.

나중에 당나라 때 어떤 사람이 한숨 어린 시를 읊었다.

지붕 덮인 진나라 배들이 익주에서 내려오니

금릉의 왕의 기운, 보이지 않는 데로 사라지네

천 길 쇠사슬은 강바닥에 가라앉고

박상률 완역 삼국지 10

한 폭 항복 깃발, 석두성에서 나오네

인간 세상 살다 보면 가슴 아픈 일 몇 번인가

산은 예전 그 모습으로 흐르는 물에 잠겨 있네

이제 천하가 한 집안이 되는 날 왔건만

가을 옛 성터엔 갈대들만 쓸쓸히 견디고 있더라

이에 동오의 4개 주, 43개 군, 313개 현은 진나라 것이 되고 말았다. 이때 가구 수는 52만 3천 집이었는데, 벼슬아치는 3만 2천 명, 군사는 23만 명, 남자·여자·늙은이·어린아이 해서 모두 230만 명이었다. 쌀을 비롯한 곡식 280만 섬에, 배가 5천 척 조금 넘었고, 뒷궁의 궁녀가 5천 명 남짓 되었다.

큰일이 끝나자 방을 붙여 백성들의 마음을 달래었다. 또 모든 창고를 닫아걸고 열지 못하도록 했다.

다음 날 도준의 군사는 싸워보지도 못하고 저절로 무너지고 말았다. 낭야왕 사마주와 함께 왕융의 대군이 모두 왔다. 그들은 왕준이 큰 공을 세운 걸 보고 마음속으로 아주 기뻐했다.

다음 날 두예도 왔다. 전군을 모두 배불리 먹이고, 창고를 열어 식량과 물자를 내다 동오 백성들을 보살펴주었다. 이에 동오 백성들은 비로소 마음을 놓았다.

오로지 건평 태수 오언만이 성 문을 굳게 닫고 항복하지 않고 있었으나, 동오가 무너졌다는 소식을 듣자 항복했다.

왕준은 글을 올려 싸움에 이겼음을 알렸다. 조정에서는 오를 가라앉혔다는 소식을 듣고 임금과 신하가 모두 모여 다 함께 축하했다.

사마염이 술잔을 잡은 채 눈물을 주르륵 흘렸다.

"이는 태부 양호의 공인데, 이걸 직접 보지 못하고 죽었으니 참으로 애달픈 일이오!"

오에서 진으로 넘어와 벼슬을 살고 있는 표기장군 손수는 손책이 애써 닦은 오가 망하니 마음이 몹시 언짢고 괴로웠다. 조정에서 물러나오자 남쪽 하늘을 바라보며 울부짖었다.

"옛적에 토역장군은 젊어서 한낱 교위로 나라의 터전을 닦아 세웠는데, 지금 손호는 강남을 그대로 들어 바치는구나! 까마득히 멀고 푸른 하늘이여, 이게 누구 때문이란 말이오!"

한편 왕준은 군사를 거두어 돌아오면서 손호를 낙양으로 데리고 가 임금을 만나게 했다. 손호가 대궐로 들어가 진 황제 사마염에게 머리를 조아렸다. 사마염이 자리에 앉으라 하면서 말했다.

"내가 이 자리를 마련해놓고 그대를 기다린 지 오래요."

손호가 말을 받았다.

"저도 남쪽에 이런 자리를 마련해놓고 폐하를 기다렸습니다."

사마염이 껄껄 웃었다.

가충이 손호에게 물었다.

"듣자니 그대는 남쪽에 있을 때 걸핏하면 사람의 눈알을 뽑고 얼굴 가죽을 벗겨냈다던데 그건 무슨 벌이오?"

손호가 대답했다.

"신하로서 임금을 죽이거나, 간사스럽거나, 충성스럽지 않은 이들한테 내리는 벌이었소."

가충은 아무 말도 못 하고 몹시 부끄러워할 뿐이었다.

사마염은 손호를 귀명후로 삼고, 그 자손들은 중랑으로 삼았으며, 그를 따라 항복한 오나라 신하들을 모두 제후로 삼았다. 승상 장제는 싸움터에서 죽었으므로 그 자손에게 제후 자리를 주었다. 이어 왕준을 보국대장군으로 삼고, 그 밖의 장수들도 벼슬자리를 높이거나 상을 내렸다.

이때부터 세 나라는 모두 진 황제 사마염에게 돌아가 천하가 하나로 모아졌다. 이른바 '세상의 힘은 합친 지 오래면 반드시 나뉘고, 나뉜 지 오래면 반드시 합쳐지게 마련이다'는 그대로였다.

사마염이 천하를 통일하다.

후한 황제였던 유선은 진 태시 7년에 세상을 떠났고, 위 임금이었던 조환은 태안 첫해에 세상을 떴으며, 오 임금이었던 손호는 태강 4년에 세상을 떠났다. 모두들 제 명대로 다 살고 죽었다.

나중에 어떤 사람이 옛 시의 가락으로 그때 일을 그렸다.

한고조, 칼을 들고 함양으로 들어가니

타오르는 붉은 해, 동쪽 바닷속에서 솟아올랐네

광무제가 용처럼 일어나 뒤를 이으니

해가 날아 하늘 한가운데로 올라갔네

슬프도다, 헌제가 천하를 이어받은 일

그때부터 붉은 해가 서쪽 큰 못가에 지고 말았지

하진이 꾀가 없어 환관들 설쳐대고

양주 땅 동탁이 조정에 들어앉았네

왕윤이 꾀를 써서 역적 무리 죽였으나

이각과 곽사가 칼과 창 들고일어났네

사방에서 도적 떼들, 개미 떼처럼 달려들고

천하의 간사스런 영웅들, 매처럼 날아들었네

손견과 손책은 강동에서 일어나고

원소와 원술은 하량에서 일어났네

유언 부자는 파촉에서 웅크리고

유표군은 형양에 머물렀네

장연과 장로는 남정에서 힘을 쓰고

마등과 한수는 서량을 지켰다네

도겸이며 장수며 공손찬 무리도

저마다 씩씩함 떨치며 한 귀퉁이씩 차지했네

조조가 승상 되어 모든 힘 움켜쥐고

빼어난 사람들 끌어다 문무 양쪽 다 갖추었네

천자보다 더한 힘으로 제후들 다스리고

씩씩한 군사들 거느려 중원을 내리눌렀네

누상촌 현덕은 본디 한나라 황실 후손으로

관우·장비와 의형제 맺고 황실을 일으키려 했네

동으로 서로 바삐 내달렸으나 머물 곳 없어 한이었지

장수도 적고 군사도 보잘것없어 떠돌 수밖에

남양의 오두막집 세 번 찾은 뜻 무척 깊어라

와룡은 한 번 보고 천하를 셋으로 나누었네

먼저 형주 빼앗고 이어 서천 차지하니

나라와 왕의 큰 바탕이 죄다 서천에 있었네

슬프도다, 자리에 오른 지 3년 만에 세상 뜨게 되어

백제성에서 어린 자식 부탁하던 그 쓰라림이여

공명이 여섯 번이나 기산으로 나아간 건

한 손으로라도 기우는 하늘을 받치려고 그랬다네

하늘의 운수가 거기서 끝나고 마니

긴 별이 한밤중에 산기슭에 떨어지는구나

강유 홀로 오로지 제힘만 믿고 나서서

아홉 번이나 중원을 쳤지만 다 헛일이었어라

종회와 등애, 두 길로 군사 나누어 나아가니

한나라 강산이 모두 조씨에게 돌아갔네

조비·조예·조방·조모를 거쳐 겨우 조환에 이르러

천하는 또 사마씨한테로 넘어가버렸네

수선대 앞에는 구름과 안개 일어나고

석두성 아래엔 물결 일지 않네

진류왕과 귀명후와 안락공이라 함은

왕후공작의 뿌리를 따져 붙인 거라네

뒤숭숭하고 시끄러운 세상일 끝이 없고

넓고 멀고 아득한 하늘의 운수 벗어날 길 없네

솥발처럼 셋으로 나눠 서려던 일, 이미 꿈이 되었는데

뒷사람들 슬퍼한다며 괜스레 시끄럽게 구네

박상률 완역 삼국지 10

ⓒ 박상률, 백남원, 2025

초판 1쇄 인쇄 | 2025년 10월 29일
초판 1쇄 발행 | 2025년 11월 6일

옮긴이 | 박상률
책임편집 | 배상현
콘텐츠 그룹 | 배상현, 김다미, 김아영, 박화인, 기소미
표지 디자인 | design R 이보람
본문 디자인 | 스튜디오 보글

펴낸이 | 전승환
펴낸곳 | 책 읽어주는 남자
신고번호 | 제2024-000099호
이메일 | bookpleaser@thebookman.co.kr

ISBN
979-11-93937-86-0 (세트)
979-11-93937-96-9 (04820)